D1669981

Marina B. Neubert

WAS WIRKLICH IST

Marina B. Neubert

WAS WIRKLICH IST

Roman

AvivA

Meinen Eltern

An einem hellen Wintersonntag in der geheilten, schön wieder-aufgebauten Stadt, als ich – schon ahnungsvoll – aufsah zu alten Giebeln, traf ich sie plötzlich wieder: Hund, Teufel, Knecht, die Fratzen alle, einträchtig beieinander, in neuen Farben jetzt, ver-jüngt, gelackt, so treuen, abgefeimten Blicks, wie nur Geschöpfe guter Hoffnung sind.

Gerlind Reinshagen, *Zwölf Nächte*

TEIL I

ZEHN

Der Schnee hing an den Fensterscheiben in festen, eisigen Klumpen, die von Weitem wie geballte Babyfäuste aussahen, und obwohl ein Schneesturm im März für die Stadt mehr als ungewöhnlich war, suchte er sie in einer Nacht heim. Er spielte mit ihr: beklebte die Häuser mit einer dicken Schicht und nahm selbst die kleinsten Winkel und Löcher in Besitz. Und als wäre ihm das nicht genug, dirigierte er den Wind in die hängenden Gärten und färbte die Luft, wie es ihm beliebte. Eine weiße Kraft, die alles mitriss.

Ein Mann Mitte vierzig, hoch, schlank, athletisch gebaut, mit dunkelrotem Bürstenschnitt, in einem gestreiften Schlafanzug, richtete sich im Bett auf und schaltete die Nachtlampe ein. Als er die Augen öffnete, sprang das Licht von seinen Pupillen zurück. Ungewöhnlich, denn sie waren dunkelbraun und nahmen ansonsten das Licht auf. Aber in dieser Nacht waren sie klar und glasig, von einer erstaunlichen Farbreinheit. Ohne zu zögern, stand er auf und ging ans Fenster. Als er es einen Spalt breit öffnete, wehte die kühle, weißgefärbte Luft ins Zimmer. Der Schneegeruch – ein lebendiger, beißender Hauch – stach ihm in die Nase. Er strich sich ungeduldig übers Gesicht.

Das war's, sagte er und begann den Schnee von der Fensterbank zu räumen.

Seine Verzweiflung war ihm nicht anzusehen – eher schon eine große Unruhe, die eintritt, wenn man der Verzweiflung etwas entgegenzusetzen versucht, und wenn sich unter die Unruhe beginnender Zorn mischt, ein unaufhörliches Ziehen und Stechen. Er räumte den Schnee hin und her, mit bloßen Händen, und als er nach wenigen Minuten immer noch nicht wusste, wohin mit den errichteten Schneebergen, warf er sie von der Fensterbank herunter.

Die letzte Nacht kam ihm wie die längste seines Lebens vor. Ihm schien, sein Körper hätte mit einem Mal die Fähigkeit verloren, zwischen Wachsein und Schlafen zu unterscheiden, und da er sich für einen der Zustände entscheiden musste, wählte er das Wachsein. Er schlief nicht und wartete, ohne zu wissen, dass er wartete, ohne zu wissen, wie lange – er wartete ab, was das Schicksal mit ihm noch vorhatte, nachdem es ihm in den vergangenen zwei Tagen alles genommen hatte, was er für die Substanz seines Lebens hielt: Vorgestern – die Frau, gestern – die Armee. Hätte man ihm noch vor achtundvierzig Stunden zu prophezeien versucht, dass die Frau, mit der er seit mehr als zehn Jahren verheiratet war, und die Armee, in der er als Kampfpilot seit mehr als zwanzig Jahren diente, von einem Tag auf den anderen nicht mehr zu seinem Leben gehören würden, hätte er das für einen geschmacklosen Witz gehalten – auf keinen Fall für ein auch nur mögliches Wirklichkeitsszenario.

Er blickte aus dem Fenster und wiederholte den Satz, den er seit Stunden wie ein Mantra vor sich hin sprach:

Das war's.

Ein unsichtbarer Würgering, der sich nun um sein Leben schlang und sich für seine neue Wirklichkeit ausgab, verstörte ihn. Selbst das mit dem goldfarbenen Stadtwappen angestrahlte Rathaus auf dem westlichen Hügel, das er aus dem Fenster sehen konnte, kam ihm auf einmal befremdlich vor. Wahrscheinlich trug die Wappenzahl 26, die bei ihm eine längst verdrängte Kindheitserinnerung aufkommen ließ, dazu bei. Er hätte sie am liebsten abgestreift wie einen engen Schuh, sie in einen schwarzen Sack gepackt und aus dem Haus getragen – weit getragen, weit über die Stadtgrenze, über die Landesgrenze, über alle Grenzen … Doch obwohl sein Verstand die schemenhafte Erinnerung auszublenden versuchte, gehorchte sie ihm nicht.

Das war's, wiederholte er und zeichnete mit dem Finger die 26 auf das beschlagene Fensterglas.

Eine fast vergessene Geste, die er einst als Junge jedes Mal dann wiederholte, wenn ihn die Furcht vor dieser Zahl überkam. Und obwohl er schon damals wusste, warum sie als Wappensymbol galt, kam ihm die Zahl an sich, das massive, goldene Hochrelief, das sich wie ein müder Greis vom Hintergrund des Wappens abhob und nach vorn beugte, als wollte es sich niederlegen, jedes Mal beim Ansehen furchterregend vor. Und jedes Mal, wenn er sich als Kind vor der greisenhaften 26 fürchtete, zeichnete er sie auf – um sich weniger zu fürchten.

Er wischte die feuchte, tränende Zahl vom Fensterglas ab.

Der Schneesturm beruhigte sich, die Sicht wurde klarer, und nach einer Weile konnte er nicht nur das mit der Wappenzahl angestrahlte Rathaus auf dem Hügel, sondern auch die nicht beleuchteten Fassaden der gegenüberliegenden Hochhäuser sehen. Die alten Marmorsteine an den neuen Fassaden, nach den modernsten Architekturentwürfen in Glas und Metall gehüllt, waren seit heute Nacht mit Schneeweiß wie mit Zuckerguss überzogen. Wie oft war er schon in seinem Kampfjet über diese Häuser geflogen? Wie oft fragte er sich, ob die prachtvoll begrünten Dachgärten, die auf den obersten Stockwerken gepflanzt waren und auf die Erde von oben herunterblickten, überhaupt noch wussten, wozu die Erde gedacht war. Hätte seine Frau keine Höhenangst gehabt, hätten sie sich einst auch eine Dachgeschosswohnung genommen, im zwanzigsten Stock. Sie hätten dort eine kleine Parkanlage mit einem winzigen Teich in der Mitte angelegt, nur für sie beide. Die Wege hätten sie mit Rosensträuchern bepflanzt, zwischen ihnen eine Holzbank aufgestellt und sie mit Blumenornamenten verziert, mit reifen, offenen Blüten … Aber seine Frau hatte Höhenangst, und sie lebten unten, im fünften Stock, direkt über den Parkgaragen. Doch das machte ihm nichts aus. Er durfte die Stadt tagein, tagaus von ganz oben sehen: Er durfte über ihr wie ein Vogel fliegen und dann auf der Erde landen, auf der schneeweiße Myrtenbüsche wuchsen, um mit einem Strauß frischer Myrten in der Hand im fünften Stock zu klingeln und zu warten, bis die Frau öffnete, die er liebte.

Noch vor zwei Tagen dachte er, dass es in seinem Leben alles gab, wofür es sich zu leben lohnte. Und nun stand er, keine achtundvierzig Stunden später, in seiner eigenen Wohnung, mitten in der Stadt, die er nicht ein einziges Mal im Leben verlassen hatte, unter dem Himmel, der es ihm jeden Tag erlaubte, ganz nah an sein Geheimnis heranzufliegen, und es kam ihm vor, die Wohnung wäre nicht mehr seine Wohnung, die Stadt wäre eine Fremde und der Himmel hätte ihn verraten.

Er riss das Fenster auf. Sein geübtes Ohr erkannte die Geräusche in der Ferne: das Brummen der Kampfflugzeuge der Luftwaffe, die simulierte Übungsangriffe flogen. Er blickte gen Himmel.

Gestern war er von der Armee suspendiert worden und vorgestern hatte seine Frau ihn verlassen. Vorher hatte es einen Streit zwischen ihnen gegeben und er hatte die Faust gegen sie erhoben – zum ersten Mal im Leben gegen eine Frau – zum ersten Mal im Leben gegen einen Menschen, ohne den ihm seine eigene Zukunft leer, wenn nicht sinnlos vorkam. Heute erinnerte er sich weder an den Moment, in dem er die Faust so heftig geschleudert hatte, dass sie sich nicht mehr aufhalten ließ, noch daran, was im Nachhinein geschehen war. Aber er konnte sich erinnern, dass die Wut, die ihn dazu verleitet hatte, noch eine Weile andauerte und ihn durch die Wohnung trieb, so lange, bis er mit dem Kopf gegen die scharfe Kante des Türpfostens stieß und sah, wie seine Frau der Militärpolizei die Tür öffnete.

Etwas war mit ihm geschehen, was kein Mensch begreifen konnte.

Eine Verdunkelung
Eine Verblendung
Eine Trübung
Ein Ausstieg
aus
dem
eigenen
Wesen

Nur für wenige Sekunden zwar, doch mit den Folgen für das ganze Leben. Das Geschehene konnte nicht korrigiert werden: Ein Wort hätte korrigiert werden können, ein Kleid, eine Frisur. Aber nicht der Faustabdruck auf der Haut.

Gestern Abend hatte er seine Mutter im Altersheim angerufen und sie gefragt, ob sie sich an irgendeinen Wutausbruch in seiner Kindheit erinnern konnte, ob die Gewalt womöglich in seiner Natur läge. Da aber seine Mutter an Demenz erkrankt war, konnte sie sich nicht einmal daran erinnern, dass sie einen Sohn hatte, geschweige denn daran, wie er sich als Kind verhalten hatte. Und da der Mann sich an das Nicht-Begreifliche selbst kaum erinnern konnte, versuchte er vergeblich, seine Tat zu interpretieren und die Motive zu deuten, die ihn im Augenblick des Wahnsinns verleitet haben mussten. Er ging tausenderlei Möglichkeiten durch, um in seinem Gedächtnis nach dem Ort zu suchen, durch den die Gewalt hindurchgeschlüpft war – aber er fand ihn nicht. Das Geschehene schien ihm endgültig, und er fühlte sich, als wäre er nach dem, was passiert war, noch immer nicht in sein eigenes Wesen zurückgekehrt. Er war wach und betäubt zugleich. Wach, weil er noch wusste, was er war: ein Kampfpilot, einer der besten, der seinen Jet noch dem Feind vor die Nase fliegen konnte, ohne getroffen zu werden. Und betäubt, weil er nicht mehr wusste, wer er war: Sogar das eigene Spiegelbild in der dunklen Fensterscheibe, das ihn an das Gesicht des Mannes erinnerte, der er Jahrzehnte lang zu sein glaubte, kam ihm fremd vor. Ein Mann, der auf seine Frau einschlug, durfte kein Offiziersabzeichen der Luftwaffe tragen. Er habe die Offiziersehre verletzt und müsse sich vor dem Militärgericht verantworten, hieß es bei der Armee. Er musste das Sicherheitsset für den Jet, mit dem er noch vor einer Woche gegen die Aufständischen an der Nordgrenze Einsätze geflogen hatte, an seinen zweiten Piloten abgeben.

Er formte einen festen Schneeball.

Wie viel verliert ein Mensch, wenn er zum ersten Mal im Leben verliert? Wahrscheinlich das Doppelte – das Sichtbare und das

Nichtsichtbare des Verlustes, das Greifbare und das Nichtgreifbare zugleich. Und das ohne den Klang von Trost, ohne Entschädigung.

Er drückte den Schneeball mit beiden Händen fest, so lange, bis die Kugel metallhart wurde. So lange, bis seine Finger wie nackte elektrische Drähte aussahen und die Knöchel blaurot anliefen. Nach einer Weile trat er vor dem weit geöffneten Fenster zurück und streckte den rechten Arm mit dem Schneeball seitlich aus. Dann nahm er einige Schritte Anlauf und drehte sich um die eigene Achse. Als er den Schneeball in die kalte Nacht stieß, füllten sich seine Augen mit Tränen. Er biss die Zähne fest zusammen.

Die ruhige, zurückhaltende Stimme hinter seinem Rücken erreichte ihn erst, als er mit einiger Anstrengung versuchte, den Kiefer zu entspannen.

Die Raumtemperatur ist am unteren Limit, Herr, sagte die Stimme.

Er atmete schwer. Sein Körper, ja, sein ganzes Wesen war zu sehr erhitzt, als dass er die Kälte hätte spüren können, die sich überall in der Wohnung verbreitete und an den Wänden so lange festnagte, bis sie sie schließlich mit eisigem Dunst überzog. An den Holzmöbeln und Stoffsesseln hafteten bereits zarte Reifkristalle. Er beugte sich zum Nachttisch und wischte die eiskalte Oberfläche mit dem Handrücken ab.

Frierst du etwa, Golem?, fragte er und drehte sich um.

Golem stand hinter ihm, mit geschlossenen Augen. Er war so programmiert, dass seine Lider immer dann zugingen, wenn er sich dem Schlafzimmer näherte. In seinen weiten Pupillen war eine Smartkamera installiert, die ansonsten alles aufnahm, was er sah und hörte. Wollte man verhindern, dass die Aufnahmen aus dem Schlafzimmer direkt an die Abteilung für Innere Sicherheit im Turm der Überwachung versandt wurden, musste man eine schriftliche Erlaubnis beantragen. Dem Offizier der Luftwaffe wurde sie einst gewährt.

Nein, Herr, erwiderte Golem, ich friere nicht. Aber das Aquariumsglas im Empfangszimmer ist nicht frosttauglich.

Der Mann blickte erneut zum Fenster: Nicht nur die gegenüberliegenden Häuser waren weiß, selbst die Luft draußen schien vom festen, unnachgiebigen Schnee durchdrungen zu sein. Bei jeder Windbewegung, jedem Atemzug bildeten sich Schneekristalle in der Luft und blieben dort wie erstarrt hängen. Er konnte sich nicht erinnern, dass es in seiner Stadt jemals so viel Schnee gegeben hatte. Selbst der Militärflugplatz war vor einer Woche vierundzwanzig Stunden lang außer Betrieb. Und vor drei Tagen wurde ein Ausnahmezustand ausgerufen, um den Schnee zu räumen. Hunderte Räumungswagen fuhren durch die Stadt und brachten Unmengen von Schnee zur Stadtgrenze hinaus.

Werden die Goldfische im Aquarium erfrieren?

Aller Wahrscheinlichkeit nach werden sie überleben, erwiderte Golem, selbst wenn das Wasser gefriert. Aber es gibt ein weiteres Problem.

Der Mann machte eine ungeduldige Kopfbewegung.

Die Goldfische würden zwar beim Einfrieren ihre Herzfrequenz bis zum völligen Stillstand senken, fuhr Golem fort, so dass sie keinen Sauerstoff zum Atmen mehr benötigten, aber das Aquariumsglas selbst würde durch die Ausdehnung beim Gefrieren platzen.

Der Mann machte einige Schritte auf Golem, der an der Türschwelle stand, zu und fasste ihn bei den Schultern.

Du darfst dir jetzt dieses Zimmer ansehen, sagte er. Jetzt gibt's hier nichts mehr.

Golem öffnete die Augen und scannte den Raum.

Das Zimmer ist voller Gegenstände, Herr.

Das Zimmer ist tot.

Golem machte eine Bewegung, die an ein Kopfschütteln erinnerte.

Das Zimmer ist von Wänden, Boden und Decke umschlossen, mit Sauerstoff und Möbeln gefüllt. Nichts davon kann jemals tot sein.

Woher willst DU das wissen?

Golem trat zurück.

Ich bin zwar erst seit zwei Monaten und einundzwanzig Tagen in Betrieb, erwiderte er ruhig, aber ich habe den besten Prozessor, den es heutzutage auf dem Forschungsmarkt gibt.

Der Mann senkte den Kopf. Golem hatte nichts verbrochen, das wusste er, und es gab nicht den geringsten Grund, ihn anzugreifen. Er hatte sich zu viele Science-Fiction-Filme angesehen und war schon wieder in die gleiche Falle getappt, wobei er sich jedes Mal versprach, darauf zu achten, eine Maschine nicht wie einen Widersacher zu behandeln.

Tut mir leid, Golem.

Zu Ihren Diensten, Herr.

Es war einst die Idee seiner Frau Oholiba gewesen, ihn Golem zu nennen, wie das menschenähnliche Wesen aus Lehm, das im Mittelalter erschaffen wurde, um die Menschen zu beschützen. Der neue Golem war zwar nicht aus Lehm, und nach einem Koloss sah der schlanke, mittelgroße Roboter ebenso wenig aus, aber Oholiba meinte, er sollte diesen Namen tragen, weil seine Aufgabe letztendlich die gleiche war. Der Mann selbst war anfangs nicht davon begeistert, dass einer Menschenmaschine die Ehre zuteil wurde, seine Frau zu Hause zu beschützen, während er selbst mit den Aufständischen an der Nordgrenze kämpfte, aber inzwischen fand er sich damit ab. Selbst als er eines Tages vom Stützpunkt nach Hause kam und sah, dass Golem seinen Pullover und seine Jeans trug – ebenso eine Idee von Oholiba –, hielt er das Outfit zuerst für sonderbar, doch letztendlich gewöhnte er sich an seinen künstlichen Zwilling.

Er sah Golem versöhnlich an.

Du bist noch jung, sagte er, aber in fünf, spätestens zehn Jahren wird man deinen Prozessor so weit entwickelt haben, dass du fast wie ein Mensch fühlen wirst. Dann wirst du verstehen, was ich mit totem Zimmer meinte.

Er fuhr im Zimmer herum. Zuerst warf er einen schnellen Blick auf das leere Bett, dann auf die weit geöffnete Kommode mit der durcheinandergewühlten Unterwäsche und schließlich auf die mit Aquarellfarben bemalte Wand gegenüber dem Bett.

Siehst du diese Wand?, fragte er Golem.

Ja, Herr.

Was siehst du da?

Einen blauschwarzen Nachthimmel und einen langen, weißlichen Streifen, der aus einer Vielzahl von selbstleuchtenden Himmelskörpern besteht und sich quer über den Nachthimmel streckt.

Das ist die Milchstraße. Oholiba hat angefangen, sie zu malen, nachdem wir hier eingezogen waren: zuerst nur wenige Pinselstriche, dann jeden Tag einen neuen Stern dazu, und nach fünf

Jahren konnte man keine einzelnen Sterne mehr sehen, sondern nur diesen Streifen. Als ich sie neulich fragte, was sie machen würde, wenn es an dieser Wand eines Tages keinen Platz mehr dafür geben würde, sagte sie, sie würde die Sterne im Flur weitermalen. Und wenn es irgendwann auch im Flur keinen Platz mehr gäbe? Sie sagte, dann würde sie ein Mädchen zur Welt bringen, statt einen neuen Stern zu malen. Sie hatte sich sogar einen Namen für das Mädchen ausgedacht. Hast du schon mal so einen sonderbaren Mädchennamen wie *Mene* gehört?

Golem machte einen Programmcheck.

In keiner der Namenslisten verzeichnet, Herr.

Und unter den Sternennamen?

Ebenso keinen Eintrag.

Sie sagte, der Name sei ihr einmal im Traum von den Schmetterlingen zugeflüstert worden, und ich versprach ihr, wenn wir eines Tages ein Mädchen bekämen, würde es Mene heißen.

Er wandte sich zum Fenster, blieb eine Weile noch davor stehen und kratzte den Schnee von den Glasscheiben ab. Seine Fingerkuppen waren dunkelrot, als er das Fenster endlich schloss und mit den eisigen Schneeklumpen in der Hand auf die bemalte Wand zuging. Als er mit dem Schnee über die Spitze der Milchstraße fuhr, löste sich die Aquarellfarbe ab und tropfte auf den Steinboden. Er wischte die Tropfen mit dem nackten Fuß beiseite und wandte sich an Golem:

Bitte geh jetzt und stell die Raumtemperatur höher.

Golem stieg über die Türschwelle, der Mann machte die Tür hinter ihm zu.

Es gab nicht viel, was er in diesem Zimmer noch hätte machen können, außer sich wieder ins Bett zu legen oder ans Fenster zu gehen, um den Schnee auf der Fensterbank hin und her zu räumen. Doch keine dieser Handlungen ergab einen Sinn. Er sah sich im Zimmer um, schloss die Kommode mit Oholibas Wäsche, zog das Kissen ab und legte die Tagesdecke über das Bett. Die Decke mit dem Blumenmuster war ein selbstgestricktes Schmuckstück, das Oholiba einst von ihrer älteren Schwester geschenkt bekommen hatte. Sie passte zwar nicht zu den modernen Möbeln im Schlafzimmer, aber Oholiba liebte sie.

Am Fußende sah er noch eine weiße Feder liegen, die aus dem Kopfkissen herausgefallen war, und hob sie auf. Das Zimmer wirkte wieder aufgeräumt, so wie seine Frau es mochte. Doch die äußere Makellosigkeit änderte nichts daran, dass der einst vertraute Raum ihm unbewohnt und fremd vorkam. Er warf die weiße Feder wieder zu Boden und verließ das Zimmer.

Im Flur blickte er in den Wandspiegel, und das, was er dort sah, überraschte ihn: Er sah ein verängstigtes Gesicht eines Jungen, der er einmal war.

Mach den Mund zu!, befahl er dem Jungen und eilte ins Bad.

Er badete lange und heiß, obwohl es nicht seine Art war – so lange, dass seine Haut runzelig wurde. Er ließ das heiße Wasser immer wieder nachlaufen, goss Schaumbad nach. Doch je länger er in der heißen Wanne lag, desto mehr fror er. Und auf einmal überkam ihn der Schüttelfrost: Ein Zittern stieg in seinem Körper auf, schoss durch die Oberschenkel, den Rücken und schließlich ins Gesicht. Er fasste sich an die Wangen, an Mund und Kinn, versuchte mit den Händen die Zuckungen aufzuhalten, doch sie waren schneller als seine Finger – sie stachen und bissen und hörten nicht auf.

Er sprang aus der Badewanne.

Golem!, rief er. Whisky, schnell!

Er trocknete sich hastig ab, rieb sich die Haut wund. Seine Schultern sahen aus, als wären sie verbrannt.

Febris undularis, stellte Golem fest, als er das Badezimmer mit einer Flasche Whisky und einem Kristallglas betrat. Schnelle, unwillkürliche Zitterbewegungen der Skelettmuskulatur.

Danke für die Diagnose, Doktor, erwiderte der Mann und nahm ihm die Flasche aus der Hand.

Seine Hand zitterte, der Daumen schlug auf die vergoldete Aufschrift an der vorderen Seite der Flasche: Die Besten gehen zur Luftwaffe. Es war ein 18 Jahre alter Scotch Whisky aus der großen Kiste, die er sorgfältig aufbewahrte. Zum Hundertsten Jubiläum der Luftwaffe hatte das Armeekommando Dutzende der wertvollen Kisten als Andenken für die Soldaten und Offiziere bestellt. Von den zehn Flaschen aus der Kiste, die der Mann einst bekommen hatte, waren nur noch drei übrig.

Er riss den Deckel auf, schenkte sich ein halbes Glas ein, trank es in einem Zug aus. Ein kraftvolles Feuer entflammte in seinem Rachen, der Geschmack von verbranntem Torf legte sich auf die Zunge. Er stellte die Flasche ab und hüllte sich im Morgenmantel ein.

Als er das Bad verließ, schmeckten seine Lippen nach Rauch und Erde.

NEUN

Sie hatte Schmetterlinge in den Augen. Jedes Mal nach dem Aufwachen schlugen die Falter – beglückt, ungestüm – so schnell
mit den Flügeln, dass sie sie mit den Händen festhalten musste:
Sie fürchtete, sie würden ihr aus den Augen fliegen und in dem
großen Zimmer so lange nach dem Fenster irren, sich ins Leben
freitanzend, bis sie an die Jalousien stießen und stürben.

Mene!, hörte sie aus der Küche. Es ist halb sieben!

Sie nahm die Hände vom Gesicht.

Mene war aufgewacht, obwohl sie viel lieber weitergeträumt
hätte. Sie träumte davon, dass alle Blumen, die es in der Stadt
jemals gegeben hatte, von einem Tag auf den anderen wieder
erblühten. Selbst die, die in der letzten Flammennacht verbrannt
waren. Sie träumte, der Botanische Garten, in dem die ältesten
von ihnen wuchsen – ihr Nektar schmeckte den Schmetterlingen
am besten –, wäre von den Feuerbomben verschont geblieben.

Sie richtete sich im Bett auf, vorsichtig, um den Sonnenstrahl auf
dem Weg durch ihr lockiges Haar nicht zu stören. Wovon träumte sie noch? Von einem Geschenkkarton mit langen, glänzenden
Schleifen – sie war gerade in den Morgen ihres zehnten Geburts-
tags aufgewacht.

Es wird schön, dachte sie und strich sich übers Haar.

Hätte man in diesem Augenblick in ihr Zimmer geschaut, hätte
man gesehen, wie ein lächelndes Mädchen versucht, mit der
Hand einen schmalen Sonnenstrahl zu greifen.

Nach einer Weile sprang sie vom Bett und zog die Jalousien
hoch. Durch die Scheibe sah sie, wie sich die Fenster des Hauses
400, in dem sie lebte, in den verglasten Balkonen gegenüber
spiegelten. Insgeheim hoffte sie, den hohen Berg aus Schwefel-

salz, der sich vor einer Woche wie eine leblose Märchengestalt mitten im wirklichen Leben platziert hatte und nun im Hof stand, als gehörte er schon immer dazu, durch das geschlossene Fenster zu sehen. Doch es gelang ihr nicht. Und obwohl es verboten war, das Fenster zu öffnen, wagte sie es und beugte sich über die Fensterbank. Die Luft glomm. Ihre Lippen schmeckten binnen weniger Sekunden nach Salz und Schwefel. Der hohe Berg, von dem ein scharfer Geruch ausging, reichte bis zur dreißigsten Etage. Sie lebte in der fünfzigsten, so dass sie direkt auf seine Spitze hinunterblicken konnte: Von oben wirkte sie wie ein geschliffenes Kristallglas. Der Berg selbst sah wie ein Kreiskegel aus, mit weiter Grundfläche. In der Nacht vor einer Woche hatte es zunächst Wetterwarnungen gegeben, dann wirbelte ein Tornado durch die Stadt, und nach einer Weile landete er seinen Rüssel schließlich im Hof des Hauses 400: Das Rüsselende erreichte den Boden Punkt Mitternacht und ließ eine große Menge vom tiefgelben, teilweise weißgräulichen Schwefelsalz herunterregnen. An der Stelle bildete sich sofort ein kreisförmiger Kegel, der den Menschen alles andere als willkommen war. Als hätte die Stadt von den Flammennächten nicht schon genug gehabt!

Wo bist du, Mene?

Sie schreckte auf, obwohl sie die leicht dissonante Stimme, die aus der Küche kam, an jedem Morgen seit ihrer Geburt hörte. Es war die Stimme, die sie liebte – ihr Zuhause.

Hier bin ich!

Beeil dich!

Ihre Tante – die Schwester ihrer Mutter – hatte eine Stimme, die nach Außen anders klang als in ihrem Inneren. Die vibrierende, leicht zitternde, mit Unsicherheit gefärbte Außenstimme schien weder zu dem aufrechten Charakter der Tante zu passen noch zu dem, was sie von sich selbst und von ihrem Leben hielt. Sie war Neurochirurgin, liebte Ordnung, klassische Musik, selbstgestrickte Sachen und Sonnenuntergänge im Herbst. Alleinstehend und kinderlos, von ihrem Mann nach zwanzig Jahren Ehe wegen einer jüngeren Frau verlassen, neidete sie ihm sein neues Leben nicht. Ganz im Gegenteil: Sie bemühte sich stattdessen, ihr eigenes zu leben, *immer nach vorne*, wie sie sagte. Also würde zu ihr viel mehr eine entschlossene Stimme passen, eine ins Licht geworfene.

So eine wie: B E E I L D I C H!

Schön war Menes Tante nicht – auf den ersten Blick, doch beim genaueren Hinsehen war sie anziehend. Ihre Augen waren selten fröhlich, aber sie strahlten Wärme aus. Und obwohl ihre Gesichtszüge oft wie in Stein gemeißelt wirkten, entdeckte man in ihren stillen Mundwinkeln und den leicht geröteten, zarten Augenlidern immer etwas Mildes und Unverbrauchtes.

Kommst du, Mene?

Ich kOmmE!

Mene fragte sich, ob das kindliche Glockenspiel, das sie gerade von sich gab, zu dem altklugen Mädchen passte, für das sie sich hielt. Sie versuchte es mit einer ausgewogenen, am besten sogar wohlklingenden Stimme:

ICH KOMME GLEICH!

Zum Glück übte sie sich fast lautlos in den neuen Proportionen, denn die wohlausgewogene Version ihrer Stimme klang so künstlich, dass sie sich selbst auf einmal wie ein aufgeblasener Zwerg vorkam. Sie lachte – nicht ahnend, wie ansteckend ihr Lachen war, als hätte sie jemand unter den Achselhöhlen gefasst und sie so lange gekitzelt, bis ihr die Lachtränen kamen. Hätte man jetzt in ihr Zimmer geschaut, hätte man ein für ihr Alter etwas zu klein geratenes, strahlendes Mädchen erblickt, mit dicklichen Beinen und schmalen, grazilen Armen, die sich wie zwei Flügel schwenkten. Es war Mene selbst, die sich unter die Achseln griff und sich wie ein kleiner, beflügelter Gnom um die eigene Achse drehte.

Wo bist du?!

Die Stimme ihrer Tante brachte sie zum Stehen.

Sie drehte sich noch schnell zum Fenster hin und blickte auf den Schwefelsalzberg herunter: Der glatte Bergrücken funkelte wie gewohnt, doch heute Morgen hatte sie keine Zeit, ihn zu beobachten. So beugte sie sich zum letzten Mal über die Fensterbank und riss die Augen weit auf, als wollte sie ihn fotografieren. Sie wusste, dass sie ihn sich draußen nicht mehr ansehen durfte: Die Tante würde ihr eine Schutzbrille aufsetzen. Der Turm der Überwachung hatte eine Warnung vor der in den Schwefelsalzkristallen vermuteten ionisierenden Strahlung radioaktiver Substanzen ausgesprochen und die Gesundheitsbehörde aufgefordert, an alle Menschen in der Stadt Schutzbrillen zu verteilen. Mene hatte selbst gehört, wie ihre Tante vorgestern, nachdem sie zwei Brillen in Empfang genommen hatte, eine Sprachnachricht an die Nachbarin verschickte, mit der Bitte, ihr für Menes Brille ein sicheres Etui zu besorgen. Und als die Nachbarin, deren Mann das größte optometrische Zentrum der Stadt besaß, zwei Stunden später an der Haustür mit einem in Eisen gefassten Etui stand, hörte Mene sie der Tante aufgeregt zuflüstern, der Schwefelsalzberg sei eine Nachahmung der Salzstatue von Lots Frau und jeder würde sich ebenso in eine Salzsäule verwandeln, sobald er sich nach dem Schwefelsalzberg im Hof umsähe. „Wir leben aber nicht in den Zeiten von Sodom und Gomorrha, und der Schwefelsalzberg hat mit dieser Geschichte nichts zu tun", erwiderte die Tante ruhig. „Er ist entstanden, weil der Betrieb des Schwefelsonnenschirms in der Stratosphäre eingestellt wurde, was zur Folge hatte, dass die hochkonzentrierten Sulfatpartikel in großen Mengen auf die Erde heruntergeregnet sind. Da man aber vermutet, dass eine gefährliche Strahlung von ihnen ausgeht, dürfen wir sie nicht ansehen. Das wäre alles." Dann verabschiedete sie die Nachbarin und sagte zu Mene, sie solle die Worte der armen Frau nicht ernst nehmen, denn sie stünde nach dem Unfalltod ihrer kleinen Tochter noch immer unter Schock. Mehr hatte die Tante nicht gesagt, doch mit dem Verstand eines klugen Mädchens schlussfolgerte Mene: Sowohl die Tante als auch die Nachbarin verspürten großes Unbehagen dem Schwefelsalzberg gegenüber, wenn nicht sogar Angst. Was Mene jedoch noch nicht kannte, war die Fähigkeit der Erwachsenen, ihre Ängste entweder zu verdrängen oder sie so auszulegen, dass sie fern wirkten: So machte die Nachbarin den gefährlich strahlenden Riesen noch größer, als er war, indem sie ihn gleich auf die Ebene der biblischen Geschichte hob, während die Tante sich bemühte, ihn der mystischen Ebene zu entziehen und ihn wissenschaftlich zu begründen.

Mene schloss das Fenster und lief in die Küche.

Das erste, was sie dort sah und umarmte, war die schmale Taille ihrer Tante. Die Tante war groß, so dass Menes Stirn ihr gerade bis zum Kreuz reichte. Vermutlich hatte sie heute nur ein leichtes Unterhemd unter der dünnen Strickjacke an und Mene konnte spüren, wie hart und spitz ihre Beckenknochen waren. Auch ihr flacher, eingezogener Bauch, über den Mene mit dem Daumen strich, war hart. Und Mene wünschte sich nichts sehnlicher, als eines Tages genauso groß und schlank zu sein wie ihre Tante, um die gleichen Sachen zu tragen, schlicht und elegant: Keinem, der ihr jemals begegnete, fiel ihre Kleidung ins Auge, doch jeder behielt sie unweigerlich in Erinnerung.

Guten Morgen, Tante!

Guten Morgen, Kleines. Du bist noch nicht angezogen?

Mene zögerte.

Heute ist Prozessdenken in der ersten Stunde, sagte sie, und ich mag nicht, wie der neue Lehrer das Fach unterrichtet. Ich bleibe lieber zu Hause.

Das geht nicht.

Warum nicht? Solange wir keinen besseren Lehrer ...

Weil in der Stadt Lehrer fehlen! Außerdem hat er in der letzten Flammennacht Dutzenden von Menschen das Leben gerettet und ist schwer verletzt worden ... Das geht nicht.

Mene war zwar ein kluges Mädchen, aber sie konnte auf Anhieb keinen Zusammenhang zwischen der Kompetenz ihres Lehrers und der Schwere seiner Brandwunden erkennen.

Es geht doch nur darum, dass er nicht so gut unterrichtet, erwiderte sie. Es ist wirklich ...

Nichts ist wirklich!

Kalte Tropfen traten auf die Stirn ihrer Tante, sichtbar und unregelmäßig. Mene sah sie fragend an.

Kein Mensch darf über den anderen urteilen, setzte die Tante fort, egal, was für Wirklichkeiten er sich dabei einredet! Und ich möchte, dass du es dir ein für alle Male merkst.

Als Mene – das Erstaunen über die Aufregung der Tante stand ihr immer noch ins Gesicht geschrieben – ihr ein Taschentuch reichte, nahm sie es stillschweigend in die Hand.

Was soll ich mir merken?

Die Tante wischte sich schnell die Stirn:

Dass jede Wirklichkeit nur ein Teil der Wahrheit ist. Und dass jeder Mensch seine eigene Wahrheit hat.

Mene starrte die Tante an. Ihre kurze und entschlossene Antwort verwirrte sie: Sie war ein aufrichtiges Kind, das sich unter der Wahrheit keine leicht verformbare Knetmasse vorstellte, von der man sich jedes Mal ein neues Stück abkneifen und es beliebig formen könnte – sie stellte sich ein gesundes Entweder-Oder vor. Noch wusste sie nicht, dass *Wahrheit im Plural* das menschliche Los ist, und dass dieser Plural auch ihr Schicksal bestimmen würde.

Der neue Lehrer ist trotzdem kein guter Prozessdenker, sagte sie schließlich.

Das will nichts heißen, erwiderte die Tante. Stellt dir vor, dass er nach allem, was er durchmachen musste, jetzt jeden Morgen aufwacht, nur um das, was ihm von seinem Leben noch bleibt, mit eurer Klasse zu teilen. Stell dir das vor, Mene! Und dann – du bist doch ein kluges Mädchen – denk darüber nach, welche Rolle angesichts dieser Tatsache seine Qualität als Prozessdenker spielt.

Mene senkte den Blick. Und da sie eine herausragende Vorstellungskraft besaß, die sich, sobald sie die Augen schloss, wie von alleine zu einem Kurzfilm in Bildern fügte, schwarzweiß und farbig, abwechselnd, je nach Einstellung und Länge der Sequenzen, lebten die Worte ihrer Tante vor ihrem inneren Auge auf. Sie stellte sich vor, wie der neue Lehrer jeden Morgen die Augen öffnete und, noch halb im Traum, nach seinem alten Hund rief, der im großen Feuer der letzten Flammennacht wie ein Streichholz aufgegangen war. Wie er dann wach wurde und auf die leere Stelle auf dem kalten Steinboden neben dem Bett herunterblickte, wo früher die Hausschuhe seiner Frau gestanden hatten. Wie er sich aufrichtete und zur Küche ging, halb schwankend, halb gebeugt, am verkohlten Kinderwagenskelett vorbei, das noch immer im Flur stand wie ein Denkmal. Wie sein Kaffeeautomat in dem Augenblick piepste, als er die Küche betrat, und wie er sich gleich den Kaffee eingießen ließ, auf die höchste Stärke eingestellt, um fit für die erste Schulstunde zu sein, für das Prozessdenken.

Die Tante schenkte sich ein Glas Wasser ein.

Seine ganze Familie ist in den Flammennächten umgekommen, sagte sie.

Es tut mir leid, erwiderte Mene und öffnete die Augen.

Die Tante legte ihr den Arm um die Schulter.

Wenn du vom Prozessdenken mehr wissen willst, dann lern doch nach der Schule mit Golem, sagte sie. Er kennt sich ohnehin besser als jeder Lehrer aus. Was hältst du davon?

Mene nickte.

Und jetzt komm, denk nicht mehr daran, was du dir gerade vorgestellt hast!

Es war nicht neu für Mene, dass die Tante durch sie hindurchsehen konnte, doch jedes Mal überraschte es sie aufs Neue. Es war unmöglich, sich daran zu gewöhnen, mit einem Menschen zusammenzuleben, der einem direkt ins Herz blicken konnte.

Sie machte sich schnell auf den Weg in ihr Zimmer, um sich für die erste Stunde umzuziehen. Doch bevor sie es betrat, hörte sie, wie die Tante durch die Küche ging und den Kühlschrank öffnete: Der kluge Kühlschrank erinnerte sie daran, dass ihm Milch, Zitronen und so etwas Merkwürdiges wie Honigbutter fehlten. Mene hielt inne, blieb gespannt vor der Zimmertür stehen wie eine kleine Clownin. Gestern Abend war es ihr gelungen, den kreativen Kühlschrank zu überlisten, indem sie in die Butterbox etwas Honig gegeben hatte. Gleich danach erfand er ein neues

Profil: Honigbutter. Sie hörte zuerst, wie die Tante über das ungewöhnliche Profil staunte, dann wurde es still und dann hörte sie ein Lachen: ach Mene, meine Mene!

Der Trick ging auf.

Es war zum ersten Mal seit langer Zeit, dass Mene ihre Tante wieder lachen hörte. Immer wenn sie sich in letzter Zeit die Frage stellte, seit wann die Tante nicht mehr lachte, kam sie auf die letzte Flammennacht. Denn nach dieser Nacht war nichts mehr so wie früher. Die Tante befürchtete, das Feuer – vom stärksten Brandbombenangriff, den die Stadt in den letzten zehn Jahren erlebt hatte – könnte sich in jeder Nacht wiederholen, und war, wie die meisten Menschen hier, misstrauisch geworden. Immer wenn sie morgens aus der Haustür ging, trat sie vorsichtig auf den Boden und prüfte, wie heiß die Erde war und ob sie die schweren Autoreifen aushalten würde. Sie traute sich nicht mehr, tagsüber ihr Auto zu benutzen, und nahm jeden Morgen die öffentliche Seilbahn, um Mene zur Schule zu bringen und dann zur Arbeit zu kommen. Seit den Flammennächten war der Himmel über der Stadt mit grauen, quadratischen Kabinen behangen, die hin und her sausten: Zu den Hauptverkehrszeiten gab es so viele von ihnen in der Luft, dass man kaum noch die Wolken sehen konnte. Die Einwohner, die es doch noch wagten, mit ihren Autos durch die Straßen zu fahren, wirkten nicht weniger unsicher: In der letzten Flammennacht war das Verbindungsnetz, das den Straßenverkehr lenkte, zum Teil abgebrannt, so dass die Autofahrer sich untereinander mit Handzeichen verständigen mussten.

Mene konnte sich nur schweren Herzens damit abfinden, dass ihre Tante nach dieser Flammennacht nicht mehr lachte. Und dass sie nicht mehr in den Park ging, obwohl es kaum etwas Anderes gab, das sie glücklicher machte. Früher war sie nach der Arbeit immer dort hin gegangen und hatte sich auf die Bank gegenüber dem Teich mit den zwei schwarzen Schwänen gesetzt, die jedes Mal sofort auf sie zuschwammen, als hätten sie auf sie gewartet: Mit zunehmender Dämmerung wurden die Schwungfedern der Schwäne heller und die Silhouette der Tante dunkler. Die Schwäne alterten zusammen mit der Tante, mit dem Park, mit der Stadt selbst, doch die Zeit schien mit ihnen viel nachgiebiger gewesen zu sein: Weder ihr Gefieder noch die roten Schnäbel wurden von ihr berührt. Mene hörte einmal, wie die Tante ein Lied am Teich sang. Sie dachte, ganz allein mit den Schwänen zu sein, ahnte nicht, dass Mene ihr an jenem sommerlichen Abend nachgelaufen war und sich hinter einer Weide versteckt hatte. Es kam ihr damals vor, als hätte sie die langsame Melodie, die ihre Tante anzustimmen begann, schon einmal gehört. Es musste eine der Melodien sein, die die Tante sich zu Hause immer anhörte und die ihrer Art, sich auf das Wesentliche zu beschränken, entsprach. Mene mochte sie. Doch die Worte, die die Tante an jenem Abend den schwarzen Schwänen anvertraute, hörte sie zum ersten Mal. Sie hatte das Gefühl, durch sie hindurch in die Seele der Tante zu blicken, ganz unverhofft, dorthin, wohin kein Mensch bislang hatte blicken können, selbst der Onkel nicht, als er sie noch liebte. *Tretet her*, sang die Tante an jenem Sommerabend, *und lasst sie schwirren.* Und die Schwäne gehorchten ihr, schwammen in die Mitte des Teiches und legten ihre langen Hälse sehnsüchtig aufs Wasser… Aber seit der letzten Flammennacht ging sie nicht mehr in den Park. Der Teich stand leer. Die Schwäne hatten das Feuer nicht überlebt: Als die Panik in der Stadt so groß wurde, dass die Menschen begannen, sich in den Teich zu retten, machten sie ihnen Platz und stiegen ans Ufer. Dort gingen sie zusammen mit der alten Trauerweide, die direkt am Wasser stand, in Flammen auf.

Bist du schon angezogen, Mene?

Als sie das Zimmer eilends betrat, schloss sie die Augen: Es war sonnenüberflutet. Sie wunderte sich nicht, denn sie lebte seit ihrer Geburt in dieser Stadt und wusste, dass die Sonne hier genau auf den Mittelpunkt der Erde schien: Von ihm direkt angezogen, entwickelte sie eine Strahlkraft, die durchdringender war als irgendwo sonst auf der Welt. Zum Glück war sie aber schwerer als die Erde, sonst wäre sie schon längst in eine der Erdgruben der Stadt gerollt.

Darf ich heute die leichte Strumpfhose tragen?, rief Mene, nachdem ihre Augen sich an das strahlende Licht gewöhnt hatten.

Der Wind ist noch zu kalt, erwiderte die Tante.

Nein, heute nicht mehr!

Eine Weile war es still, dann hörte sie die Schritte ihrer Tante, zuerst noch unschlüssige, dann schnelle.

Woher weißt du das? Hast du vorhin das Fenster geöffnet?

Mene hörte, wie die Tante das Zimmer betrat und rechts von ihr stehen blieb.

Habe ich dich nicht darum gebeten, du solltest es niemals öffnen, wenn ich nicht in deiner Nähe bin?

Ihre Worte blieben direkt neben Menes rechtem Ohr in der Luft hängen. Mene hielt den Atem an.

Weißt du nicht mehr, was mit der Tochter der Nachbarin geschehen ist, als sie das Fenster einmal geöffnet hat?, die Tante legte ihr die Hand auf die Schulter. Ich möchte nicht, dass der Wind dich aus dem fünfzigsten Stock holt!

Mene begann wieder zu atmen.

Warum nicht?

Weil du meine Mene bist!

Die Tante ging wieder zur Tür. Und Mene sah ungeduldig zu Golem herüber, der reglos neben dem Bett stand und ihre frisch gebügelte Schuluniform in der Armbeuge hielt. Er bewegte sich auch nicht, als sie die schwere Wollstrumpfhose von seinem Arm nahm.

Es ist April, sagte sie beinahe weinerlich. Warum muss ich die dicke Strumpfhose tragen?

Die Tante blieb in der Tür stehen.

Sprichst du mit mir oder mit Golem?

Mit dir!

Der ohnehin aufrechte Rücken ihrer Tante reckte sich kerzengerade in die Höhe.

Muss ich dir wirklich erklären, warum du heute die dicke Strumpfhose anziehen musst?

Ja!, Mene hängte die Wollstrumpfhose in Golems Armbeuge zurück.

Natürlich wusste sie, warum. Doch dies war einer der seltenen Momente in ihrem Leben, in dem sie bewusst oder unbewusst vorgab, ein trotziges Kind zu sein. Sie setzte sich aufs Bett, stützte die Hände in die Oberschenkel und sah zu ihrer Tante mit so viel Ernst auf, als hinge von diesem Gespräch das ganze Glück ihres Lebens ab. Die Tante setzte sich geduldig neben sie.

Also gut, sagte sie ruhig. Du willst wissen, warum du heute die warme und nicht die leichte Strumpfhose anziehen sollst, oder besser formuliert: Obwohl du weißt, warum ich darauf bestehe, willst du es nochmals von mir hören, richtig?

Mene schwieg.

Bitte schön! Meine Entscheidung hängt damit zusammen, dass du nach der letzten Flammennacht zwei Wochen lang hohes Fieber hattest, das mit nichts zu senken war. Dein Zustand war lebensgefährlich. Reicht das als Erklärung?

Mene schüttelte den Kopf.

Dann zwingst du mich, dich daran zu erinnern, dass du in diesem Zustand sogar deine eigene Mutter nicht erkennen konntest, als sie hierherkam, um nach dir zu sehen. Du dachtest, sie wäre eine goldene Giraffe.

Mene wandte das Gesicht ab.

Sie konnte sich nicht daran erinnern, dass ihre Mutter sie besucht hatte, als sie krank war. Aber sie wusste noch, dass ihre Wangen eines Morgens so heiß wurden, dass sie sich fürchtete, sie anzufassen, und dass ihre Augen sich anfühlten, als wären sie mit glühendem Sand gefüllt, als sie sie einmal öffnete und plötzlich eine goldene Giraffe an ihrem Bett sitzen sah. Die Giraffe schien sich über sie zu beugen und ihr Gesicht zu streicheln. Dabei war ihr schlanker Hals, lang und sonnengelb, mit braunen Muttermalen übersät und schimmerte im Tageslicht. Mene glaubte, ihn damals berührt zu haben: Er fühlte sich weich und warm an unter ihren Fingern, wie samtige Seide. Doch noch schöner kam Mene das Haar der Giraffe vor, als wäre es in unzählige, hauchdünne Ringe geflochten. Ja, als hätte man die vielen rosagoldenen Ringe, weich und biegsam, miteinander verkettet, so dass sie sich in langen, gewellten Bahnen ineinanderfügten, um schließlich in ein unendlich weites, schäumendes Meer hineinzufließen. Mene konnte sich erinnern, wie sie ihren Arm streckte, um die Hand in dieses Meer einzutauchen, und wie ihre Finger sich stattdessen in einem geringelten Netz verhedderten, das sie mit solch einer Kraft zusammendrückte, dass die Giraffe laut aufschrie. Sie wusste noch, wie die Giraffe gleich darauf ihr Haar zurückwarf, schnell und entschlossen, und wie sie Mene an sich drückte, an ihren nackten, laut pochenden Hals mit den braunen Muttermalen. So fest, dass Mene erschrak. Was weiter geschah, wusste sie nicht. Aber selbst jetzt, als sie an jenen Morgen dachte, fürchtete sie sich noch immer vor der schönen Giraffe.

Weißt du es nicht mehr?, fragte die Tante.

Ich weiß, dass es nicht meine Mutter war.

Doch, es war deine Mutter.

Mene sah zur Tante hinüber:

Wenn sie es gewesen wäre, hätte ich mich nicht erschrocken. Man hat keine Angst vor der eigenen Mutter!

Für einen Moment lang schloss die Tante die Augen, dann öffnete sie sie wieder.

Du hast recht, sagte sie und ihre Stimme klang mild. Man hat keine Angst vor der eigenen Mutter. Aber du erinnerst dich bestimmt daran, dass du krank warst, nicht wahr?

Ja.

Erinnerst du dich auch daran, wie du mich angebellt hast, als ich dir die Füße mit der Essiglösung einreiben wollte, um das Fieber zu senken?

Ich bin kein Hund!

Die Tante richtete sich auf, nahm die Wollstrumpfhose von Golems Arm und reichte sie Mene.

Ich sage nicht, dass du ein Hund bist. Ich sage nur, dass das hohe Fieber dir das Bewusstsein getrübt hat und dass du mich deshalb angebellt hast. Seitdem sind keine zwei Wochen vergangen. Dein Körper ist noch zu schwach. Deshalb kommt die leichte Strumpfhose nicht in Frage.

Mene breitete die Wollstrumpfhose auf den Knien aus, streckte die Hand in den rechten Strumpf, zog ihn auseinander: Nicht einmal die eigene Haut konnte sie durch das wollige Netz sehen, so dicht waren die Fäden.

Du willst, dass ich sie trage, nur weil du sie selbst gestrickt hast, sagte sie und schüttelte die Wollstrumpfhose heftig aus.

Was machst du da?, staunte die Tante.

Mene beugte sich zu Boden, suchend, ob aus der Strumpfhose nicht etwas aufs Parkett gefallen war. Die Tante presste die Lippen zusammen, um das Schmunzeln aufzuhalten.

Und?, fragte sie, als Mene sich wieder aufrichtete.

Nichts!

Ein Reuegefühl erfasste sie, als die Tante das Zimmer verließ: Sie wollte sich sofort für die trotzige Szene entschuldigen, doch da sie wusste, wie sorgsam ihre Tante mit der Zeit umging, entschied sie sich, nicht noch mehr von der Kostbarkeit zu stehlen. Anstatt der Tante nachzulaufen, zog sie schnell die Pyjamahose aus und die Wollstrumpfhose an. Ihre Beine waren dicklich, und die warme Strumpfhose mit dem geflochtenen Muster ließ sie nicht schlanker aussehen. Sie seufzte. Hätte sie doch solche Beine wie ihre Tante! Lang und schlank und alabasterweiß. Ohne ein einziges Härchen! Sie ließ die Strumpfhose bis zu den Knien herunter, blickte auf die Knie, die so aussahen, als wären sie mit dunklem Fuchsfell bedeckt, und versteckte sie wieder in der dicken Wolle. Hoffentlich wird es nicht noch mehr wachsen, dachte sie. Die Lasertherapie vor zwei Jahren hatte nichts bewirkt: Die Haare an ihren Kniegelenken begannen nach der Entfernung wieder zu wachsen. Und es war kein hormonell bedingter Haarwuchs – es war das lästige Erbe ihrer schönen Mutter.

Bist du soweit?, rief die Tante aus der Küche.

Mene lief auf Golem zu, der den Arm in ihre Richtung streckte, den Kopf noch immer gesenkt.

Guten Morgen, Golem. Träumst du noch?

Guten Morgen, kleine Mene.

Er riss die Augen auf:

Ich habe den Zustand nicht definieren können.

Mene streichelte ihm über die Wange, die sich lebensecht anfühlte.

Es tut mir leid, dass du nicht träumen kannst.

Träume sind überflüssig.

Träume sind schön!

Träume lassen sich nicht aufnehmen. Selbst im Turm der Überwachung weiß man nichts von menschlichen Träumen.

Weißt du, wovon ich heute Nacht geträumt habe? Von einem Geschenkkarton mit riesenlangen, in Gold und Silber glänzenden Schleifen!

Ein Lächeln huschte über Golems Lippen, als er sich zu ihr beugte:

Zum Geburtstag viel Glück, kleine Mene.

… Warum wünscht man sich zum Geburtstag *Vielglück*? Selbst eine Maschine wünscht einem dieses rätselhafte *Vielglück* … Ein Windhauch, ein Regentropfen, ein Duft der Lippenblütler …

Danke, Golem! Warum gratulierst du mir so leise?

Weil ich deiner Tante nicht zuvorkommen möchte. Sie will die erste sein, die dir gratuliert.

Bislang hat sie noch nichts gesagt. Kann es sein, dass sie meinen Geburtstag vergessen hat?

Ausgeschlossen.

Warum?

Sie hat gestern Abend das Geburtstagsprogramm nochmals überprüft.

Sicher?

Sicher.

Ganz sicher?, Mene lachte.

Und schon wieder huschte ein Lächeln über Golems Lippen.

Mene nahm die Schuluniform und die Strickjacke, die er ihr reichte, in die Hand.

Kannst du fühlen, warum ich gelacht habe?, fragte sie.

Nein, kleine Herrin. Meine Neurochips sind zu alt, um Gefühle entstehen zu lassen.

Warum schmunzelst du dann?

Weil ich den Grund deines Lachens verstehe. Er besteht nämlich darin …

Ist schon gut, Golem!

Ich mag dir zwar mit meinen Erklärungen etwas altmodisch vorkommen, aber …

Ich halte dich überhaupt nicht für altmodisch!

Mein Prozessor wird regelmäßig aktualisiert, Golem sprach, als wollte er sich rechtfertigen. Für jemanden, der zehn Jahre, acht Monate und einundzwanzig Tage alt ist, bin ich noch immer auf dem besten Stand.

Du bist nicht viel älter als ich, sagte Mene.

Ich bin um acht Monate, einundzwanzig Tage, sechs Stunden, dreiundvierzig Minuten und fünfzehn Sekunden älter. Aber ich kann die modernsten Daten noch immer schnell speichern. Und was die Sensorik angeht, die Natürlichkeit der Körperhaut und Echtheit der Gesichtszüge, so könnte ich es mit einem neu produzierten Modell aufnehmen.

Entschuldige, ich wollte dich nicht verletzen.

Du hast mich nicht verletzt.

Mene seufzte kurz und überlegte, ob sie die terrakottafarbene Strickjacke mit dem großen Marienkäfer auf dem Rücken, die sie noch immer in der Hand hielt, gleich oder erst draußen anziehen sollte.

Zieh sie gleich an, hörte sie Golem sagen. Das ist deine Lieblingsjacke.

ACHT

Der Whisky hat gewirkt. Als der Mann die Küche betrat und sich an den Tisch setzte, zitterten seine Muskeln nicht mehr. Der Kaffee war frisch geröstet – ein schwerer, holziger Duft, eine zähe, durchlässige Schicht, die von oben nach Schaum aussah –, doch er zögerte eine Weile, den Kaffeebecher anzufassen, fixierte ihn mit festem Blick. Als er ihn schließlich in die Hand nahm, reagierte die Keramik auf die Hautwärme und färbte sich sofort bunt. An der Vorderseite entstand ein klares Farbbild: Oholiba im Sommerhut.

Er vermied es, seine Frau länger anzusehen, obwohl er sich in diesem Moment nichts sehnlicher wünschte, als sich ihrem Lächeln hinzugeben, sich in ihm zu vergessen – in einer zum Kuss geöffneten Muschel, einem Rauschen, einer Verwunderung – wie er sich sonst darin vergaß und wiederfand …

Das Bild haben wir in den Bergen gemacht, sagte er. Sie hat Heilkräuter gesammelt.

Er führte den Becher zum Mund. Der Kaffee lief über.

Es war unser letzter Urlaub, kurz vor Beginn der Verteidigungsoffensive im Norden. Zwei Wochen später hat sie mich zum Stützpunkt begleitet und mir eine Flasche selbstgemachter Kräutertinktur in die Hand gedrückt.

Er versuchte zu lächeln – oder eher, sich selbst zu belächeln, denn seine Gesichtszüge waren so angespannt, dass sein Lächeln entstellt wirkte.

Ich hatte nicht vor, ein Hausmittel gegen Migräne zu nehmen, aber ihr zuliebe nahm ich es mit in die Maschine.

Mit Golem über seine Frau zu sprechen hatte er genauso wenig vor, wie ein Selbstgespräch zu führen, und dennoch sprach er – in den Raum dazwischen.

Das Kräuterzeugs stand neben dem modernsten Panorama-Cockpit-Display der Welt. Schon seltsam, nicht wahr?

Als Golem ihm eine Schale mit Obst reichte, weil es seine und Oholibas Gewohnheit war, zum Frühstück Obst zu essen, schnitt er sich die Hälfte des Apfels ab. Die zweite Hälfte schälte er und legte schließlich beide Hälften in den Obstkorb zurück.

Als er wieder auf das Bild blickte, erschien ihm seine Frau viel jünger als er selbst, obwohl sie um zwei Jahre älter war. Er kam sich plötzlich wie ein alter Mann vor – gebückt und gebrechlich, wie der müde Greis auf dem goldenen Hochrelief des Stadtwappens, das Gespenst seiner Kindheit. Was für ein Irrtum es doch war zu glauben, man würde Schritt für Schritt altern! In Wirklichkeit wurde man vom Altsein überrascht. Was würde von seinem Leben übrigbleiben, wenn er nicht mehr da wäre? Diese Frage hätte er sich noch vor zwei Tagen nicht gestellt, denn vor zwei Tagen dachte er, das halbe Leben läge noch vor ihm – der schönste Teil, der nach dem Krieg beginnen würde. Aber heute? Heute würde von seinem Leben nur noch ein Ausweis der Luftwaffe übrigbleiben und eine Paradeuniform im Schrank.

Er starrte Oholibas Bild an: Ein rosafarbener Strohhut mit breiter Krempe, Augen aus glänzendem Bernstein, hell und wach. Die Morgensonne in den weiten Pupillen, frische Bergbeeren in den Lippen. Sie lächelte zwar, aber er konnte sich noch an die Frage erinnern, die sie ihm stellte, als sie für das Foto posierte: Werden wir diesen Krieg überleben?

Du wirst ihn überleben, sagte er, als spräche er jetzt mit ihr.

Ob sich seine Gewissheit in diesem Augenblick auf seine Frau bezog oder auf alles, was imstande war, das Lebendige am

Leben zu erhalten – in jedem Fall war er sich sicher, dass ein Mensch, ein Tier, ein Gewächs, selbst ein Stein – ALLES, was in der Lage war, dem Tod das Leben entgegenzusetzen, diesen nie enden wollenden Krieg überleben würde: Blumen auf dem Schlachtfeld würden ihn überleben, weil sie eine hungrige Biene mit Nektar versorgten. Maulwürfe, die sich in der Erde ihr Zuhause buddelten, würden ihn überleben, weil sie sich darum kümmerten, dieses Stück Erde vor dem Verfall zu retten. Und eine Frau würde ihn überleben, weil ohne sie kein Leben möglich wäre. Überhaupt keins!

Der Kaffee ist kalt, hörte er Golem sagen.

Als er die Hand nach dem Kaffeebecher streckte, schien es ihm, als gäbe es nichts mehr auf der Welt außer diesem keramischen Stück Erinnerung, an dem er sich festzuhalten versuchte. Als würde an diesem Stück Keramik das Herz selbst hängen – keine Metapher, sondern das richtige Herz, der reine Muskel, das Lebensorgan.

Hast du aufgenommen, wie Oholiba vorgestern Abend aus der Wohnung ging?, fragte er.

Ja, Herr.

Und unseren Streit davor? Ich kann mich an nichts erinnern.

Golem nickte.

Wann wurden die Bilder an den Turm versandt?

Sofort.

Der Mann stützte den Kopf mit der rechten Hand ab. Der Gedanke, dass man im Turm der Überwachung jetzt mehr über seine Frau wüsste als er selbst, überraschte ihn zwar nicht, war deshalb aber nicht weniger beklemmend.

Wir haben euch erschaffen, damit ihr uns beschützt, sagte er. Und ihr spioniert uns aus.

Wir führen eure Befehle aus, Herr.

Der Mann wandte sich ab. Golem war auf den Schutz von Menschen programmiert, ebenso wie die anderen Maschinen, die im Turm der Überwachung eingesetzt waren. Und dieser Schutz sah anfangs tatsächlich eine kurzfristige Überwachung der Stadteinwohner vor. Der Mann war selbst derjenige gewesen, der diese Maßnahme zu Beginn der Nordoffensive unterstützt hatte – er und die anderen Armeeoffiziere, die allen Ernstes glaubten, das hochentwickelte Positronengehirn aus dem Robotikinstitut, das dem Militär unterstand, würde bei der geplanten Überwachung nur vorübergehend eingesetzt werden. Hätte er geahnt, wie schnell das künstliche Gehirn von einem menschlichen genutzt werden würde, um von einer temporären zu einer fortdauernden Überwachung überzugehen und die Kontrolle über die Stadt zu übernehmen, hätte er niemals zugestimmt. Jetzt war es zu spät: Jetzt streckte sich mitten in der Stadt ein aus Metall, Marmor und sandfarbenem Floatglas gebauter, spiralförmiger Turm der Überwachung in die Höhe und entschied schon längst alleine, wer Freund und wer Feind war.

Der Mann schob den Kaffeebecher zur Seite. Seine Hand schwitzte, er streckte die Finger auseinander, um sie zu lüften.

Dann wandte er sich an Golem:

Ich möchte die Bilder sehen, die du vorgestern aufgenommen hast.

Es ist nicht üblich, die bereits versandten Aufnahmen abzuspielen, Herr.

Ich weiß. Aber es ist auch nicht verboten. Habe ich recht?

Golem machte ein Update und projizierte die Aufnahmen auf die Wand.

Der Mann zögerte, als er die ersten Geräusche hörte: die Schritte auf dem Steinboden, geschmeidig und zart, wie Oholibas kleine Füße, dann das Zufallen der Wohnungstür und das schwere Klackern der Absätze. Er wusste: Würde er jetzt den Kopf nach rechts drehen und den Blick auf die Wand werfen, würde er als erstes seine Kampfstiefel sehen. Er wartete noch einen Augenblick, so lange, bis er die Stimme Oholibas hörte, und drehte sich um.

Entschuldige, dass du dich meinetwegen beeilen musstest, sagte sie.

Im hellen Laserstrahl erschien das lange Haar seiner Frau, die sich vor den Spiegel setzte.

Er ging auf sie zu:

Was hast du?

Er trug seine graue Uniform und die warme Tarnjacke mit Pelzkragen. Seine hohen Kampfstiefel waren halb zugeschnürt. Er beugte sich zu ihr, streichelte ihr über die weichen, rosagoldenen Locken, die sich in einem losen Haarknoten aneinanderschmiegten, und sich ihr, sobald sie den Kopf hob, auf die Schulter legten. Ihr Gesicht wirkte verdunkelt, die großen, bernsteinfarbenen Augen sahen matt aus, als hätte man das ganze Gold aus ihnen herausgewaschen, und ihr schöner, schlanker Hals mit den unzähligen samtigen Muttermalen, den sie ansonsten immer streckte, wirkte kurz.

Was hast du?, wiederholte er sanft.

Du riechst nach Schnee, sagte sie.

Er legte die Jacke ab, zog die Stiefel aus und setzte sich neben sie auf dem Steinboden. Der Boden war geheizt, und er fuhr mit den Händen über die warme Fläche.

Das ist der zweite Winter in diesem Jahr, sagte sie, ohne ihn anzusehen. Ist es immer noch so kalt draußen?

Ja.

Und der Wind?

Nimmt zu.

Die Luft vor dem Fenster bebt. Hörst du? Die Scheiben klirren.

Er nickte.

Ich war im Krankenhaus, sagte sie nach einer Weile. Der Wind hat dort die Fensterscheiben beinahe aufgebläht. Kannst du dir vorstellen, wie aufgeblähte Fensterscheiben aussehen?

Warum warst du im Krankenhaus?

Sie sehen aus, als hätten sie Wehen.

Sie setzte sich kerzengerade auf, presste die Knien zusammen und strich sich über die Oberschenkel. Ihr ganzer Körper war angespannt.

Ich weiß, dass es zu früh kommt, sagte sie, aber es kommt, wie es kommt.

Sie sah ihm nicht ins Gesicht, sondern an ihm vorbei, dorthin, wo keiner stand. Er richtete sich auf und blickte dorthin, wo sie hinsah. Dann drehte er sich fragend zu ihr um:

WAS kommt?

Sie fuhr sich über die Knie. Der starke Haarwuchs an ihren Kniegelenken sah wie ein mit dunklem Fuchsfell gepolstertes Kissen
aus. Sie legte die beiden Hände auf das Kissen und blickte zu
ihm auf.

Ihre Finger zitterten, als sie sich an den Kniehaaren zupfte:

Ich habe dein Vertrauen missbraucht. Es tut mir leid.

Wie meinst du das?, er lehnte sich gegen die Wand.

Ich weiß, dass du damit bis Ende der Militäraktionen warten
wolltest, sagte sie.

Der Mann drückte den Körper an die Wand. Oholiba starrte
seine Stiefel an und sprach weiter.

Aber wer weiß, wie lange die Militäraktionen noch andauern
würden? Ich wollte nicht eines Tages wie meine Schwester vorm
Bildschirm sitzen und Babylätzchen stricken, um sie dann wieder
aufzutrennen! Also habe ich mir vor drei Monaten den Verhü-
tungschip rausnehmen lassen.

Er atmete tief durch. Sein Hals schwoll an, übersäht mit hellroten
Flecken.

Ist das alles?, fragte er.

Seit heute Morgen weiß ich, dass ich schwanger bin. Im dritten
Monat.

Er schwieg. Nicht nur sein Hals, auch sein ganzes Gesicht war
inzwischen mit hellroten Flecken bedeckt, seine Schläfen poch-
ten. Er stand noch eine Weile stillschweigend da, die Arme erhoben, den Rücken an die Wand gepresst, als müsste er sie wie ein

Atlant vor dem Abstürzen schützen. Oholiba richtete sich auf, machte einen Schritt auf ihn zu. Als sie ihm in die Augen sah, trat sie erschreckt zurück:

Was hast du?!

Ihr Kinn begann zu zittern, die braunen Muttermale am Hals liefen blauschwarz an und schienen plötzlich viel größer.

Deine Augen!, rief sie.

Er musterte sie schweigend, als wären sie jahrelang voneinander getrennt gewesen, als versuchte er nun, sie wiederzuerkennen.

Sie sind wie schwarze Trauben, Oholiba.

Wer?!

Deine Muttermale sind wie schwarze Trauben. Sie waren noch nie so fest und saftig.

Er trat näher.

Deine Augen fahren Karussell!, rief sie. Die Pupillen!

Er streckte seine Hand nach ihr aus, fasste sie am Kinn, hob es an, strich ihr vorsichtig über die Muttermale am Hals. Sie starrte ihn an. Ihr Versuch, die Tränen aufhalten, bewirkte das Gegenteil.

Ist das so schlimm? Nach zehn Jahren Ehe?! So schlimm?!

Sie riss sich los, lief in die Küche. Als sie nach einem Glas griff, eilte Golem ihr zur Hilfe. Sie schüttelte den Kopf, goss sich Wasser ein, trank das Glas in einem Zug aus und goss sich noch eins ein. Das Glas lief über, ihre Seidenbluse wurde nass.

Du machst mir Angst, sagte sie, als ihr Mann in die Küche kam.

Je länger er sie ansah, desto härter wurde der Ausdruck in seinen Augen.

Das Kind kann nicht von mir sein, sagte er schließlich.

Sie erblasste. Er beugte sich zu ihr:

Und weißt du, warum?

Sie griff nach einem Handtuch, tupfte die Bluse ab, mit zitternden, hektischen Bewegungen.

Du machst mir Angst, hörst du?

Er ballte die Fäuste zusammen, stieß in einem Zug aus:

Weil ich mir vor einem Jahr einen Sterilisierungschip habe implantieren lassen!

Sie schüttelte den Kopf. Und weiter?

Das hast du nicht!

Und nach diesen Worten – ihren Worten, seinen Worten – war nichts mehr aufzuhalten. Er schleuderte den rechten Arm nach vorn, wie beim Kugelstoßen. Zwischen dem Augenblick, als seine Faust sich losriss, und dem Augenblick, als sie herunterflog, vergingen zwei Sekunden. Als sie schließlich auf den Babybauch einschlug, verkrampfte sich Oholibas Gesicht zu einer Grimasse. Sie sprang ihn an, wie eine Katze, umklammerte ihn fest. Sein kurz geschorenes Haar scheuerte an ihrem Hals.

Er riss sich los. Seine Stimme dröhnte:

Das Kind ist nicht von mir!

Sie stemmte sich mit einer Hand gegen seine Schulter. Mit der anderen hielt sie sich den Bauch.

Das Baby!, rief sie. Ich bekomme keine Luft!

Sie ließ sich auf den Boden sinken, beugte sich weit vor, versuchte das Ohr an den Bauch zu legen. Schließlich ließ sie sich vornüber fallen, so dass ihr Gesicht die kalten, glatten Steine berührte.

Das Mädchen, stöhnte sie. Es wird ein Mädchen.

Als sie den Kopf hob, sah sie, wie Blässe sein Gesicht überzog und seine Augen aufblitzten. Sie setzte sich auf, drückte den Rücken gegen die Wand, hob die Arme und schloss die Augen.

Er verließ die Küche – röchelnd wie ein Tier, lief durch den Flur ins Empfangszimmer. Auf dem Weg rempelte er die Möbel an, stieß mit dem Kopf an die Wände.

Von wem hast du dich schwängern lassen?, rief er aus dem Flur. Von wem?!

Sie rutschte auf den Knien aus der Küche. Und als sie – nur wenige Minuten später – die Schlafzimmertür hinter sich geschlossen hatte, begann er, auf die Tür einzuschlagen.

Von wem?!

Er schrie, zerrte an der Türklinke, trommelte auf das massive Holz der Schlafzimmertür ein, während sie schluchzte, zuerst laut, dann leise. Und irgendwann wurde sein Trommeln schwächer. Irgendwann sank er auf die Türschwelle.

Lange saß er so da, an die Tür gelehnt, und wiederholte pausenlos *Von wem?*, als hätte er keine andere Wahl, als etwas andauernd zu wiederholen, was schon längst keinen Sinn mehr ergab, doch immer noch an seinen Lippen festhing.

Von wem?

So fragte man nicht – mit Worten nur um ihrer selbst willen, die nach keiner Antwort suchten.

Doch seine Lippen wollten nicht aufhören, sich zu bewegen, solange, bis er Oholibas leere Stimme aus dem Schlafzimmer hörte – leer wie ein Fluss, in dem keine Nixen lebten:

Von den Schmetterlingen.

SIEBEN

Die terrakottafarbene Strickjacke mit dem großen Marienkäfer am Rücken war schon lange nicht mehr Menes Lieblingsjacke. Sie war ihr im letzten Winter zu eng geworden und sie hoffte, in diesem Jahr ein neues, 3-D-gedrucktes Sweatshirt zu bekommen – mit einem in einem Wasserfall landenden Alien-Raumschiff aus einer Science-Fiction. Doch die Tante brachte es schon wieder nicht übers Herz, sich von dem feinen Kaschmir zu verabschieden: Sie trennte die alte Jacke auf und verstrickte sie neu. Dabei hatte sie den Marienkäfer mit langen Fühlern am Kopf bestickt – wie einen Außerirdischen.

Wie lange lebt ein echter Marienkäfer?, fragte Mene Golem, noch immer unentschlossen, ob sie die Jacke jetzt oder später anziehen sollte.

Die meisten Marienkäfer überwintern ein Jahr.

Heißt es, dass sie nur ein einziges Jahr leben?

Die meisten von ihnen.

Mene strich über den Marienkäfer. Wie lang ist ein Jahr wirklich? So lange, wie man es erlebt: Erlebt man wenig, ist es lang; erlebt man viel, ist es kurz. Und man weiß es erst im Nachhinein, zurückblickend, erst im nächsten Jahr. Sie dachte, dass sie selbst innerhalb des letzten Jahres viel erlebt hatte: Sie hatte die Schulklasse gewechselt, Geburtstag gefeiert, den Geburtstag der Tante gefeiert, war mit der Tante an die Küste gefahren, hatte Klassenfahrten gemacht, war regelmäßig in den Zoo gegangen, um den alten Elefanten Teddy zu besuchen, hatte Bücher gelesen, die die Tante für sie in ihrem Bücherregal ausgesucht hatte, und einmal – ein Jahreshighlight – durfte sie Golem zur Wartung ins Robotikinstitut begleiten und sich dort eine sensationelle Schau von Robotertieren ansehen, die im Foyer des Instituts ihre Zirkuskünste zeigen.

Das letzte Jahr war kurz, sagte sie schließlich und blickte zu Golem auf. Weiß ein echter Marienkäfer, dass er nicht mehr als ein Jahr zu leben hat?

Hierüber gibt es keine Erkenntnisse.

Hoffentlich weiß er das nicht.

Sie hätte jetzt den dicken Marienkäfer am liebsten aus der Wolle befreit, damit er gleich leben konnte, auf der Stelle! Sie berührte seinen kleinen Kopf mit den Lippen. Das gestrickte Insekt tat ihr mit einem Mal für alle Marienkäfer leid, die lebend durch die Lüfte flogen, ohne zu wissen, wie kurz ihr Leben war.

Willst du gar kein Frühstück?, hörte sie die Tante rufen.

Sie zog die Jacke an und verließ das Zimmer.

In der Küche bekam sie einen Toast mit Spiegelei auf einer Scheibe Tomate.

Es sieht aus wie ein gelbes Auge auf roter Haut, sagte sie und biss ab. Warum ist die echte Lederhaut nicht rot?

Die Tante strich ihr übers Haar.

Wieso? Damit unsere Augen leuchten wie bei einem Laubfrosch?

Mene lachte.

Ich mag rot!

Als du klein warst, war dein Haar richtig rot. Weißt du das noch?

Ja, aber jetzt ist es braun.

Kastanienbraun.

Die Tante gab ihr einen Kuss, nahm die Gießkanne in die Hand und ging ans Fenster.

Mene hatte Hunger und war gerade dabei, ein zweites *gelbes Auge* zu nehmen, als sie merkte, dass die Tante die Nase gegen die Fensterscheibe drückte und an einem Orchideenstern zu zupfen begann, statt ihn zu gießen. Sie kannte ihre gefühlsdisziplinierte Tante allzu gut, um nicht zu ahnen, dass sich hinter diesem Zupfen etwas verbarg. Sie legte den Toast zur Seite und richtete sich auf. Dann näherte sie sich der Fensterbank und legte ihr die Hand vorsichtig auf die Finger. Obwohl sie kein einziges Wort sagte, hörte die Tante sofort auf, an der Orchidee zu zupfen. Aber ihr Blick war nach wie vor auf die Terrassenfahrstühle im Haus gegenüber gerichtet. Mene schaute aus dem Fenster und sah zwei Silhouetten – die eines Mannes und die einer Frau, die sich den Fahrstühlen Hand in Hand näherten. Und obwohl sie aus der Entfernung ihre Gesichter nicht erkennen konnte, wusste sie, dass es der Onkel und seine neue Frau waren. Inzwischen waren bereits drei Jahre vergangen, seit er zu ihr ins Haus gegenüber gezogen war, doch Mene konnte sich seinen Umzug nach wie vor nicht erklären: Für ihr kindliches Verständnis war die neue Frau nicht einmal schöner als ihre Tante, geschweige denn vornehmer oder eleganter. Was Mene noch nicht wissen konnte, wüsste jede erwachsene Frau auf den ersten Blick: Die neue Frau war jung. Einfach jung – selbst in ihrer Art, seine Hand zu halten und ihn dabei mit halb geschlossenen Augen anzuschauen, mit einem ungenierten Blick, direkt unter seine Haut, direkt unter die Rippen.

Mene war sieben Jahre alt gewesen, als der Onkel ausgezogen war. Sie hatte an dem Tag ihr erstes Klaviervorspiel gehabt, doch sie erinnerte sich noch genau, was am Nachmittag danach geschehen war. Sie saß in einer Ecke im Empfangszimmer und hörte zu, wie der Onkel darauf bestand, nichts außer seinen Anziehsachen mitzunehmen, damit die Tante alles behielte, woran sie gewöhnt war, damit es Mene weiterhin an nichts fehlte. Während die Tante zunächst auf und ab ging und sein Angebot ablehnte, es dann aber schließlich annahm, unter der Bedingung, seinen Koffer selbst zu packen. Sie sagte, es wäre ihr wichtig, dass er nach zwanzig Jahren Ehe mit ordentlich gepacktem Koffer aus dem Haus ginge. Dann legte sie seine Anzüge selbst zusammen und holte seine Hemden aus dem Schrank. Golem machte zwar die Bügelmaschine an und brachte sie ins Empfangszimmer, um die Arbeit schnell zu erledigen, aber die Tante nahm stattdessen das gewöhnliche Bügeleisen, ein Relikt aus vergangener Zeit, und fing an, die Hemden des Onkels selbst zu bügeln. Mene konnte sich heute noch erinnern, wie sie an jenem Nachmittag mitten in dem großen Empfangszimmer stand und jedes Hemd auf dem Bügelbrett ausbreitete, darüber streichelnd, als wäre es der Rücken eines toten Hundes. Sie wusste immer noch, wie die Tante jeden einzelnen Hund beweinte, vollkommen lautlos, und wie sie die Tränen, die auf seinen Rücken herunterliefen, überbügelte.

Bitte sprich mit keinem darüber, hörte sie plötzlich die Stimme der Tante am Fenster.

Worüber?

Dass ich geweint habe.

Wann?

Du weißt, wann.

Mene rührte sich nicht.

Nach einer Weile nahm die Tante sie in den Arm.

Alles in Ordnung?

Ich werde mich niemals verlieben, erwiderte Mene.

Doch, das wirst du.

Nein, das werde ich nicht! Es ist besser, von Anfang an zu wissen, dass es niemanden gibt, der dich verlassen kann.

Die Tante schüttelte den Kopf.

Wenn man sich vor dem Verlieben fürchtet, erlebt man eins der schönsten Gefühle nicht, zu dem ein Mensch in der Lage ist, eine Euphorie – ohne Essen, ohne Schlaf, wie ein Engel!

Mene sah sie misstrauisch an.

Ohne Essen, sagst du? Ohne Schlaf? Gesund wird diese Euphorie nicht sein. Zumal wird sie auch einen Haken haben, wenn sie die Menschen traurig macht.

Die Tante zog sie rasch an sich und küsste sie auf die Stirn.

Den Haken, meine liebe Fräulein Schlaukopf, gibt es in der Tat. Die Euphorie ist kurzlebig. Aber wenn man es schafft, zusammen zu bleiben, auch dann, wenn sie vergeht, dann …

Was dann?

Die Tante sagte nichts, ging zum Fenster, kippte es und legte den Kopf in den Nacken, sodass die Sonne ihr auf den Mund schien und der Wind, der durch das gekippte Fenster durchsickerte, in dem Spalt zwischen Oberlippe und Unterlippe landete. Sie lächelte kurz und sagte: Ach. Nichts weiter, nur dieses kurze, mehr ausgerutschte als ausgehauchte Ach. Und mit einem Mal erschienen die Falten, die sich in den vergangenen Monaten tief in ihre Mundwinkel eingegraben haben, wie geglättet.

Mit einem Schwung drehte sie sich zu Mene.

Was dann, fragst du? Dann ist es eine ganz große Sache gewesen!

Sie drehte sich wieder zum Fenster und fing an, mit schnellen, leichten Bewegungen die Blumen zu gießen. Mene stellte sich in den erfrischenden Windzug und beobachtete sie: Die Tante erinnerte sie mit einem Mal an die Blumenfrau, die im Seilbahnbahnhof ihren Blumenstand hatte und andauernd ihre Pflanzen besprühte, damit sie in den klimatisierten Räumen nicht vertrockneten. Mene atmete tief durch. Der April duftete nach Orchideen und Zypressen. Vielleicht zum ersten Mal im Leben spürte sie so etwas wie eine Entfernung zwischen sich und der Tante, sah einen winzigen, mit keinem Schritt zu begehenden Zwischenraum, der sie trennte – und zum ersten Mal im Leben bedauerte sie, keine Erwachsene zu sein.

Ich bin dem Onkel nicht böse, sagte die Tante nach einer Weile. Das sollst du auch nicht sein.

Warum nicht?

Weil ein Mensch, der einem anderen etwas nachträgt, sich einen schweren Felsenbrocken auf die Schultern bürdet.

Und mit einem Mal beugte sie sich zu Mene:

Tust du mir bitte einen Gefallen und schaust nach, ob es auf meinem Rücken einen Felsenbrocken gibt?

Mene machte große Augen.

Nein, im Ernst!

Und schon hatte sich der noch vor wenigen Minuten als unüberwindbar scheinende Zwischenraum aufgelöst.

Nur mich!, rief Mene und schlug ihr von hinten die Arme um den Hals.

Oh, seufzte die Tante und hob sie an, was für ein schweres Geburtstagskind!

Und Mene – das Gesicht glühend, die Augen größer als das Gesicht, mit einem Ton der Inbrunst, von Kopf bis Fuß wilde Freude – sprang lachend zu Boden, während die Tante den Küchenschrank öffnete und zehn bunte Luftballons herausholte.

Diese Frau besaß eine wahre Gabe, Luftballons im richtigen Moment aufsteigen zu lassen!

Mene hielt den Atem an, und die Tante fasste Golem an der Hand und begann mit ihm zusammen um sie herum zu kreisen.

Golem schaltete die von ihm aus verschiedenen Gesangsaufnahmen zusammengestellte Collage von Menes Lieblingslied *Somewhere over the Rainbow* ein – alt wie die Welt! – und ließ das Potpourri zuerst langsam, dann schneller erklingen, bis das große Versprechen zu hören war, das Mene sich seit fünf Jahren zu jedem Geburtstag wünschte: *Irgendwo über dem Regenbogen sind die Himmel blau, und Träume, die du träumst, werden wahr.* Diesmal aber schien ihr das Versprechen anders zu klingen als je zuvor. In dem Potpourri erkannte sie plötzlich zwei Stimmen, die kaum unterschiedlicher hätten sein können: Die gedämpfte, weit entfernte Stimme ihrer Mutter, als versinke der Laut in der Ferne im Meer, und die hellwache, eindringliche ihrer Tante, in tosende Wellen voll klingender Gischt verwandelt. Beide Schwestern versprachen ihr unisono, dass ihre Träume eines Tages wahr werden würden, obwohl nur die Tante von ihren Träumen etwas wusste. Aber in diesem Moment wollte Mene keinen Unterschied zwischen Wissen und Unwissen machen – sie wollte nur noch ein glückliches Mädchen sein. Noch vor wenigen Minuten hatte sie bedauert, keine Erwachsene zu sein, und jetzt bedauerte sie schon ihr Bedauern und schwor sich insgeheim, so lange ein Kind zu bleiben, wie es nur ging!

Das Versprechen wiederholte sich immer wieder und sie achtete genau darauf, kein einziges Wort auszulassen, keinen einzelnen der vielen, verheißenden Buchstaben, die im schnellen Wirbel um sie herumtanzten, sich mit den Luftballons vermischten und ihr wie bunte, grelle Glockenbälle in die Hände fielen.

Wahrscheinlich hätte sie weiter so reglos dagestanden und die Buchstaben festgehalten, wenn die Tante sich nicht vor ihr aufgestellt hätte:

Schließ die Augen!

Mene gehorchte, und als sie die Augen wieder öffnete, hielt sie in den Händen einen blassblauen Geschenkkarton mit langen gold- und silberfarbenen Schleifen.

Er ist aus meinem Traum!, sie warf Golem einen schnellen Blick zu. Weißt du noch, was ich dir im Zimmer sagte?

Sie zögerte.

Pack ihn aus!, hörte sie die Stimme ihrer Tante.

Einige Sekunden noch hielt sie den Karton in den Händen, unsicher, ob sie an so ein Wunder glauben durfte. Und als sie ihn endlich öffnete, holte sie zwei nagelneue, türkisfarbene Stiefel mit dunkelblauer Fußspitze heraus.

Ihre Augen weiteten sich so schnell wie eine Blüte, die zu spät erwachte und deshalb erschrak. Erst dann begannen sie zu leuchten, in strahlenden Blicken, abwechselnd zur Tante, zu den Stiefeln, zu Golem ...

Magst du sie heute einweihen?, fragte die Tante.

Mene nickte so heftig, dass die Tante nicht anders konnte, als ihren Kopf mit beiden Händen festzuhalten.

Als sie vor einer Woche diese Stiefel in der Vitrine eines großen Schuhgeschäfts in der Nähe des Seilbahnbahnhofs sah, dachte sie sofort an eine Meerjungfrau: Die dunkelblauen Schuhspitzen sahen aus, als wären sie mit glänzenden Fischschuppen bewachsen. Und der hohe, breite Spann war mit aufspringenden Falten versehen wie ein gebogener Meerjungfrauenschwanz. Sie verpasste an dem Tag die Seilbahn zur Schule, rief die Tante im Hospital an und sagte, sie habe zwei Meerjungfrauen gefunden, dort, wo sie nicht hingehörten, wo auch kein Feuervogel hingehören würde und kein sonstiges Wunder, und sie könne sie deshalb nicht allein lassen. Als die Tante sie eine Stunde später in der Exquisitabteilung des Schuhgeschäfts mit zwei Meerjungfrauen sitzen sah, wusste sie, dass sie ihr diese teuren Stiefel zum Geburtstag kaufen würde, selbst wenn sie sie etliche Überstunden im Hospital kosteten.

Na, worauf wartest du?, sagte sie, als Mene um die neuen Schuhe herumkreiste. Zieh sie endlich an!

Mene setzte sich auf den Boden und zog zuerst den rechten, dann den linken Stiefel an.

Es dauerte eine Weile, bis sie sich aufrichtete, doch als sie endlich stand, fühlte sie sich nicht mehr wie ein kleines Mädchen mit dem Marienkäfer im Rücken, der ein kurzes Leben hatte. Sie kam sich wie eine Große vor – mit zwei unsterblichen Meerjungfrauen an den Füßen.

Danke!, sie streckte der Tante die Arme entgegen.

Dabei ließ sie die neuen Schuhe nicht aus den Augen. Und mit einem Mal offenbarte sich in ihrem zarten, rundlichen Mädchengesicht etwas, was erstaunlich, wenn gar nicht befremdlich wirkte. Es war ein ganz neuer Augenausdruck, ein nicht zu übersehender Funken heranreifender Weiblichkeit: Binnen weniger Sekunden geschah etwas mit ihren großen, schwarzen Schmetterlingen, die auf einmal aufblitzten, als wären sie zum Flug bereit.

Die Tante drehte ihr Gesicht zur Seite. Es war in einer Mischung aus Scham und Unruhe entflammt, als hätte sie in Menes Erregung etwas erkannt, wonach sie selbst sich sehnte. Sie holte ein weißes Batisttaschentuch aus der Jackentasche, hielt es unter kaltes Wasser und wischte sich den Hals.

Gefallen dir meine Meerjungfrauen, Golem?, hörte sie Menes Stimme.

Das Taschentuch fiel ihr aus der Hand, eilig hob sie es vom Boden auf.

Mene bemerkte nichts. Wie hätte sie auch! Sie hätte jetzt selbst den Feuervogel übersehen, der zum Wunder gehörte! Denn ab heute war sie die einzige in der Klasse, die die Erfüllung der Wünsche aller Mädchen an ihren Füßen trug.

Staunend sah sie nun zu, wie die Tante mit trockener Stimme Golem bat, ihr die Handtasche aus dem Flur zu bringen. Dann zog sie ihren weitgeschnittenen Strickponcho über und setzte den blauen Filzhut auf, den sie einst vom Onkel geschenkt bekommen hatte.

Als sie die Tasche aus Golems Hand nahm, sagte sie zu ihm:

Bitte kümmere dich um die Canapés für heute Nachmittag!

Wer kommt heute Nachmittag?, fragte Mene, als sie bereits in der Wohnungstür standen.

Deine Gäste.

Meine Gäste? Ich habe niemanden eingeladen.

Und warum haben sich dann Mädchen aus deiner Klasse für heute Nachmittag angesagt?

Woher wussten sie, dass ich Geburtstag habe? Vor einem Jahr…

Vergiss, was vor einem Jahr war!

Menes Wangen liefen rot an. Es fiel ihr schwer zu vergessen, was am Tag ihres neunten Geburtstages geschehen war. Ihre Mutter wollte sie von der Schule zum Geburtstagstee abholen. Deshalb stand sie an jenem Tag nach der letzten Stunde vor dem Tor und hielt Ausschau nach dem dunkelroten Auto der Mutter, bis sie es endlich sah und vor Freude um einen Zentimeter zu wachsen schien. Dann rief sie die Mädchen auf dem Schulhof herbei, alle sollten herkommen und ihre Mutter kennenlernen! Und dann hielt das Auto vor dem Tor an und die Mädchen, die sich um Mene herum versammelten, begannen zu lachen, weil am Steuer nicht Menes Mutter, sondern Golem saß, und zwar mit einem alten Ersatzteil statt seines gewohnten Gesichts, das er vorher im Robotikinstitut zum Update abgegeben hatte. Er sagte, ihre Mutter würde sich entschuldigen, weil sie sie heute nicht zum Geburtstagstee abholen kommen könne, aber sie würde ihr in den nächsten Tagen ihr Geschenk vorbeibringen und sie würden zusammen nachfeiern. Mene wusste heute noch, wie sie damals die Fäuste zusammengeballt und sich auf die Augen geschlagen hatte. Auf die beiden Schwindler, die das graue Auto der Tante für den dunkelroten Wagen ihrer Mutter ausgaben! Auf die treulosen Falter, die sich blind stellten und sie vor den Mädchen blamierten! Hätte Golem ihr damals die Fäuste nicht mit seinen schweren Händen festgehalten, wären ihre Schmetterlinge mit den schwarzen, samtigen Flügeln heute tot.

Die Tante beugte sich zu ihr:

Freust du dich nicht, dass deine Freundinnen dich überraschen wollen, Kleines?

Mene schmiegte sich an ihre Hand, ohne sie anzusehen.

Als sie wenige Minuten später den Hof des Hauses 400 betraten, glomm die Luft und schmeckte nach Schwefel. Der hohe Schwefelsalzberg strahlte in der Sonne, doch durch die Schutzbrille, die Mene aufsetzen musste, konnte sie sein buntes Funkeln, das sie vor kurzem aus dem Fenster beobachtet hatte, nicht mehr erkennen.

Die Brille färbte den Berg grau.

SECHS

Der Mann wandte sich von der Projektion an der Wand ab und machte Golem ein Zeichen, die Aufnahmen anzuhalten. Die letzten Bilder flackerten – Vorhang! Ohne Beifall, ohne Pfiffe. Der Lichtstrahl an der Wand erlosch, und mit ihm zusammen erlosch der letzte Blick, verstummten die letzten Worte Oholibas.

Jetzt war er Zeuge seiner selbst: Er hatte gesehen, was gestern Abend geschehen war. Er hatte den Augenblick seiner Verdunkelung gesehen, das Karussell in seinen Augen beobachtet, das ihn mit rasanter Geschwindigkeit in den Wahnsinn fuhr, um schließlich einzusehen, dass er nicht mehr von alldem verstand als zuvor. Er versuchte sogar, den genauen Zeitpunkt auszumachen, als der fliegende Wahnsinn sich von dem Karussell in seinen Augen losriss und auf Oholibas Babybauch einschlug. Er versuchte, den sekundenschnellen Wandel abzupassen, um herauszufinden, in welchem Moment er den Befehl in seinem Gehirn übergangen haben musste: *Tu ihr keine Gewalt an!* Doch hatte es diesen Befehl wirklich gegeben? Oder war es nur sein Wunsch, sich an diesen Befehl im Nachhinein erinnert haben zu wollen? Er schloss die Augen. War es die Eifersucht gewesen, die den Wahnsinn freisetzte und ihn den wichtigsten Befehl seines Lebens überhören ließ? Oder war es das Gefühl, von dem geliebten Menschen verraten worden zu sein? Er versuchte, sich das Karussell erneut vorzustellen, doch selbst so wollte es ihm nicht gelingen, den Zeitpunkt des Wandels zu erkennen und die Frage zu beantworten, ob es diesen Befehl jemals gegeben hatte: *Tu ihr keine Gewalt an …*

Er schlug die Augen auf, mit der Gewissheit, dass es für alle Fragen zu spät war, und wandte sein Gesicht Golem zu.

Würdest du mich wegtragen, wenn ich tot umfiele?

Ja, Herr.

Und woher würdest du wissen, dass ich tot bin? Du bist nicht befugt, den Tod festzustellen.

Ich würde den Krankenwagen rufen.

Und dann würdest du mich auf Händen wegtragen? So wie Cassiel den gefallenen Damiel wegtrug?

Golem machte einen sekundenschnellen Programmcheck.

Ich würde Sie wegtragen, so wie der Engel Cassiel den gefallenen Engel Damiel wegtrug.

Der Mann verspürte einen dringenden Wunsch, Oholibas Stimme noch einmal zu hören, ihre letzten Worte in der Aufnahme, die sich trotz aller Ratlosigkeit noch sanft anhörten. *Von den Schmetterlingen*, wiederholte er ihre Worte, wohl wissend, dass er kein Recht auf ihren Traum hatte.

Was geschieht mit der Aufnahme?, fragte er Golem.

Sie ist gestern an den Turm versandt worden und bleibt in der Archivdatenbank.

Heißt das, dass man im Turm nichts von der heutigen Vorführung erfahren wird?

Im Turm hat man gerade die aktuellen Aufnahmen erhalten.

Der Mann verzog den Mund.

Die Aufständischen stehen vor dem Stadttor und der Turm hat nichts Besseres zu tun, als sich die Aufnahmen aus meinem Privatleben anzusehen!

Im Turm muss jede Aufnahme ausgewertet werden, Herr. Alles, was verdächtig erscheint, wird geprüft.

Der Mann blickte Golem an, geduckt und grau im Gesicht.

Selbst bei einem Armeeoffizier? Bin ich etwa ein potenzieller Verräter?

So etwas zu denken steht mir nicht zu.

Der Mann schüttelte den Kopf, langsam und getragen, als machte ihm jede Bewegung Mühe, als wäre sein Kopf ihm viel zu schwer geworden. Dabei hörte er nicht auf, Golem anzusehen.

Mehr als bestrafen kann mich der Turm nicht, sagte er. Und um ehrlich zu sein, was für eine Rolle spielt das schon, ob ich vom Turm direkt oder vom Militärgericht verurteilt werde?

Golem machte einen Schritt auf ihn zu.

Es gibt einen Unterschied, Herr. Und ich als Ihr persönlicher Beschützer möchte Sie davon in Kenntnis setzen. Erlauben Sie?

Du meinst es also gut mit mir und möchtest mich vor einem Fehler warnen, verstehe ich das richtig?

Korrekt.

Wozu brauchst du dann meine Erlaubnis?

Weil Sie mein Herr sind.

Eine Weile schwieg der Mann, dann wandte er sich an Golem.

Wenn Sie auch weiterhin so viel Glück haben wie bei der Bestimmung Ihrer Wächter, dann können Sie zuversichtlich sein.

Erkennst du das Zitat?

Golem machte einen Programmcheck.

Es stammt aus einem von drei unvollendeten Romanen von Franz Kafka, Der Prozess. Sie zitierten aus dem Kapitel 1, Verhaftung.

Bravo!

Darf ich Sie davon in Kenntnis setzen, Herr, worin der Unterschied besteht, vom Turm …

Schieß los.

Im Falle, dass Sie vom Turm der Überwachung direkt verurteilt werden, wird in Ihr Gehirn ein elektronisches Denkimplantat eingesetzt, das sich künftig auf Ihre Denkautonomie auswirken und sie maßgeblich beeinflussen würde. Werden Sie vor dem Militärgericht schuldig gesprochen, bleibt Ihnen Ihr freier Wille erhalten, selbst wenn Sie die Strafe im Gefängnis absitzen müssten.

Ist das alles?

Ja, Herr.

Die Luft hing über der Küche wie eine Platte aus Blei – schwer und dunkel. Golems Worte erinnerten den Mann daran, dass er, ungeachtet dessen, was zwischen ihm und Oholiba vorgefallen war, noch immer ein Mensch war. Ein Homo sapiens, der um das, wenn auch bereits verletzte und in seiner Verletztheit dahinsiechende, mit nichts als bloßem Klang ausgefüllte Wort Freiheit, wusste … Doch was nutzte ihm dieses Wissen? Was nutzte ihm seine Freiheit, zwischen Gut und Böse entscheiden zu können, wenn er im wichtigsten Moment seines Lebens versagte? Wenn er vorgestern Abend, als der fliegende Wahnsinn das Kommando über seinen freien Willen übernahm und ihn zur Marionette seiner Wut machte, so handelte, als wäre er bereits ferngesteuert?

Nur derjenige, der sich selbst besiegen kann, bleibt ein Mensch, sagte er nach einer Weile. Ich hab's vermasselt.

Er nahm eine Apfelhälfte aus der Obstschale, drehte sie in der Hand hin und her, führte sie schließlich zum Mund.

Berichte mir über die Lage an der Nordgrenze, sprach er zu Golem.

Golem erkannte den Befehlston in der Stimme seines Herrn und reagierte routiniert.

Die Lage hat sich zugespitzt, Herr. Nachdem die Versuche der Aufständischen, sich den Weg in die Stadt durch die unterirdischen Tunnel an der Nordgrenze zu bahnen, gescheitert waren, setzten sie Brandbomben ein. Daraufhin erteilte der Turm den Befehl, von der Verteidigungsoffensive zum Angriff überzugehen. Heute Nacht wurden bereits Einsätze …

Wenn der Turm tatsächlich die Stadt beschützen will, unterbrach der Mann, dann sollte er lieber dafür sorgen, dass ein erfahrener Kampfpilot mitten im Krieg nicht vom Dienst suspendiert wird!

Golem widersprach nicht. Die Worte des Mannes lösten zwar negative Zahlen in seinem neuronalen Netz aus, aber der Ton in der Stimme seines Herrn deutete deutlich darauf hin, dass er keinerlei Diskussion mehr wünschte.

Der Mann richtete sich auf, stützte sich mit den Händen auf dem Tisch ab. Nach wenigen Sekunden verstärkte er den Druck, doch die massive Holzplatte ließ sich um keinen Millimeter bewegen. Eine weitere Kindheitserinnerung stieg plötzlich auf – die zweite seit heute Morgen, die er schon längst in seinem Gedächtnis verloren glaubte: Wie er sich mit sechs Jahren beim Begräbnis seines Vaters an den hölzernen Deckel des Sarges geklammert und dabei die gleiche Hilflosigkeit verspürt hatte wie jetzt, fast fünfunddreißig Jahre später. Er konnte sich noch erinnern, dass er nach dem Begräbnis die alte Uniformjacke seines Vaters aus dem Schlafzimmer der Eltern gestohlen und sich mit ihr versteckt hatte. Und obwohl sie ihm bis zu den Knöcheln reichte, konnte ihn seine Mutter nicht dazu überreden abzuwarten, bis sie ihm passte. Stattdessen trug er die Jacke seines Vaters fortan, als würde sie ihm gehören. Er trug die Uniformjacke eines Armeegenerals, der bei einem heldenhaften Einsatz ums Leben gekommen war: Er trug sie über seiner Alltagskleidung, er trug sie zu Hause, er trug sie in der Schule, er trug sie im Hof, er trug sie überall – wie seine zweite Haut. Er trug sie, als wäre sie sein verstorbener Vater selbst, der ihn umhüllte. Einige sagten, es sei die Art des Kindes gewesen, mit dem Verlust seines Vaters umzugehen. Die anderen sagten, der Junge in der Uniformjacke würde eines Tages in die Fußstapfen seines Vaters treten. Er selbst wusste, dass er ein Offizier werden würde. Und dieses Wissen kam nicht aus seiner Gegenwart – es gründete in Jahrzehnten lange vor seiner Zeit. Er hatte sich seine Kindheit lang darauf vorbereitet. Die Jacke eines verstorbenen Offiziers war sein erstes Abzeichen. Manche werden richtige Soldaten und bekommen erst dann ihr Abzeichen – er dagegen trug seins schon Jahre, bevor er Soldat wurde. Als er eines Tages die eigene Uniform bekam, legte er die Jacke seines Vaters ab und zog sie nie wieder an.

Nach einer Weile ließ er die Holzplatte los und nahm die Hände vom Tisch.

Jetzt fehlt der Armee ein Offizier, sagte er und im gleichen Moment wurde der schmale, schwarze Kasten an der Wand neongrün.

An der lackierten Oberfläche des Kastens leuchteten Zahlen auf: 6:00.

Guten Morgen, Herr, hörte er Golem sagen.

Guten Morgen.

Golem ging zum Fenster und öffnete die Jalousien. Der Himmel war mit schweren Wolken überzogen, die über der Stadt wie riesige, mit festem, unnachgiebigem Schnee gefüllte Säcke hingen. Zwei flinke Rotkehlchen hüpften über die Fensterbank. Es war die Zeit, in der Oholiba jeden Morgen eine Schale mit Futter herausstellte. Der Mann sah die beiden unwillig an. Wüssten sie, was für ein Dröhnen sie mit ihrem leisen Morgenzwitschern in seinen Ohren und was für ein Stechen sie mit ihren roten Brustfedern in seinen Augen auslösten, würden sie kaum so unschuldig hin und her hüpfen.

Er holte die Dose mit dem Vogelfutter aus dem Küchenschrank, ging ans Fenster. Doch als er das Futter in einer Schale auf die Fensterbank stellte, flogen die Rotkehlchen verschreckt davon.

Sie haben auf Oholiba gewartet, nicht auf mich, sagte er. Kann das Futter trotz des Frostes hier stehen bleiben?

Trockene Körner erfrieren nicht, erwiderte Golem.

Der Mann ließ die Schale auf der Fensterbank stehen.

Oholiba kommt nicht mehr zurück, sagte er und schloss das Fenster.

Die Dose mit dem Vogelfutter rutschte ihm aus der Hand: Rosinen, Haferflocken, geschälte Sonnenblumenkerne und getrocknete Mehlwürmer regneten auf seine Füße.

Golem beugte sich zu Boden, um das Futter aufzusammeln.

Der Mann griff nach seinem Arm.

Lass das!

Golem richtete sich auf.

Hat sie dir etwas gesagt, bevor sie ging?

Nein, Herr.

Der Mann schob das Vogelfutter mit dem Fuß beiseite, ließ Golems Arm los.

Eine Weile blieb er am Fenster stehen. Es fiel ihm auf, dass an diesem Morgen keine weiteren Vögel außer Oholibas Rotkehlchen über der Stadt flogen. Er wunderte sich, denn gewöhnlich nutzten sie so früh am Morgen den freien Raum zwischen Himmel und Erde als ihre eigene Voliere. Aber heute stand die Voliere leer: Nicht einmal ein Spatz schien aufsteigen zu wollen.

Er riss das Fenster auf.

Wo seid ihr alle?, rief er. Kommt und fliegt!

Er formte den Daumen und Zeigefinger zu einem Ring, steckte ihn in den Mund und pustete kräftig. Sein lautes Pfeifen klang wie ein kurzes Sirenengeheul.

Oder seid ihr feige?!

Er lehnte sich weit hinaus. Die Schale mit dem Vogelfutter fiel von der Fensterbank herunter.

Es hat keinen Sinn, sich zu verstecken!, rief er. Keinen Sinn!

Dann schloss er das Fenster, lehnte sich an die Fensterscheibe. Und als hätte man zwischen Himmel und Erde seine Botschaft gehört, hallte plötzlich ein lauter Ruf aus der Ferne. Doch es war kein gewöhnlicher Vogelruf. Der Lärm wiederholte sich einmal, dann noch einmal und dann sah er mit Staunen einen Kampfjet in der Luft aufsteigen: Er zog hoch im Himmel eine Schleife Richtung Nordgrenze, schnell wie ein Blitz, und erschien als ein kurzes Blinken am Horizont, bevor er in den dicken Schneewolken verschwand.

Der Mann fuhr zusammen.

Es war mein Kampfjet, sagte er und ließ mit einem Ruck die Jalousien herunter.

Der Morgenhimmel verschwand hinter dem schmalen Stück Aluminium.

Eine Weile ging er in der Küche auf und ab. Und irgendwann schoss ein Krampf durch sein Gesicht: Seine Stirn zog sich zusammen, seine Mundwinkel auseinander, bis die Zähne hervorragten und die Halssehnen sich wie zwei Drähte anspannten. Das Gesicht – eine Maske aus freigelegten Stromleitungen. Er trug sie quer durch den Raum, hin und zurück, bis er stehen blieb. Bis seine Gesichtszüge sich genauso unerwartet entspannten, wie sie sich vorher verkrampft hatten – bis seine Stirn sich glättete, sein Mund sich lockerte, bis die Maske abfiel. Doch dabei geschah etwas Merkwürdiges: Seine Augen wirkten mit einem Mal spiegelglatt, als könnte kein Lichtreiz mehr ins Innere durchdringen. Als hätten sie in dem Spiegel eine todesnahe Gleichgültigkeit erkannt, die binnen weniger Minuten an die Stelle der Verzweiflung trat und sie zurückschrecken ließ.

Ich werde dir jetzt einen Befehl erteilen, sagte er zu Golem mit fester, ruhiger Stimme. Bist du bereit, ihn aufzunehmen?

Ja, Herr.

Er stellte sich Golem gegenüber, die Arme hinter dem Rücken verschränkt. Sein prüfender Blick, der in diesem Moment, lichtlos, leblos, noch künstlicher wirkte als der seines Roboters, streifte langsam über Golems Silhouette. Nach einer Weile machte er einen Schritt auf ihn zu, und in diesem Augenblick schien er größer geworden zu sein – etwas wuchs in ihm empor, ließ ihn sich pfeilgerade aufrichten, als reckten sich seine obersten Halswirbel, Atlas und Axis, plötzlich in die Höhe. Sein roter Bürstenschnitt schimmerte silbergrau und sein Gesicht legte sich in Falten. Seine Brust erhob sich, als er zu sprechen begann – (er klang wie ein griechischer Herrscher, irgendein Atlas der Zweite oder Axis der Dritte)

– Bald wird bei meiner Frau ein Mädchen geboren –
– Du sollst es als deine Herrin anerkennen –
– Du sollst ihr dienen, wie du mir gedient hast –
– Wiederhole den Befehl! –

Golem wiederholte, Wort für Wort. Dabei war es ihm nicht aufgefallen, dass sein Herr sprach, als würde es ihn selbst weder in der Gegenwart noch in der Zukunft mehr geben.

Dann verließ der Mann die Küche.

Als er das Ankleidezimmer betrat, schloss er die Tür hinter sich, machte das Licht an und öffnete den Schrank. Im Spiegel blickte ihn das aufgeschreckte, kindliche Gesicht an, das er vor wenigen Stunden schon einmal gesehen hatte. Er schien der Einzige zu sein, der in dem leblosen, wie in Marmor gemeißelten Antlitz von Atlas dem Zweiten und Axis dem Dritten das kleine, geängstigte Gesicht eines Jungen erkennen konnte: Ihm entging nicht, wie der Junge seine Furcht zu verbergen suchte, wie sein Mund zuckte – und mit einem Mal tat er ihm leid, der hilflose Knirps mit der Schirmmütze eines Generals.

Er blickte in die leicht entzündeten, schüchternen Augen des Jungen in Vaters Uniformjacke:

Na, was sagst du?

Der Knabe starrte ihn an.

Bist du damit zufrieden, was ich aus deinem Leben gemacht habe?

Der Junge schwieg. Vielleicht hatte er sich erschrocken. Vielleicht tat ihm der Mann leid. Vielleicht war er von ihm enttäuscht. Vielleicht wusste er nicht, dass dieser Mann er selbst war. Sein Bild wurde wässrig und kurz darauf trat an seine Stelle ein anderes Bild: ein alt anmutendes, müdes Gesicht mit stoppelbärtigen Wangen. Eine Weile noch suchte der Mann nach dem Jungen im Spiegel – nach den zarten, zerbrechlichen Zügen, doch dann gab er auf und schaltete das Spiegellicht ein: Das Gesicht mit den dunklen Bartstoppeln gehörte jetzt weder Atlas dem Zweiten noch Axis dem Dritten noch dem bangen Knaben mit der Generalsmütze – es gehörte nur noch ihm allein. Dem ehemaligen Armeeoffizier – ehemaligen Ehemann – ehemaligen Sohn.

Alles war ins Ehemalige gestürzt.

Er holte den Elektrorasierer aus der Schublade, rasierte sich sorgfältig und lange.

So ist es gut, sagte er schließlich und fuhr mit der Hand über die glatten Wangen.

Im Kleiderschrank suchte er nach seiner Paradeuniform, zog sich um und setzte das Barett auf. Aus dem Tresor holte er die Pistole, die er trotz Suspendierung behalten durfte, und steckte sie zwischen Gürtel und Hose. Dann ging er nochmals zum Spiegel, fuhr sich übers Gesicht, über die weit geöffneten Augen, das spitze Kinn, und fühlte auf einmal, wie die Erschöpfung der letzten Stunden langsam nachließ, wie seine Finger sich erwärmten und wie er wieder klar denken konnte.

So ist es gut, Oholiba, sagte er.

Er wagte es wieder, den Namen seiner Frau laut auszusprechen, und zum ersten Mal seit zwei Tagen erinnerten ihn der

Klang – die Silben – die eigene Lippenbewegung nicht mehr an seinen Verlust. Er wunderte sich über die unerwartete Leichtigkeit, die er plötzlich verspürte, über die Unbeschwertheit, die sich überall verbreitete, selbst in den kleinsten und unzugänglichsten Gehirnzellen, die vorhin mit schweren Gedanken besetzt waren.

Eine nahezu befreiende Idee schoss ihm durch den Kopf. Er erinnerte sich an eine biblische Geschichte, die er schon längst vergessen zu haben glaubte, die Geschichte von Onan und Er. Sein Religionslehrer hatte sie einst in der Schule erzählt: Beide Brüder waren mit der schönen Tamar verheiratet, und beide starben in jungem Alter. Zuerst starb Er, weil er sich geweigert hatte, seine Frau zu schwängern, damit ihre Schönheit ihm allein gehörte. Und kurz darauf starb auch Onan, weil er sich gegen das Gebot auflehnte, mit der Witwe seines Bruders ein Kind zu zeugen.

War DAS die Stunde der Gerechtigkeit?

Ein früher nie gedachter Gedanke überkam ihn so unerwartet, dass er sich einer plötzlichen Erregung, gar einem Hochgefühl, das sich wie heiße Glut überall in seinen Körper ergoss, nicht entziehen konnte.

Bist DU das?!, rief er laut.

Selbst im Traum hätte er nicht daran geglaubt, dass solch ein Gedanke ihn heimsuchen würde. Er fing an zu lachen – ein Lachen des Erbarmens und der Ekstase, des Mitleids und des Verzichts, ein erhabenes Lachen –, solange, bis er die pochende Glut seiner Männlichkeit nicht mehr verspürte.

Man bekommt das, was man verdient. Früher oder später.

Er ging an das kleine, runde Glasfenster in der Ecke des Zimmers. Solche Fenster wurden selten in Wohnhäusern eingebaut, aber Oholiba hatte darauf bestanden, nachdem sie in die Wohnung eingezogen waren: Das Ankleidezimmer selbst wie ein kleines Schiff mit einer Bugspitze vorne, sollte auch ein kreisrundes Bullauge haben. Manchmal nachts, wenn der Himmel sternklar war, konnte man von hier aus den Mond sehen. Er quoll zwar über den schmalen Fensterrahmen hinaus, aber wenn man das Fenster weit öffnete, passte er genau hinein – als wäre das Bullauge seine Wiege. Der Mann öffnete das Fenster, und wie schon so oft hörte er etwas, was man nur in seiner Stadt hören konnte, unabhängig von den Außengeräuschen des frühen Morgens: Er hörte den Wind schnarchen. Weder rauschen noch wehen noch säuseln, sondern einfach schnarchen. Ein laut schlafender Wind – ein Wind mit Ohrstöpseln, der von allen gehört wurde, aber selbst nichts hörte – ein Wind wie ein Mensch, ein mehrstimmig schnarchender. Er hörte eine Weile dem Wind-Menschen zu – hörte, wie er sich irgendwann von einer Seite auf die andere drehte, wohl wissend, dass er noch den ganzen Tag lang Zeit hatte, sich auszuruhen: In dieser Stadt wachte er täglich Punkt 18 Uhr auf.

Schlaf dich aus, sagte der Mann und blickte aus dem Fenster.

Die Morgenstunden waren still. Bis sieben Uhr morgens ruhte sogar die laute Straßenecke, die er vom Fenster aus sehen konnte. Dort waren Oholiba und er jeden Sonntag zum Frühstück gegangen, in das kleine Café mit einem verwitterten Holzschild über dem Eingang. Es hieß *Zur Freude* – in Blaulila, mehr eine Gravur als eine Aufschrift –, gehörte einem deutschen Einwanderer und wirkte in der untersten Etage eines Hochhauses wie eine altmodische Filmkulisse. Oholiba sagte, der alte Wirt mit der dicken Narbe im Gesicht und dem abgetragenen, sandfarbenen Strohhut würde alles andere als Freude ausstrahlen. Doch sein Omelett mit Gewürznelken schmeckte ihr, und sie fragte ihn sogar einmal nach dem Rezept. Er wunderte sich, dass sie mit ihm Deutsch sprach, staunte in einem tiefen, kehligen Ton, und sie verriet ihm unauffällig – unauffälliger als nötig –, ihre Mutter käme aus Deutschland. Er ließ damals die Rechnung für das Omelett aufs Haus gehen und grüßte sie seitdem mit

Kopfnicken – jedes Mal, wenn er sie sah. Vor zwei Wochen, an einem der Sonntage, als sie zum Frühstück ins Café gingen, hatte der Mann seine Uniform an, weil er gleich danach zum Stützpunkt fahren musste. Ihm war aufgefallen, dass der Wirt ihn aus dem Augenwinkel beobachtet hatte. Als er ihnen schließlich die Rechnung brachte, machte der Mann eine scherzhafte Bemerkung und bedankte sich bei ihm dafür, dass er so gut auf ihn aufgepasst habe. Der Wirt entschuldigte sich, es wäre ihm unangenehm gewesen, aber er hätte immer so ein zwiespältiges Gefühl beim Anblick einer Militäruniform. Und zum Abschied übte er sich noch in Rhetorik und fragte, ob der Mann wirklich glaubte, dass Frieden sich mit Waffen erkämpfen ließe.

Eine Weile blieb er vor dem Bullauge stehen.

Das Café an der lauten Straßenecke hatte gerade geöffnet, das alte Holzschild schwankte *Zur Freude* in der kalten Morgenluft hin und her, die blaulila Buchstaben wurden allmählich mit Schneeweiß überzogen. Er wusste genau, dass er das Café nie wieder betreten würde: Er würde nie wieder hingehen, um sich ein Omelett zu bestellen und mit dem Wirt zu sprechen. Er würde nie wieder dort auf dem Sofa sitzen, Oholiba im Arm halten und zusehen, wie die Tageszeiten wechseln.

Er schloss das Fenster, wandte sich zu den Kleiderschränken. Als er Oholibas Schrank öffnete, umwehte ihn ihr Duft, eine Mischung aus wachsigen Rosenblättern und rauchigen Orangenschalen. Der schmale Flakon aus feinem, geschliffenem Glas, in dem sie ihr Parfum aufbewahrte, stand in einem Kästchen unter dem Spiegel und sah wie ein Schwan aus. Oholiba liebte Schönheit. Der Mann holte den Flakon heraus und roch daran. Dann stellte er ihn wieder in den Schrank und nahm ihr orangenfarbenes Frühlingskleid vom Kleiderbügel. Sie hatte es noch vor einer Woche getragen, bevor der Winter in die Stadt zurückgekehrt war.

Vielleicht waren nur Sekunden, vielleicht Minuten vergangen, bevor er das Kleid mit den leuchtenden Chrysanthemen zurück in den Schrank hängte und den Raum verließ.

Im Schlafzimmer schaltete er das Licht nicht ein. Sein Blick blieb an der Wand mit der Milchstraße haften: Der schmale Streifen flackerte schwach in der Morgendämmerung, die durch das Fenster ins Zimmer durchsickerte und es mit halbblindem Licht erfüllte. Er schloss die Tür und stellte sich mit dem Rücken zur Milchstraße.

Als er sich lang streckte, merkte er, wie seine Uniformjacke an den Schultern spannte. Ohne weiter zu zögern, holte er die Pistole heraus.

Sie bebte, als er sich in die Brust schoss.

FÜNF

Als sie den Hof des Hauses 400 verließen, durfte Mene die Schutzbrille absetzen. Der Schwefelgeruch löste sich auf. Der Durchgang, den sie betraten, lag im Schatten, kühl und rau. Sie warf den Kopf in den Nacken, in der Hoffnung, das Strahlen des Schwefelsalzbergs hinter sich zu sehen. Doch die Tante legte ihr schützend die Hand vor die Augen.

Man vermutet radioaktive Substanzen darin, warnte sie.

Mene hielt den Kopf wieder gerade. Nach der letzten Flammennacht wirkte der schattige Durchgang noch dunkler: Die Fassaden der Häuser waren zum Teil verkohlt, die Fenster blind und die Luft hing schwer zwischen den Mauern. Obwohl sie es nicht zugeben wollte, hatte sie Angst davor, dass das Feuer sich wiederholen würde. Im Vergleich zu seinen Flammen, die sich überall in der Stadt ausbreiteten, kam ihr der in der Sonne funkelnde Schwefelsalzberg nahezu harmlos vor.

Ich denke, dass der Berg nicht so gefährlich ist, sagte sie schließlich.

Doch, erwiderte die Tante und nahm sie fest an der Hand. Die Natur sagt uns gerade den Kampf an.

Sie versuchte, den Durchgang so schnell wie möglich zu passieren. Mene sah zu ihr auf:

Welchen Kampf?

Das ist eine lange Geschichte und hat mit dem Sonnenschirm zu tun, den wir vor Jahren gebaut haben. Wir dachten, die Sonne würde dadurch die Erde weniger erwärmen, und pumpten tonnenweise Schwefelpartikel in die obere Atmosphäre. Und jetzt, da wir mehr Platz am Himmel brauchten, um den *Fire Dome* einzurichten, haben wir den Schwefelschirm außer Betrieb genommen. Dass die Atmosphäre mit einem Schock reagiert, ist kein Wunder.

Was passiert jetzt mit dem Berg?

Schwer zu sagen. Er hat bereits eine große Menge von hochgefährlichen Radionukliden freigesetzt. Im Turm der Überwachung geht man davon aus, dass es bald noch einen stärkeren Schwefelsalztornado geben könnte. Dann würde die Strahlung sich überall verteilen und etwas Anderes entstehen lassen, etwas viel Gefährlicheres als den Berg in unserem Hof.

Mene schaute zu Boden.

Die Worte der Tante verunsicherten sie. Um sich nichts anmerken zu lassen, setzte sie eine ernste Miene auf und sagte:

Vielleicht ist die Sache mit der Radioaktivität nicht so schlimm? Vielleicht irrt sich der Turm?

Das Blut stieg der Tante ins Gesicht, und gleich nach dem Blut – die Blässe:

Der Tuuuuurm irrrrt sich niiiiiiiiicht!

Ihre Stimme kroch selbst in die kleinsten, unscheinbarsten Löcher der Mauern, wurde noch vom letzten, unzugänglichsten Hohlraum aufgesaugt.

Sie fasste Mene an der Schulter. Noch nie, nicht ein einziges Mal in ihrem gemeinsamen Leben – und Mene kam es vor, als hätten sie bereits mehrere Leben gelebt – noch nie zuvor hatte die Tante sie so fest an der Schulter gepackt. Noch nie zuvor hatte sie sie so angeschrien.

Hast du mich verstanden?!

Ich bin nur ein Kind!, rief Mene entsetzt zurück. Ein KIND!

Die Tante ließ sie mit einem Ruck los.

Ihre kleine Mene war kein Kind mehr. Ein Kind weiß nämlich nicht, dass es ein Kind ist. Und ein Kind stellt keine Fragen, die sofort beantwortet werden können. Nein, sie war kein Kind mehr – aber sie war auch noch keine Erwachsene. Eine Erwachsene würde keine Fragen stellen, die zu beantworten hieße, sich wissentlich in Lebensgefahr zu bringen. Vielleicht zum ersten Mal im Leben wusste die Tante nicht, wie sie ihr noch nicht erwachsenes, doch schon nicht mehr kindliches Mädchen beschützen sollte.

Ich hoffe, dass man im Turm für unreife, unmündige Kinder Verständnis hat, sagte sie nun, als spräche sie jemand Dritten an. Und ich hoffe, dass man einem zehnjährigen Mädchen seine spontane und völlig arglose Aussage nachsehen wird.

Mene schwieg.

Es kam ihr so vor, als versuchte die Tante gerade, jemanden umzustimmen – gar zu begütigen. Aber wen? Sie ahnte, dass der Turm selbst gemeint war, doch genau wusste sie das nicht. Und nur das durch nichts zu erschütternde Vertrauen ihrer Tante gegenüber – ein Urvertrauen und ihm entwachsend die Einsicht – ließ sie hinter dem plötzlichen Wutausbruch Ratlosigkeit erkennen.

Es war das erste Mal in Menes Leben, dass sie das Handeln des Turms laut anzweifelte. Weder ihre Tante noch die anderen Menschen, die sie kannte, hatten ihn jemals in einem zweifelnden Ton erwähnt. Gewöhnlich, wenn man von ihm sprach, sprach man wertungsfrei, so wie man von einer unvermeidlichen Gegebenheit spricht. Einst als dem Militär unterstehendes Überwachungsinstrument erschaffen, war der Turm schon längst zum Wächter über die Stadt geworden. Und den Menschen in der Stadt stand es frei, entweder seinen Regeln zu folgen oder sich von ihm ein elektronisches Denkimplantat ins Gehirn einsetzen zu lassen, das ihr Denken beeinflusste und ihre Emotionen auf Mittelmaß setzte. Mene war damit aufgewachsen: Für sie als Kind war der Turm genauso selbstverständlich wie das tägliche Zähneputzen. Bereits mit fünf erfuhr sie zum ersten Mal, was sich hinter seinem rätselhaften Denkimplantat verbarg. Ihre Kindergärtnerin wurde von einem Tag auf den anderen verhaftet – man stufte sie als Feindin der Stadt ein. Drei Wochen später kam sie in den Kindergarten zurück und Mene schien es zuerst, als hätte sich nichts an ihr verändert. Doch schon in der kommenden Nacht – einmal im Monat übernachtete sie im Kindergarten, da die Tante Nachtdienst im Hospital hatte – bat sie die Erzieherin, ihr die Hand zu halten, bis sie eingeschlafen wäre. Und die Erzieherin, die ihr ansonsten immer die Hand hielt, sagte, dass sie zwar bei ihr bleiben, sie jedoch nicht berühren würde, da Mene bereits ein großes Mädchen sei und keine taktile Wahrnehmung beim Einschlafen benötige.

Sie sah zu ihrer Tante auf: Weder Scheu noch Zaudern, weder Gleichmut noch Aufregung lag in ihrem Blick. Und selbst wenn da etwas Derartiges gewesen wäre, wäre es durch die reglose Tränenwolke ohnehin nicht durchgekommen. Denn es waren merkwürdige Tränen, mit denen Menes Augen gefüllt waren: Tränen, die nicht einmal den Versuch unternahmen, die Augen zu verlassen. Sie standen einfach still, während sie selbst, ohne den Blick von der Tante zu wenden, sich detailgetreu ausmalte, was geschehen würde, falls sie wie ihre Kindergärtnerin als Feindin der Stadt eingestuft und ein Denkimplantat bekommen würde. Sie stellte sich vor, wie sie am Frühstückstisch neben der Tante sitzen und ihr Lieblingstoast mit dem gelben Auge ihr nicht mehr schmecken würde, weil ihre Geschmacksrezeptoren auf ein Mittelmaß eingestellt wären. Sie malte sich aus, sie würde sich nicht mehr darüber freuen können, worüber sie sich immer freute, nicht einmal über ihre Meerjungfraustiefel, kein Glücksgefühl mehr empfinden, kein Himmelhochjauchzen! Der Gedanke, dass sie als Gegenleistung dafür keine große Trauer mehr empfinden würde – über nichts, nicht einmal darüber, dass einige Mitschüler sie als Rabenkind hänselten –, machte die Sache nicht besser.

Sie ließ den Blick langsam nach oben wandern über die Augen der Tante, weit über deren Kopf hinweg, bis ihr fast der eigene Kopf abfiel.

Ich will weinen, sagte sie leise.

Und als hätten die starren Tränen in ihren Augen die Worte als Befehl verstanden, ergossen sie sich mit einem Mal über ihr Gesicht. So schnell und unerwartet, dass sie erschrak. Die Tante drückte sie fest an sich, ihren Tränen zuvorkommend.

Hab keine Angst, flüsterte sie ihr zu.

Mene nickte heftig. Die Tante ließ sie wieder los.

Mach so etwas nie wieder, Kleines, hauchte sie ihr ins Ohr. Nie wieder!

Nie wieder, dachte sich Mene. Nicht in diesem Leben und nicht im anderen – nicht im Schnee und nicht im Regen – nicht im Sonnenrot und nicht im Wintergrau – nicht im Blätterfall und nicht im Abendwind – nicht im Wachsein und nicht im Traum – nicht, wenn alle Lerchen schlafen.

Bevor sie sich auf den Weg machten, blickte sich die Tante noch einige Male um. Und erst nach einer Weile, als sie sich ganz sicher war, dass niemand Menes Worte gehört hatte, entspannte sich ihr Gesicht.

Alles in Ordnung?, fragte sie und blickte Mene in die Augen.

Mene nahm sie fest an der Hand.

Nie wieder, sagte sie und die Tante nickte.

Der Weg zum Platz der Hoffnung war eng und lang, wie ein Schlauch. Und je länger sie ihn herunterliefen, desto weniger fürchtete sie sich. Als sie nach einer Weile zwei weiße Tauben sah, die sich in den schmalen Gang verirrt hatten und nun, nach dem Ausgang suchend, im Kreis umherflogen, ließ sie die Hand der Tante los und lief ihnen hinterher.

Kommt mit!, rief sie ihnen beschwingt zu und winkte.

Und die Vögel – entweder weil sie Mene gleich Vertrauen schenkten oder weil sie sonst keine andere Chance sahen, aus dem Gang herauszukommen, als den beiden Menschenwesen zu folgen – gehorchten ihr.

Es war still und für die Tageszeit dunkel. Die Hochhäuser standen so nah beieinander, dass sie dem Himmel den Blick auf die Erde versperrten und nur einen schwachen Lichtstrahl von oben nach unten durchsickern ließen. Jedes Mal, wenn der Strahl Mene oder die Tante berührte, warfen ihre Silhouetten einen Schatten auf die Mauern. Einmal stolperte Mene und ihr Schatten stolperte mit.

Sei vorsichtig, mahnte die Tante.

Seit der letzten Flammennacht fuhren zwar Hunderte Räumungswagen durch die Stadt, aber noch immer lagen lose Ziegelreste, hart gewordene Erdklumpen und verkohlte Äste auf den Straßen. Die nördlichen Stadtviertel, die von den Flammen am meisten betroffen wurden, waren bislang nur teilweise geräumt. Am Anfang wunderte sich Mene darüber, doch vorgestern, als sie zusammen mit ihrer Schulklasse den abgebrannten Zoo im Norden der Stadt besuchte, leuchtete es ihr ein, warum man die Aufräumarbeiten so langsam durchführte. Schon auf dem Weg zum Zoo sah sie überall auf den Straßen Feuerwehrleute mit speziellen Hebegeräten, die die verkohlten Tierüberreste aufsammelten und sie auf riesigen Bahren stapelten. Ihr waren zwei Feuerwehrfrauen aufgefallen, die eine große

Schlange, die von Weitem wie ein dünner, gerösteter Wurm aussah, von einem Außenaufzug an einem Hochhaus abzunehmen versuchten. Die Schlange hatte sich während des Brandes wohl schutzsuchend um die Kabine aus Glas und Metall gewunden, aber die Flammen verschonten sie nicht. Den Feuerwehrfrauen gelang es nicht, sie von dem Aufzug zu lösen, ohne dass sie in der Mitte zerbrach, und Mene sah, wie eine der Frauen ihren Schutzhelm abnahm und weinte. Als die Schulklasse kurz darauf den Zoo betrat, konnte auch Mene ihre Tränen nicht mehr zurückhalten. Sie wollte gleich umkehren, als sie bereits mitten in der Asche stand – dort, wo noch vor kurzem der Eingang war, ein buntes Paradies mit fliegenden Flamingos, flatternden Schmetterlingen und laut quakenden Fröschen im großen, mit phosphoreszierenden Farben bemalten Becken. Aber der Lehrer hielt sie an, fragte, ob sie doch noch mitkommen würde, um sich von Teddy zu verabschieden. Und sie war geblieben. Der Gedanke an den alten Elefanten Teddy hatte ihr den Mut gegeben, das verwüstete Hauptgelände zu betreten. Nicht einmal zwei Wochen war es her, dass dieser Zoo mit den ältesten Tieren der Welt als einer der schönsten auf der Erde galt! Und jetzt? Jetzt war nur noch der sterbende Teddy übriggeblieben. Er war der einzige, der in der letzten Flammennacht das brennende Gelände nicht verlassen hatte – er war zu alt, um zu laufen. Und während die anderen Tiere durch die Straßen der Stadt geisterten, rettete sich Teddy in den Teich auf dem Gehege. Als Mene ihn vorgestern mitten im Teich liegen sah, an zwei Beatmungsgeräte angeschlossen, zog sich ihr Herz zusammen. An seiner Haut waren Brandwunden, an den Ohren hingen Tannennadeln und verbranntes Laub, und seine Augen waren schmerzerfüllt. Je länger Mene ihm in die Augen sah, desto unfassbarer erschien ihr der Schmerz, und nach einer Weile konnte sie nur noch einen blassen Nebel in seinen Pupillen erkennen. Die Ärzte spritzten ihm mehrmals am Tag Schmerzmittel und wunderten sich, woher er die Kraft nahm weiterzuleben. In der Nacht, als der Zoo brannte, hatten seine Tasthaare am Rüsselloch Feuer gefangen. Seitdem war es so schwer beschädigt, dass er selbst mit den Beatmungsgeräten kaum noch Luft bekam. Ein alter

Reviertierpfleger, der sich um ihn seit mehr als sechzig Jahren kümmerte, sagte, Teddy würde seine Leiden so lange ertragen, bis alle Kinder der Stadt sich von ihm verabschiedet hätten. Auf den ersten Blick schien es ein merkwürdiger Gedanke zu sein und anfangs schenkte man den Worten des alten Mannes keine Beachtung, doch je größer die Atemnot Teddys wurde, desto öfter kamen die Kinder mit ihren Eltern in den verbrannten Zoo, um sich von ihm zu verabschieden. Und inzwischen hatten sich die Schulen untereinander verständigt: Jeden Tag ging eine andere Schulklasse hin.

Schon wieder qualmt es, hörte Mene die Tante sagen, als sie sich dem Platz der Hoffnung näherten. Wahrscheinlich sind das neue Feuerdrachen.

Werden sie nicht immer nachts abgeworfen?, fragte Mene.

Man schafft es nicht, sie alle in der Nacht zu löschen, deshalb qualmen sie nach.

Mene hielt sich die Hand vor die Nase. Nicht dass der Rauch zu stark gewesen wäre, aber sie wollte nicht, dass der Eindruck entstand, sie hätte sich mit ihm abgefunden.

Sie sollen endlich damit aufhören!, sagte sie, ohne die Hand von der Nase zu nehmen.

Wer?

Die Aufständischen.

Mene blieb abrupt stehen.

Schau da!, sie zeigte auf den Hauseingang, an dem sie gerade vorbeigingen.

Auf der unteren Treppenstufe lag eine tote Ägyptische Mau. Eine der vielen Katzen, die in der Stadt seit Jahrtausenden angesiedelt waren und wie die Katzen im alten Ägypten aussahen: mittelgroß und grazil, das Fell seidig und glatt. Ihre Körper waren länglich, die Köpfe keilförmig, die Augen wirkten wie samtige, nicht gereifte Mandeln, in Bronze gefasst, und ihr Gang erinnerte an den Gang eines Leoparden. Vielleicht waren ihre Vorfahren einst aus Ägypten hierhergezogen? Seitdem wurden sie von den Stadteinwohnern versorgt. Keiner kam jemals auf die Idee, sie aus den Gärten und Höfen, die sie sich als Domizil aussuchten, zu vertreiben. Sie gehörten längst zu der Stadt und kämen ihrerseits ebenso wenig auf die Idee, sie zu verlassen. Bis zur letzten Flammennacht. Denn bereits nach dem Ausbruch des ersten Feuers starb der Großteil der Katzen. Der andere Teil versuchte vergeblich, aus der Stadt zu fliehen.

Die tote Ägyptische Mau, die auf der Treppe zum Hauseingang lag, war zur Hälfte verbrannt. Auf ihrem einst seidigen Fell war keine Tüpfelung mehr zu erkennen, sondern nur noch schwarze Streifen. Ihr Schwanz war abgefallen, das rechte Ohr fehlte. Sie lag zusammengekrümmt da, die Vorderbeine unter die Brust gezogen, als würde sie schlafen.

Wie ist sie hierhergekommen?, fragte Mene.

Wahrscheinlich hat sie sich aus dem Norden hergeschleppt, um in Sicherheit zu sterben.

Die Arme. Warum hat man sie noch immer nicht begraben?

Man wartet auf die Feuerwehrleute, die wissen, wie man so ein verbranntes Tier anfasst. Sonst zerfällt sie zu Asche.

Mene folgte der Tante schweigend. In den Rauch, der noch immer wie eine Wolke über dem Durchgang hing, mischte sich der Gestank gebratenen Fleisches.

Vor genau zwei Monaten stießen die Aufständischen in die nördlichen Randbezirke der Stadt vor. In der ersten und schlimmsten Flammennacht warfen sie Brandbomben und Feuergranaten im Zweiminutentakt: Überall brannte die Erde. Nach der zweiten Flammennacht wurde eine hohe Schutzmauer aus Beton und Eisen entlang der Stadtgrenzen gezogen. Und schon am nächsten Tag durchzog ein Befestigungsgürtel mit Wachposten die gesamte Stadt und riegelte sie nach Norden ab. Der Luftraum war im Norden ebenso abgeriegelt: Binnen eines Monats entstand unter dem Himmel ein hochmoderner *Fire Dome*, der Brandbomben erkennen und abfangen konnte. Und an der Schutzmauer waren überall robotisierte Feuerfänger positioniert, um die Luftabwehr zu unterstützen. Doch die mit der neuesten Technik ausgestatteten Roboter konnten die schlichten Feuerdrachen nicht als Waffe erkennen.

Warum können die Feuerdrachen nicht einfach mit der Hand abgefangen werden?, fragte Mene nach einer Weile.

Weil die Roboter auf moderne Feuerwaffen programmiert sind und nicht auf ein brennendes Spielzeug.

Wenn die Aufständischen spielen wollen, dann sollen sie mit dem Spielzeug spielen und nicht mit den Tieren!

Sie wollen nicht spielen, erwiderte die Tante. Sie haben einfach ihre Kampftaktik geändert.

Und die neue Kampftaktik heißt Feuerlegen? Wie in der Steinzeit?!

Mene beschleunigte den Schritt. Ihre Stiefelabsätze hallten in dem steinigen Durchgang, und das verirrte Gurren der Tauben wurde auf einmal lauter, als wären sie mit Menes schnellem Tempo nicht einverstanden.

Weißt du, was unsere Nachbarin glaubt?, sagte sie plötzlich. Dass über der Stadt ein Fluch liegt.

Die Tante runzelte die Stirn:

Unsinn! Über der Stadt liegt kein Fluch, sonst würde sie gar nicht mehr existieren.

Aber die Nachbarin …

Sie steht unter Schock! Sie hat den Tod ihrer kleinen Tochter noch nicht überwunden. Dazu kommt noch, dass sie unter einem Kriegssyndrom leidet.

Ein lauter Vogelschrei hallte aus der Ferne. Mene fuhr herum. Der Vogelschrei wiederholte sich. Sie blickte auf und sah einen Adler über die Hochhäuser fliegen, der in den Krallen ein großes Federkissen hielt.

Sind das Daunen?, fragte sie, als etwas Weiches und Leichtes ihr über die Stirn streifte.

Die Tante streckte die Hand aus:

Das sind Federn.

Gestern flogen sie auch schon in der Stadt herum.

Die Aufständischen verstecken Brandbomben in den Federkissen und werfen sie über die Mauern. Zum Glück werden sie von den Robotern gleich abgefangen.

Sind sie etwa auf Federkissen programmiert?

Nein. Aber auf die Brandbomben, die drinstecken. Sie fangen die Kissen ab, reißen sie auf und entschärfen die Bomben.

Unzählige weiße Federn schwebten über dem Durchgang, zart und geschmeidig. Mene hatte noch nie im Leben so viele Federn gesehen: Sie wirbelten wie Schneeflocken durch die Luft.

Wozu hat sich der Adler so ein Kissen geschnappt?, fragte sie.

Vielleicht dachte er, es wäre ein Murmeltier.

So ein komisches Ding. Wo haben die Aufständischen so etwas her?

Sie benutzen die Federkissen zum Schlafen.

Sie schlafen darauf?, Mene staunte. Es ist doch fast so groß wie ein halbes Bett!

Die Tante schmunzelte:

Als ich Kind war, gab's nur solche Kissen.

Mene erkannte den sehnsuchtsvollen Ton in ihren Worten: So klang ihre Stimme immer, wenn sie von ihrer Kindheit sprach. Die Erinnerungen lebten in ihrem Gedächtnis weiter, so wie die dicken Bildbände und die vergilbten, fast ausgewaschenen Postkarten, von denen sie sich nicht trennen konnte, in ihrem alten Koffer weiterlebten. Manchmal holte sie den Koffer, den sie als Kind aus Berlin hergebracht hatte, heraus und öffnete ihn. Und manchmal rollte er selbst auf sie zu und ließ den jahrzehntealten Geruch in einer Staubwolke aufziehen. Die Tante war noch ein Schulmädchen gewesen, als sie zusammen mit ihrer Mutter aus Deutschland weggezogen war. Und obwohl seitdem mehr als fünfzig Jahre vergangen waren, dachte sie noch immer an Berlin und holte hin und wieder die alten Bildbände aus dem Koffer hervor. Mene saß oft neben ihr, wenn sie darin blätterte: Inzwischen kannte sie die schwarzweißen Stadtaufnahmen und mochte sie, besonders die Bilder, die morgens gemacht waren, wenn die bronzenen Löwen an den Brückengeländern und Toren noch schliefen und die marmorweißen Pferde auf den hohen Sockeln gerade erst wach wurden. Und jedes Mal, wenn sie die Tante fragte, ob sie eines Tages zusammen nach Berlin reisen würden, antwortete die Tante geistesabwesend, *jaja, unbedingt.*

Mene zog zwei weiße Federn aus ihren Zöpfen, warf sie auf den Boden. Die Tante schüttelte den Filzhut ab, rückte ihn zurecht. Doch je weiter sie gingen, desto mehr Federn lagen auf der Straße. Und mit jedem Windzug wurden sie emporgehoben und durch die Luft gewirbelt.

Ich möchte, dass die Flammennächte aufhören, sagte Mene und schnappte nach einer der Federn.

Das möchte ich auch, erwiderte die Tante. Ich möchte nicht als alte Frau im *Haus des Wartens* sitzen und aus dem Fenster zusehen, wie unsere Stadt brennt.

Du wirst niemals im *Haus des Wartens* sitzen!, Mene zog sie heftig an der Hand.

Was ist in dich gefahren? Alle alten Menschen gehen hin, es ist ganz normal.

Menes plötzliches Aufbrausen war genauso unerwartet wie ihr heftiges Stampfen auf den Boden, als hätte sie keine Meerjungfraustiefel an, sondern Pferdehufe an den Füßen.

Was ist normal?! Dort einfach herumzusitzen?

Beruhige dich erstmal, erwiderte die Tante und zog ihre Hand zurück. Man sitzt dort nicht einfach herum, sondern wartet auf einen Besuch.

Gut! Dann kannst du auch zu Hause auf den Besuch warten, und ich werde mich um dich kümmern.

Ich hoffe aber, dass du bessere Dinge zu tun haben wirst, wenn du groß bist.

Dann werde ich niemals groß! Wie der Junge aus dem Buch, das ich lesen musste!

Die Tante blieb stehen, sah sie prüfend an.

Musstest?, sie legte ihr sanft den Arm um die Schulter. Ich dachte, du hättest es gern gelesen.

Na ja, habe ich auch …

Und wie hieß nochmal der Junge, der nicht wachsen wollte?

Er hieß …, Mene führte die Hand nachdenklich an die Stirn, er hieß … Mozart!

Die Tante krümmte sich vor Lachen. Mene wusste nicht mehr, wann sie sie zum letzten Mal so hatte lachen sehen.

Das gibt's nicht! Dieses Buch ist eins der wichtigsten Bücher des vergangenen Jahrhunderts, Kleines! Und mir bleibt nichts Anderes übrig, als dich zu bitten, es nochmals zu lesen, damit du dich an den Namen …

Das kannst du mir nicht antun! Nicht am Tag meines Geburtstages!

Ich sage doch nicht, dass du das Buch an deinem Geburtstag lesen sollst, ich sage nur …

Oskar!, rief Mene triumphierend. Er hieß Oskar!

Oskar Matzerath, die Tante lachte schon wieder.

Na sagte ich doch!

Du sagtest *Mozart*!

Die Tante atmete tief durch.

Weißt du, was, Kleines? Selbst wenn wir die nächste Seilbahn verpassen und du zu spät zur Schule kommst, möchte ich, dass du dir jetzt schnell ansiehst, wer Mozart war.

Jetzt gleich?

Kannst du dich noch an meinen Geburtstag erinnern, nachdem der Onkel ausgezogen war?, erwiderte die Tante. Wie wir beide im Wintergarten saßen und uns ein Musikstück anhörten? Du sagtest, du könntest das Stück gar nicht mit den Ohren hören, weil die Musik sich gleich auf deiner Haut verteilte, überall, und von ihr aufgesogen wurde, bevor sie in die Ohren gelangen konnte. Weißt du noch?

Mene erinnerte sich an das Stück. Mit einem Mal spürte sie, dass ihre Haut sich ebenso daran erinnerte und zu kribbeln begann. Ohne ein Wort zu sagen, holte sie den kleinen Prozessor aus der Schultasche, schaltete ihn ein und sprach laut und deutlich ins Mikrofon: *Mozart*.

Wolfgang Amadeus, fügte die Tante hinzu.

Und schon im nächsten Augenblick sah ihnen von einem 3-D-Hologramm ein Mann mit gepuderter Perücke und einem nervösen Lächeln entgegen. Mene tippte auf *Zusammenfassung* im Touchscreen und nach etwa zehn Minuten Hörzeit tippte sie auf *Speichern*.

Als sie sich wenige Minuten später dem Ausgang näherten, hallte schon wieder ein Vogelschrei aus der Ferne. Es war derselbe Adler, der über den Durchgang geflogen war, aber diesmal ohne das Federkissen in den Krallen. Nach einer Weile entfernte er sich. Und gleich danach schwang sich eine der weißen Tauben, die ihnen gefolgt war, in die Lüfte und schrie auf wie eine Möwe.

Mene erschrak. Die Tante zog sie schützend an sich.

Kaum schrie die Taube, blitzte es schon über dem Durchgang auf. Am Himmel bildete sich eine Wolke, die einem Flickfleck ähnelte. Die Tauben flogen kreuz und quer umher und gurrten. Mene fiel es auf, dass die Taube, die vorhin wie eine Möwe gekreischt hatte, auf einmal ganz seltsam aussah: Ihre Flügel schienen mit Silber bedeckt zu sein.

Schau, flüsterte sie der Tante zu, stockenden Herzens, tief schluckend, die Taube.

Die Tante legte den Kopf in den Nacken.

Welche?

Die da, die silberne.

VIER

Oholiba stellte den Koffer ab, rieb sich die Hände warm. Golem reagierte nicht, als sie ihn fragte, warum die Wohnung ausgekühlt sei und er ihr beim Ablegen nicht helfe. Er reagierte auch nicht, als sie ihn fragte, wo der Herr sei. Er bewegte sich nicht, als wäre sein ganzes Wesen auf die Schlafzimmertür fixiert – er stand Wache.

Sie ging schnell auf ihn zu, legte die Hand auf die Türklinke. Erst dann trat er von seinem Posten zurück.

Sie öffnete die Tür einen Spalt breit, schaltete das Licht an und sah das ausgestreckte Bein ihres Mannes auf dem Boden liegen. Sein zweites Bein war zur rechten Hüfte angewinkelt. Sein Oberkörper lag hinter der Tür. Oholiba blieb an der Schwelle stehen, hielt sich an der Klinke fest – das leicht geschwungene, schlanke Stück Metall schien in diesem Moment ihr einziger Halt zu sein. Sie starrte die Beine ihres Mannes an: Ihr entging weder die perfekte Bügelfalte an seiner Hose noch die Tatsache, dass er seine Paradeuniform trug.

Als sie das Zimmer betrat, stach ihr die Mischung aus Schwefel und verbrannter Wolle in die Nase. Nicht einmal eine Schmerzensgrimasse war auf dem glattrasierten, ruhigen Gesicht ihres Mannes zu sehen. Das graue Barett saß einwandfrei auf seinem Kopf – und hätte er mitten in der Brust keine Schusswunde gehabt, hätte sie sich einreden können, er schliefe.

Sie beugte sich über ihn und schrie auf. Dann machte sie eine kurze Pause und schrie erneut. Beim dritten Mal hörte sie nicht auf zu schreien – solange, bis Golem ihr die Hand vor den Mund hielt.

Die Höhe des Grundtons Ihrer Stimme hat das Maß von 440 Hz überschritten, Herrin.

Sie verstummte.

Er zog die Hand zurück.

Mach das Licht aus, Golem.

Er machte das Licht aus.

Mach das ganze Licht aus.

Er ging ans Fenster, fuhr die Jalousien herunter.

Komm zurück.

Er kam zurück.

Ist dein Herr tot?

Todesfeststellung steht mir nicht zu, Herrin.

Sie tastete nach dem Handgelenk ihres Mannes: kein Puls. Sie beugte sich über die Schusswunde: Die rechte Seite des Brustbeins war getroffen, die Kugel musste durch den Knochen tief in die Brusthöhle eingedrungen sein. Oholiba schnüffelte an der Wunde wie eine Hündin am verletzten Welpen. Als sie schließlich die Hand auf seine Augen legte, zuckte sie erschreckt zurück: Seine Stirn war glühend heiß.

Sie sah zu Golem auf:

Ruf den Krankenwagen!

Gestattet mir die Herrin eine Bemerkung?

Waaas?, ihre Stimme zitterte.

Die geschätzte Ankunftszeit des Krankenwagens ist etwa in achtunddreißig Minuten. Während ein Rettungshubschrauber aus dem Turm der Überwachung maximal dreieinhalb Minuten benötigen würde, um die Notärzte aus dem Hospital einzuladen, dann noch vier Minuten, um auf dem Dach des Hauses zu landen und schließlich weitere einundzwanzig Sekunden, um …

Ruf den Rettungshubschrauber!

Zu Ihren Diensten, Herrin.

Sie schaltete das Licht ein – sie fasste sich wieder.

Das Unglück kam, weil sie nicht vergeben konnte, das wusste sie. Jetzt konnte sie es – jetzt wollte sie es – sonst könnte sie nicht weiterleben. Und Vergeben ist ein unaufschiebbares Vorhaben – immer. Wenn man vergeben möchte, tut man es auf der Stelle! Wenn man um Vergebung bitten möchte, tut man es ebenso auf der Stelle. Man wartet nicht, bis das Vergeben – die Vergebung, in der Brust gefangen, sich den Weg nach Außen bahnt. Man hilft ihr heraus – schlägt sich auf die Brust. So lange, bis die Worte aus dem Mund von selbst herausfallen.

Sie meinte es ernst – sie schlug sich auf die Brust.

Zum Glück war aber ihr Geist wach genug, sie im richtigen Moment aufhören zu lassen. Denn genau in diesem Moment – im stillen Gerangel zwischen Leben und Tod, über jegliche Gefühle erhaben – sollte über ihre eigene und über die Zukunft ihres Mannes entschieden werden. Weitere Gefühlsausbrüche wären fehl am Platz. Sie erkannte rechtzeitig, dass einzig und allein Handeln dem Ernst des Augenblicks entspräche, und sobald sie Golem im Flur den Rettungshubschrauber rufen hörte, begann sie zu handeln:

– Sieben Minuten sechsundzwanzig Sekunden waren ihr geblieben, um die Hilflosigkeit ihres Mannes, die sowohl in seiner Körperposition als auch in seinem Gesichtsausdruck zu sehen war, vor der Öffentlichkeit zu verbergen. – Sieben Minuten fünfundzwanzig Sekunden waren ihr geblieben, um sein linkes Bein geradezustrecken, die Wunde mit dem Taschentuch zu bedecken, das Barett zurechtzurücken, die Falte um den Mund herum auseinanderzuziehen. – Sechs Minuten zweiundvierzig Sekunden waren ihr geblieben, um das Schlafzimmer zu überblicken, die Bettdecke glattzustreichen, die Kissen im Schrank zu verstauen und zu bemerken, dass in der Milchstraße an der Wand ein Stern fehlte. – Sechs Minuten einunddreißig Sekunden waren ihr geblieben, um die Aquarellfarbe aus der Kommode zu holen, das Titanweiß mit Silber zu mischen, die schwarze Grundierung aufzutragen, die Punkte auf die Wand zu setzen und sie zum Stern zu verbinden. – Zwei Minuten siebenundfünfzig Sekunden waren ihr geblieben, um sich über ihren Mann zu beugen, ihm ins Ohr zu flüstern, dass das Mädchen gewaltsam, gegen ihren Willen gezeugt wurde und dass es keinen Ehebruch gab und nie einen geben würde. – Achtundfünfzig Sekunden waren ihr geblieben, um ihm zu schwören, ihm auch dann treu zu bleiben, wenn er den Selbstmordversuch nicht überleben würde. – Fünfzehn Sekunden waren ihr geblieben, um den Spiegel aus der Tasche zu nehmen, die Lippen nachzuziehen, eine Schicht nach der anderen, rosabraun, breiig, dick –

Als sie die schweren Schritte in der Wohnung hörte, begann eine andere Zeitrechnung: Keine lineare, die sie kannte, sondern eine, deren Abfolge unvorhersehbar war.

Die Rettungsmannschaft ging direkt ins Schlafzimmer. Ihr folgten ein Vertreter aus dem Turm der Überwachung, ein Reporter und ein Militärpolizist.

Nach einer kurzen Untersuchung teilte der Arzt mit, die Kugel des Patienten wäre seitwärts durch den Zwischenrippenraum in die Brust gedrungen und hätte den oberen Lappen der rechten Lunge getroffen. Die Pleura und das Lungengewebe um die Kugel herum wären folglich zerstört. Nachdem der Militärpolizist die Pistole aus der Hand des Mannes genommen und sie in einen nummerierten Beutel hatte sinken lassen, machte der Reporter Blitzaufnahmen und der Arzt ließ den Patienten auf die Trage legen. Der Vertreter des Turms, der die von Golem bereits an die Zentraldatenbank versandten Aufnahmen aktualisierte, erlaubte Ohiliba, im Rettungshubschrauber mitzufliegen.

Nachdem die Trage in der Mitte des Helikopters festgemacht worden war, kniete sie vor ihrem Mann nieder und nahm seine Hand in ihre.

Der Stern in der Milchstraße ist wieder an seinem Platz, flüsterte sie ihm nach einer Weile zu, als könnte er sie hören.

Sie drückte seine Hand fester, dann verschränkte sie ihre Finger mit seinen, so dass sein linker Zeigefinger über ihrem rechten lag.

Es hat geklappt, siehst du?, sie hob seine Hand an, als könnte er sie sehen.

Nach ihrem ersten Treffen vor mehr als zehn Jahren, als er sie nach dem Geburtstagsessen bei einer gemeinsamen Freundin nach Hause begleitete, nahm er plötzlich ihre Hand in seine und verschränkte seine Finger mit ihren, genau so. Seitdem hatte sie mehrmals versucht, diese Bewegung nachzuahmen, seinen linken Zeigefinger über ihren rechten zu legen, doch sie war linkshändig und es gelang ihr nicht. Jedes Mal war es umgekehrt, ihr linker Zeigefinger legte sich automatisch über seinen rechten, und jedes Mal lachten sie darüber.

Die gemeinsame Freundin warnte sie, er wäre ein perfekter Mann, und man sollte sich auf gar keinen Fall auf einen perfekten Mann einlassen. Doch die Warnung kam zu spät. Schon am nächsten Abend hatten sie sich gemeinsam einen neuen Gamer-Film angesehen und eine Woche später machte er ihr einen Heiratsantrag. Ein junger, vielversprechender Offizier der

Luftwaffe wollte ein Mädchen heiraten, das keiner wirklich kannte, die Tochter einer halb wahnsinnigen, exzentrischen Straßentänzerin, die mit ihrem ältesten Kind einst aus Deutschland in die Stadt eingewandert war und sich in einen gutmütigen Clown, Oholibas Vater, verliebt hatte, bei dem sogar die Zehenspitzen nach Wein rochen. Der junge Offizier schien wirklich makellos zu sein – nur mit einer einzigen Ausnahme, die ihr gleich bei dem ersten Treffen aufgefallen war. Nachdem er erfahren hatte, dass sie Malerei studierte, fragte er, welcher ihr Lieblingsmaler sei, und sie sagte, es wäre Matisse. Wie überrascht sie doch war, dass er über Matisse mehr wusste als sie selbst! Als sie begann, über die *Lebensfreude*, ihr Lieblingsbild, zu sprechen, unterbrach er sie mit einem Kurzvortrag über die Bedeutung der roten Farbflecken bei Matisse. Hätte er damals in ihr Gesicht gesehen, hätte er die Flecken, von denen er so sachkundig sprach, hautnah betrachten können. Und in jenem Moment leuchtete Oholiba der Mangel ein, der seiner Makellosigkeit einen Kratzer verlieh: Es war ihm ein Bedürfnis, sich zu allem, was als wissenswert galt, zu äußern. Und obwohl sie ahnte, dass solch ein Bedürfnis auf innerer Unsicherheit beruhte, sagte sie *Ja*. Nicht nur weil sie sich in ihn bereits beim ersten Rendezvous verliebt, sondern weil sie ihn sofort erkannt hatte. Es schien ihr sogar, sie hätte ihn an jenem Abend vor ihren inneren Augen heranwachsen sehen: vom kleinen, unsicheren Jungen, der sich fürchtete, ohne Licht zu schlafen, und sich scheute, dies zuzugeben, weil seine Mutter ihn für schwach halten könnte, über einen mutigen Soldaten, der der ganzen Welt beweisen wollte, dass seine Mutter sich in ihrer Einschätzung irrte, bis hin zum jungen Offizier, einem der besten Piloten der Luftwaffe. Sie hatte an jenem Abend ein großes Kind in dem Mann erkannt, in das sie sich verliebte – und sie spürte, dass dieses Kind ihr Zwilling war.

Wird er überleben, Doktor?, fragte sie den Arzt, der den Infusionsbeutel am Tropf festhielt, als der Rettungshubschrauber abhob.

Der Arzt tat so, als hörte er die Frage nicht.

Wird er überleben?

Da fragen Sie den Falschen.

Wen soll ich fragen?

Der Arzt streckte den Zeigefinger nach oben.

Oholiba legte den Kopf in den Nacken, fasste an das weiße Dach des Hubschraubers und hinterließ feuchte Fingerabdrücke auf dem steril wirkenden Material. Selbst wenn sie den echten Himmel, auf den der Arzt wies, durch das Dach hätte sehen können, hätte sie sich nicht getraut, ihre Frage an ihn zu richten. Ein Außenstehender würde eine solche Haltung kaum verstehen, aber Oholiba pflegte ein eigenes Verhältnis zum Himmel: Sie war eine Malerin, und als Malerin war sie überzeugt, dass der Himmel kein gewöhnliches, planetäres Gewölbe war – sondern der Herr aller Farben. Für sie war es der Himmel selbst, der die Farben erfand, ihre Zusammenstellung bestimmte und als Einziger in der Lage war, sie zur Vollkommenheit zu mischen. Somit avancierte er für sie, für die die ganze Welt aus Farben bestand, zur höchsten Instanz. Doch aus irgendeinem Grund redete sie sich ein, sich vor dieser Instanz scheuen zu müssen.

Sie nahm das Taschentuch, wischte die feuchten Fingerabdrücke vom Dach des Hubschraubers ab, senkte den Kopf. Ihr Mann lag auf der Trage, in eine Welt verbannt, die ganz woanders war, und sie blickte ihn nur noch schweigend an, ohne zu wissen, ob er jemals wieder aus jener Welt heraustreten würde.

Als der Hubschrauber auf dem Dach des Hospitals landete, wurde sie von ihrem Mann getrennt. Und während er auf eine Operation vorbereitet wurde, saß sie im Vorraum und beantwortete die Fragen eines Ermittlers aus dem Turm der Überwachung. Eine Stunde zuvor waren alle von Golem versandten Aufnahmen im Datenzentrum des Turms zwar ausgewertet worden, doch um die Motive, die den versuchten Selbstmord des ehemaligen Offiziers der Luftwaffe erklären konnten, präziser zu definieren, fehlte den Prozessoren die Aussage seiner Ehefrau.

Oholiba wurde als Zeugin vernommen.

Ihrer Gewohnheit zum Trotz sprach sie mit strenger, unpersönlicher Stimme, nahezu emotionslos: Sie achtete auf ihre Augen, damit sie nicht umherwanderten und ihre Aufregung verrieten. Sie achtete auf den Mund, damit er nicht zuckte. Sie achtete auf den präzisen Ausdruck.

Nach der Vernehmung legte man ihr eine elektronische Ausgabe des Protokolls vor, das sie unterschreiben sollte:

Vernehmungsprotokoll
OHB89614 ^ VOholiba ^ 11726OHB

Ermittler:
Laut Paragraph 714AV876 ^ des allgemeinen Vernehmungsprotokolls im Falle *Selbstmordversuch des Ehegatten* haben Sie als seine Gattin das Recht, zu dem Fall Stellung zu nehmen. Möchten Sie von diesem Recht Gebrauch machen?

Zeugin:
Ja.

Ermittler:
Nach der Suspendierung ihres Ehegatten haben Sie das Recht, eine augenblickliche Ehescheidung zu verlangen. Möchten Sie von diesem Recht Gebrauch machen?

Zeugin:
Mein Mann hat sich nichts zuschulden kommen lassen.

Ermittler:

Wir wiederholen die Frage und weisen Sie darauf hin, dass Sie nach der Suspendierung ihres Ehegatten das Recht haben, eine augenblickliche Ehescheidung zu verlangen. Möchten Sie von diesem Recht Gebrauch machen?

Zeugin:

Nein.

Ermittler:

Als Ehegattin sind Sie befugt, die Anklagepunkte, die gegen Ihren Ehegatten erhoben werden, zu erfahren. Möchten Sie von diesem Recht Gebrauch machen?

Zeugin:

Ja.

Ermittler:

Die Anklagepunkte gegen Ihren Ehegatten lauten: Gefährdung des Ansehens eines Offiziers sowie Demoralisierung der Armee in Kriegszeiten. Nehmen Sie die Anklagepunkte zur Kenntnis?

Zeugin:

Mein Mann ist ein Patriot und verdient die Wiederherstellung seiner Rechte.

Ermittler:

Es obliegt allein dem Turm zu beurteilen, ob im Falle der Genesung Ihres Ehegatten seine Wiedereingliederung in das System als ihr produktives Mitglied Erfolg versprechend wäre.

(Räuspern der Zeugin)

Wann haben Sie ihren Ehegatten zum letzten Mal vor dem versuchten Selbstmord gesehen?

Zeugin:

Vorgestern Abend, bevor ich die Wohnung verließ, um bei meiner Schwester und meinem Schwager zu übernachten.

Ermittler:

Ihre Schwester und ihr Schwager sind Rettungsärzte im Hospital. Warum haben Sie, als sie Ihren Mann verletzt auf dem Boden des Schlafzimmers wiederfanden, nicht nach ihren Verwandten gerufen, sondern nach der Rettungsmannschaft des Turms?

Zeugin:

Ich hielt es für sinnvoll, nach der Rettungsmannschaft des Turms zu rufen, weil sie schneller war.

Ermittler:

Heißt es, dass Sie gewillt sind, die Dienste des Turms zu beanspruchen?

Zeugin:

Ja.

Ermittler:

Bezeichnen Sie sich dem Turm gegenüber als loyal?

Zeugin:

Ja.

Ermittler:

Bezeichnen Sie Ihren Ehegatten dem Turm gegenüber als loyal?

Zeugin:

Ja. Er war einer der Befürworter für den Bau des Turms.

(Programmcheck)

Ermittler:

Ihr Ehegatte äußerte heute Morgen Zweifel an der Rolle des Turms im Schutz der Stadt sowie an der Legitimität der Übernahme des Kommandos über die Nordoffensive. Sind Sie willig, dazu Stellung zu nehmen?

Zeugin:

Ja.

Ermittler:

Fahren Sie fort.

Zeugin:

Sollte mein Mann heute Morgen zu solchen, für seine Haltung dem Turm gegenüber untypischen Äußerungen gekommen sein, so sind sie lediglich auf seine bewegte Gefühlslage zurückzuführen, die allein durch mein Fehlverhalten hervorgerufen wurde.

Ermittler:

Hatten Sie vorgestern Abend vor, Ihren Ehegatten zu verlassen?

Zeugin:

Nein. Ich hatte vor, bei meiner Schwester ein oder zwei Nächte zu verbringen.

Ermittler:

Wozu benötigten Sie in diesem Fall einen vollen Koffer?

Zeugin:

Den benötigte ich nicht, aber ich war nach dem, was zwischen meinem Mann und mir vorgefallen war, aufgeregt und achtete nicht darauf, was ich in den Koffer packte.

Ermittler:

Fürchteten Sie sich vor einem erneuten Gewaltausbruch Ihres Ehegatten?

Zeugin:
Nein. Mein Mann war mir gegenüber nicht gewalttätig.

Ermittler:
Er hat sie geschlagen. Bestreiten Sie den Fakt?

Zeugin:
Ja. Ihm ist die Faust ausgerutscht, der Schlag an sich war leicht.

Ermittler:
Warum haben Sie sich danach erbrochen?

Zeugin:
Ich bin im dritten Monat schwanger und mir wird oft übel.

Ermittler:
Hatten Sie Schmerzen nach dem erfolgten Schlag?

Zeugin:
Nein. Den Schmerz habe ich nur vorgetäuscht, damit mein Mann sich schuldig fühlte.

Ermittler:
Warum beabsichtigten Sie, bei Ihrem Ehegatten Schuldgefühle zu wecken?

Zeugin:
Damit er davon abgelenkt wird, dass ich ihn betrogen habe.

Ermittler:
Warum haben Sie den Ehebruch begangen?

Zeugin:
Ich war angetrunken und kann mich an das Geschehene nicht erinnern.

Ermittler:
Mit wem haben Sie den Ehebruch begangen?

Zeugin:
Mit einem der Männer, der auf dem Strandfest war, auf dem auch ich mich aufhielt.

Ermittler:
Sind Sie freiwillig den Geschlechtsverkehr eingegangen?

Zeugin:
Nein.

Ermittler:
Sie sagten aus, sich an den Vorfall nicht erinnern zu können. Wie kommen Sie nun zur Aussage, dass der Geschlechtsverkehr nicht auf gegenseitigem Einvernehmen beruhte?

Zeugin:
Weil ich am nächsten Morgen beim Aufwachen Gewaltspuren an meinem Körper fand.

Ermittler:
Welche?

Zeugin:
Ein kleiner Teil des Haarwuchses am rechten Knie war abrasiert, was ich freiwillig niemals zugelassen hätte.

Ermittler:
Äußern Sie somit den Verdacht auf sexuelle Nötigung?

Zeugin:
Ja.

Ermittler:
Können Sie sich an den Mann, der die Nötigung begangen haben soll, erinnern?

Zeugin:
Nein. Ich habe an dem Abend zu viel getrunken.

(Programmcheck)

Ermittler:
Sie haben drei Gläser Rotwein getrunken, was 0,3 Litern entspricht. Bei Ihrem Körpergewicht müssten Sie dementsprechend 0,77 Promille Alkohol im Blut gehabt haben, als es zum Geschlechtsverkehr gekommen sein soll. Ab 0,6 bis 0,8 Promille treten zwar Wahrnehmungsstörungen auf, der Zustand der Trunkenheit mit Bewusstseinstrübung und Gedächtnisverlust, von dem Sie berichten, wird jedoch nicht erreicht.

Zeugin:
Mir reichen drei Gläser Wein aus, um diesen Zustand zu erreichen. Ich habe beim Alkoholkonsum eine schwache Toleranzgrenze.

Ermittler:
Haben Sie eine Veranlagung zur geringen Alkoholverträglichkeit?

Zeugin:
Ja, die habe ich von meinem Vater geerbt.

(Programmcheck)

Ermittler:
Wo fand der Geschlechtsverkehr statt?

Zeugin:
Ich kann mich nicht erinnern.

Ermittler:

Dem Turm liegen keine Daten vor. Fand der Geschlechtsverkehr außerhalb der Reichweite der Überwachungskameras statt?

Zeugin:

Das ist durchaus möglich.

Ermittler:

Warum sind Sie allein zum Strandfest gefahren?

Zeugin:

Mein Mann war an dem Wochenende auf dem Stützpunkt und ich fühlte mich einsam.

(Programmcheck)

Ermittler:

Konnten Sie sich an den Geschlechtsakt erinnern, als Sie wieder nüchtern wurden?

Zeugin:

Nein.

Ermittler:

Woher wussten Sie, dass ein Geschlechtsakt stattgefunden hat?

Zeugin:

Ich bin unweit des Strandes im Morgengrauen nackt aufgewacht und konnte Spermareste an meinem Körper feststellen.

Ermittler:

Warum haben Sie den Vorfall nicht gleich gemeldet?

Zeugin:

Ich wollte nicht, dass mein Mann etwas davon erfährt.

Ermittler:
Wann haben Sie erfahren, dass Sie schwanger sind?

Zeugin:
Einen Monat darauf.

Ermittler:
Wussten Sie nichts von dem Sterilisierungsmikrochip Ihres Ehe-gatten?

Zeugin:
Ich wusste nichts davon.

Ermittler:
Hat ihr Mann Ihnen schon früher etwas verschwiegen oder Sie getäuscht?

Zeugin:
Nein.

Ermittler:
Warum haben Sie ihm den Vorfall am Strand nicht wahrheits-gemäß geschildert und von Ihrem Recht auf den Abbruch der Schwangerschaft Gebrauch gemacht?

(Räuspern der Zeugin)

Zeugin:
Ich will das Kind zur Welt bringen.

Ermittler:
Hatten Sie vor vorzugeben, das Kind wäre von Ihrem Ehegatten gezeugt worden?

Zeugin:
Ja.

Ermittler:
Weiß ihr Ehegatte, dass Sie über eine Neigung zur Täuschung verfügen?

Zeugin:
Er weiß, dass ich einen Hang zum Fantasieren habe.

Ermittler:
War er ebenso in Kenntnis, dass Sie über die Neigung zur schnellen Alkoholisierung sowie zur geringen Alkoholverträglichkeit verfügen?

Zeugin:
Nein. Ich habe immer darauf geachtet, nur ein Glas in seiner Anwesenheit zu trinken.

Ermittler:
Warum beabsichtigten Sie, bei Ihrer Schwester zu übernachten, wenn Sie sich laut Ihrer Aussage vor ihrem Ehegatten nicht fürchteten?

Zeugin:
Ich wollte ihn auf diese Art und Weise spüren lassen, dass er mich verlieren könnte.

Ermittler:
Das heißt, dass Sie in Wirklichkeit keine Absicht hatten, ihn zu verlassen?

Zeugin:
Nein.

Ermittler:
Was veranlasste Sie, die Militärpolizei anzurufen?

Zeugin:
Ich wollte ihn glauben lassen, ich würde ihn verlassen. Die Militärpolizei anzurufen, war ein Fehler.

Ermittler:
Bereuen Sie den Anruf?

Zeugin:
Ja. Ich habe heute Morgen meine Anzeige zurückgezogen.

(Programmcheck)

Ermittler:
Wusste Ihr Ehegatte, dass Sie Ihre Anzeige bei der Militärpolizei zurückgezogen haben?

Zeugin:
Nein. Ich bin gleich danach nach Hause gefahren, um es ihm zu sagen.

Ermittler:
Hat Ihr Ehegatte Ihnen vorgestern Abend angedeutet, dass er seinem Leben ein Ende setzen würde, falls sie ihn verließen?

Zeugin:
Nein.

Ermittler:
Halten Sie es für möglich, dass ihr Ehegatte den Selbstmord versuchte, weil er sich vor der Strafe des Militärgerichts fürchtete?

Zeugin:
Nein.

Ermittler:
Halten Sie es für möglich, dass die Suspendierung von der Armee ihren Ehegatten zum Selbstmordversuch trieb?

Zeugin:
Das halte ich für möglich.

Ermittler:
Fahren Sie fort.

Zeugin:
Mein Mann wird nach der Suspendierung von der Armee keine Möglichkeit mehr gesehen haben, der Stadt zu dienen.

Ermittler:
Es gibt mehrere Optionen, der Stadt zu dienen.

Zeugin:
Nicht für meinen Mann. Er zählte zu den besten Piloten der Luftwaffe, und nur als Pilot sah er sich in der Lage, der Stadt im Krieg zu dienen.

Ermittler:
Ihre Aussagen wurden vom Turm zur Kenntnis genommen.

(Unterschrift der Zeugin ....)

(Datum und Uhrzeit ....)

Oholiba unterschrieb das Protokoll.

Als der Ermittler bereits in der Tür stand, kam die Chirurgieschwester herein und fragte sie, wie viele Chips ihr Mann in seinem Körper trage.

Einen Sterilisierungschip, erwiderte Oholiba.

Welchen?

Einen Mikrochip E7-Actavium aus der Serie CK65, teilte der Ermittler mit und verließ den Raum.

DREI

Mene blickte der silbernen Taube nach, die über dem Durchgang im Zickzack kreiste – so lange, bis sie sich von der anderen Taube entfernte und sich auf einer Fensterbank im höchsten Stockwerk niederließ. Ein fliegendes Segelschiff? Ein silberner Schlitten im Tageslicht. Hätten sich ihre Flügel nicht in der Glasscheibe widergespiegelt, hätte man dort nur noch ein unförmiges und undefinierbares Etwas gesehen.

Siehst du da oben? Die silberne Taube?

Du meinst das Glitzern?, erwiderte die Tante. Es ist reflektiertes Licht.

Mene schüttelte den Kopf.

Was sonst? Deine neuen Stiefel glitzern auch, wenn das Tageslicht auf sie fällt.

Mene sah, wie die Taube, deren Konturen sie auf einmal wieder erkennen konnte, sich krümmte.

Schau, sie bekommt einen Buckel!

Die Tante wollte gerade etwas erwidern, doch im gleichen Moment löste sich die schwarze Wolke auf, die wie ein Flickfleck am Himmel geklebt hatte, und ein Lichtstrahl zwängte sich durch die Hochhäuser in den Durchgang. Sobald das Sonnenlicht auf die Taube fiel, setzte sie zum Flug an: Und sie war weiß, lilienweiß – anmutig und keusch.

Siehst du?, sagte die Tante. Nicht mal eine Spur von Silber!

Sie näherten sich dem Platz der Hoffnung. Je dichter sie kamen, desto lauter wurde es. Es waren Stimmen von der Straße, die sich mit den Stimmen aus den Lautsprechern mischten. Eine seltene

Mischung, denn gewöhnlich hörte man entweder das Stimmengewirr auf den Straßen oder die Lautsprecher aus dem Turm der Überwachung.

Mene sah, wie die Tante einen Augenblick zögerte, ob sie den Weg durch diese seltene – und in ihrer Ungewohntheit fast schon bedrohliche – Mischung fortsetzen oder lieber umkehren sollten, doch schließlich beschleunigte sie den Schritt.

Jemand wird gestorben sein, sagte sie, sonst nichts. Der Lärm hört sich nach einer Trauerprozession an.

Mene eilte ihr stillschweigend hinterher, und sobald sie den dunklen Durchgang verließen, blendete sie die Sonne. Es war schon wieder eine der bekannten Eigenheiten der hiesigen Sonne, die selbst einen gewöhnlichen, schattigen Ausgang aus einem ebenso gewöhnlichen Hinterhofdurchgang überwachte und mit solch einer Kraft auf ihn herunterschien, dass Mene für wenige Sekunden das Gefühl hatte, der Sonnenstrahl wäre ihr in die Augen gesprungen. Wobei das Wort *springen* zu langsam wäre, um die Geschwindigkeit zu beschreiben, mit der er ihre Augen wieder verließ und von einem Hochhaus aufs andere sprang, wie ein Ball, der hochgeworfen wurde – als müsste er sich beeilen, als hätte er Angst, zu spät zurück in den Himmel zu kommen.

Eine Ankündigung aus dem Lautsprecher erreichte sie, sobald sie auf den überfüllten Platz der Hoffnung kamen:

Achtung! Achtung!
Sicherheitsscan!

Der Trauerzug – es war tatsächlich eine Trauerprozession – hielt an. Die Passanten blieben stehen. Die Tante und Mene lehnten sich an den verglasten Eingang der Zentrale für Lebensmitteltechnik an, an der sie gerade vorbeigingen, und streckten ihre rechten Arme mit den Armbandausweisen den Sicherheitsvertretern des Turms entgegen. Binnen weniger Minuten wurden alle, die sich auf dem Platz der Hoffnung befanden, gescannt. Zwei Frauen und zwei Männer, die an der Trauerprozession teilnahmen und keine Armbandausweise trugen, wurden festgenommen. Da ihre Daten nicht erfasst werden konnten, wurden sie in die Seilbahnkabinen des Turms begleitet, die gleich darauf abhoben und den Platz verließen.

Achtung!
Sicherheitsscan abgeschlossen!

Mene blickte in Richtung der Trauerprozession, die sich hinter einem Leichenwagen durch den Platz der Hoffnung fortbewegte. Es waren etwa dreißig Menschen, die verblüffend gleich aussahen. Sie hatten die gleichen Leidgrimassen in ihren Gesichtern, zogen auf die gleiche Art und Weise ihre Schultern ein, beugten sich in demselben Winkel vor, und in ihren vor Trauer benebelten Augen spiegelte sich der gleiche Schmerz wider.

Gruselig, sagte sie und blickte zur Tante auf.

Wie verwirrt sie doch war, als sie feststellte, dass auch der Gesichtsausdruck der Tante den Gruselgesichtern in der Trauerprozession ähnelte.

Was hast du?, fragte sie halb erstaunt, halb erschreckt.

Die Augen der Tante wirkten verschwommen.

Ein großer Mensch ist gestorben, sagte sie. Ein Gerechter.

Mene wusste nicht, was der Tod dieses Gerechten bedeutete, aber sie hatte noch nie zuvor so viel Hoffnungslosigkeit, mit Angst und Mitgefühl gemischt, auf einmal gesehen: eine vervielfachte, sich selbst reproduzierende Hoffnungslosigkeit.

Sie hielt die Hand ihrer Tante fest, noch immer an den verglasten Eingang der Zentrale für Lebensmitteltechnik angelehnt. Aus den vorderen Reihen des Trauerzuges hörte man einen älteren Mann den Verstorbenen beklagen, mit einer tiefen, rauen Stimme. Zuerst klangen seine Sätze noch ganz, dann rissen die Worte eins nach dem anderen ab und lösten sich aus dem Zusammenhang. Je weiter die Trauerprozession voranschritt, desto schneller flogen die Worte auseinander und zerstreuten sich in der Luft. Mene kam es vor, als ob der Mann weinte. In der Reihe hinter ihm fiel ihr ein Junge auf, der, den Kopf auf die Brust gesenkt, einen Stab aus Holz trug. Der Stab war hoch und ragte über der Menschenmenge hervor. Sie staunte, denn es war ein hölzerner Stab, mit echten Mandelblüten bedeckt – echten perlmutweißen Blüten.

Siehst du die Mandelblüten?, fragte sie die Tante.

Die Tante nickte.

Mene fiel noch ein weiterer Junge auf, der neben dem mit dem Mandelbaumzweig stillschweigend herlief und eine kleine Harfe in der Hand trug. Er musste im gleichen Alter wie sein Freund sein, etwa vierzehn Jahre alt, war mittelgroß und schlank. Seine Haare glänzten, als wären sie in Kupferbraun getönt, und die Locken fielen lässig auf die Stirn. Seine Schultern wirkten, obgleich schmal, fest und kräftig. Er lief neben seinem Freund her mit gesenktem Kopf, und als er einmal den Kopf hob, fiel das Tageslicht auf sein Gesicht und er sah nach links, völlig unvorbereitet – dorthin, wo Mene stand. Ihre Augen begegneten sich – sein entschiedenes Blaugrün und ihr erstauntes Bernsteinbraun – bis er als erster den Blick wieder senkte. Und Mene? Ein Kind noch, keine Herrin über das eigene Bernsteinbraun. Selbst als der Junge sie nicht weiter ansah, wusste sie nicht, wohin mit den Augen, mit dem Erzittern der Lider, dem hastigen Flattern der Schmetterlinge …

Als die Trauerprozession sich fortbewegte und der Junge mit der Harfe sich weiter entfernte, fuhr Mene unentschlossen herum, als müsste sie sich zuerst vergewissern, dass sie noch immer dort stand, wo sie vor wenigen Minuten gestanden hatte. Sie sah sie zu ihrer Tante auf.

Das hier dauert noch eine Weile, sagte die Tante. Wir nehmen einen Umweg.

Sie fasste die Nichte an der Hand und versuchte, die Menschenmenge zu umgehen. Ihr Schritt war schnell und entschieden. Doch plötzlich blieb sie stehen und starrte eine ältere Frau an, die auf der anderen Straßenseite stand und von Weitem wie ein gealterter Quasimodo aussah. Einer Quasimodo-Frau mit einem breiten Buckel, kupferrotem, wuscheligem Kurzhaar und einer Warze am linken Auge begegnete man selten – und Quasimodo selbst hätte sich aller Wahrscheinlichkeit nach nicht weniger darüber gewundert, was sein weibliches Double auf dem Platz der Hoffnung suchte, an einem Hochhaus stehend, sich an der Fassade wie an einem Menschen festklammernd. Das Aussehen der Frau war verstörend und anziehend zugleich, das Gesicht vierkantig und faltig, wie ein geknittertes Stück Papier, die Lippen schwulstig, das Kinn gespalten und spitz – doch in ihrem weit geöffneten rechten Auge lag ein Ausdruck äußerster Wachheit. Sie starrte die Trauerprozession an und sang dabei eine Melodie, die weder schnell noch langsam war, weder fröhlich noch traurig. Und je länger Mene die Frau singen hörte, desto mehr spürte sie, wie die weichen Töne der Melodie in sie eindrangen: Sie fühlten sich an, als wären sie aus warmer Flüssigkeit.

Was singt sie?, fragte sie, nachdem sie gemerkt hatte, dass auch die Tante reglos dastand und zuhörte.

Eine Melodie, die der Gerechte selbst einst komponiert hatte. Die Frau singt sie weiter, damit sie nicht abbricht.

Warum sollte sie abbrechen?

Die Weisen sagen, das Leben eines jeden Menschen sei ein Lied mit einzigartiger Melodie. Wenn ein Mensch stirbt, wird seine Melodie unterbrochen.

Ein ohrenbetäubender Ruf hallte plötzlich über den Platz der Hoffnung:

Nehmt euch in Acht!

Er gehörte der Quasimodo-Frau – derselben Frau, die noch wenige Sekunden zuvor die wundersame, sanfte Melodie des Gerechten gesungen hatte. Die Entschiedenheit, mit der sie diese Melodie von einem Augenblick auf den anderen unterbrach und an ihrer Stelle eine Warnung verkündete, führte dazu, dass es binnen Sekunden keinen einzigen Menschen auf dem Platz gab, der nicht in Erregung versetzt worden wäre.

Heulend und brüllend, wie vom Wahn heimgesucht, wiederholte die Frau ihre Botschaft – so lange, bis die Sicherheitsvertreter des Turms sie zum Schweigen aufforderten. Doch als sie ihr befahlen, sich zu identifizieren, verweigerte sie ihnen den Zugriff zum Armbandausweis und lief stattdessen ziellos auf die Menschenmenge zu. Die Passanten schreckten vor ihr zurück, besonders die jüngeren. Distanz und Misstrauen gehörten seit langem zu den unausgesprochenen Regeln in der Stadt: Die Eltern erzogen ihre Kinder zum Misstrauen. Die Lehrer brachten die Misstrauensregeln ihren Schülern bei. Und die jungen Erwachsenen eigneten sich inzwischen den Abstand zu anderen Menschen wie eine Medizin an. Einer der Sicherheitsvertreter des Turms lief der Frau nach und band ihr die Arme hinter dem Rücken zusammen. Mene konnte sein regungsloses Gesicht sehen: die stählernen Gesichtszüge edel, der Blick stolz und gerade, die Stirn hoch und vornehm. Etwas Erhabenes lag in seinem Aussehen, sodass sie für einen Moment sogar vergaß, dass er die Frau festnahm.

Die Frau rief etwas aus, während er sie zu einer der Kabinen des Turms führte. Und das, was sie rief, war kein Warnspruch mehr, sondern viel bedrohlicher:

Nehmt mich in den Arm!

Worte, die in die Luft aufstiegen, als bestünden sie aus Schwärmen geflügelter Insekten, die plötzlich in die Stadt eingefallen waren. Ein anmaßender, Grenzen überschreitender Ruf. Missachtung der Regel. Provokation, die aber allem Widerstand zum Trotz jeden Einzelnen auf dem Platz der Hoffnung traf wie ein Stromschlag.

Mene bekam Gänsehaut. Sie wäre am liebsten zu der Frau hingerannt, hätte sie umarmt – meine Gute, Greisin, du bist nicht allein!, aber sie ahnte, dass ihr Verhalten nicht nur sie selbst, sondern auch ihre Tante in Schwierigkeiten gebracht hätte. Ohne etwas zu sagen, blickte sie zu ihr auf.

Komm!, sagte die Tante schnell. Wir müssen weiter!

Mene ließ sich von ihr stillschweigend mitziehen. In diesem Moment war sie froh, ein Kind zu sein. Sie war froh, nicht entscheiden zu müssen, in welchem Tempo sie zum Seilbahnbahnhof liefen und ob es noch einen Sinn hatte, zur Schule zu fahren. Sie lief einfach weiter, das unwissende und sich fürchtende Mädchen – und alles, was sie jetzt nicht wusste und wovor sie sich fürchtete, war ihr stilles, mit keinem zu teilendes Geheimnis.

An einem Eckhaus, an dem sie vorbeigingen, um vom Platz der Hoffnung abzubiegen, stand eine Frau mittleren Alters und schluchzte.

Der Mobilkran ist noch nicht da, sagte sie und streckte der Tante die Hand entgegen. Was soll das werden?

Die Tante blieb neben ihr stehen.

Der Trauerzug erreicht bald den Berg der Ruhenden, klagte die Frau, und der Mobilkran ist noch nicht da. Was soll das werden?!

Mene blickte in Richtung Nekropole, zum Berg der Ruhenden. Das eiserne, mit alten Ornamenten verzierte Tor, das vom Platz der Hoffnung dorthin führte, stand offen und sie konnte die langen Serpentinwege sehen, die die terrassenförmig angelegte Nekropole durchzogen. Auf dreißig Stockwerken übereinander, mit in die Wandnischen eingemauerten Grabkammern und einem verzweigten Höhlensystem aus engen Wegen und einem tiefen Schacht, durch den das Sommerlicht fiel, sah der Berg der Ruhenden wie eine unterirdische Stadt aus. Doch seit den ersten Flammennächten vermied man es, offen mit den Leichenwagen über das Gelände zu fahren, um den durch den Schacht fallenden Feuerdrachen zu entgehen. Für den Transport der Verstorbenen benutzte man fortan einen Mobilkran.

Man braucht doch nicht einen Riesenkran für so einen kleinen Sarg!, die Frau sah Menes Tante fragend an. Warum trägt man ihn nicht auf Händen?

Aus Sicherheitsgründen.

Jaja, die Frau nickte sofort und wischte sich die Nase mit dem Ärmel ab.

Als sie den Platz der Hoffnung verließen, hörte Mene sie immer noch schluchzen: Jaja-jaja.

In der Allee der Heimkehr liefen sie an einer jungen Zypresse vorbei, die anders aussah als die alten, vom Feuer der letzten Flammennacht gezeichneten Zypressen: Ihr Stamm war verschont geblieben.

Schau!, rief Mene und blieb neben dem Baum stehen.

Wie schön, erwiderte die Tante.

Mene strich mit der Hand über die Rinde. Sie war seidenweich, so weich, dass sie das Gefühl hatte, die frische Rinde selbst duftete nach warmem, harzigem Zypressenöl.

Weißt du, dass der Duft der Zypresse Kummer vertreibt?, hörte sie die Tante sagen.

Nein, das hatte Mene nicht gewusst. Doch in dem Moment, als sie es wusste, dachte sie: Vergiss mich nicht, Zypresse. Wenn du groß bist und duftest, erinnere dich an mich. Erinnere dich an die Tante und an die Quasimodo-Frau und an die Frau vor dem Berg der Ruhenden. Vergiss uns nicht!

Sie kreuzten die Allee der Heimkehr.

Der Seilbahnbahnhof aus violettfarbenem Glas und Metall war vom Feuer verschont geblieben – zum Glück. Denn es war nicht nur eins der größten, sondern auch eins der schönsten Gebäude der Stadt: mit Palmengärten, Springbrunnen und Kunstpavillons. Die Stadt liebte ihren Seilbahnbahnhof, eine lebendige Erinnerung an die Zeit vor den Flammennächten, Hoffnung aus Vorkriegszeiten, was das Gleiche wie Hoffnung auf Ewigkeit war, an der selbst das Feuer scheiterte.

Mene und die Tante passierten die Scankontrolle am Eingang des ersten Terminals und blieben in der Abfahrthalle stehen. Während sie auf die Bahn warteten, sah Mene zum Bildschirm mit dem Nachrichtenticker auf: Die durchlaufenden Texte wechselten sich so schnell ab, dass sie keinen von ihnen zu Ende lesen konnte. Doch sie gab nicht auf und begann jedes Mal von Neuem, als wäre es ein Theaterstück, dessen Worte sie langsam rezitierte, als spielte sie eine Rolle …

In dreieinhalb Minuten kommt unsere Bahn, sagte die Tante.

Mene zuckte zusammen, als wäre sie bei etwas Verbotenem ertappt worden.

Wo warst du gerade, Kind?

Auf der Bühne, sie blickte die Tante vertraut an.

Die Tante schmunzelte.

Und was hast du auf der Bühne gemacht?

Einen Text geprobt.

Worum ging's?

Darum, dass die Menschen, nachdem sie des Kriegs müde geworden sind, sich versöhnten und eine Himmelsleiter bauten. Eine aus Saphir. Himmelsblauschön!

Die Tante zog sie sanft an sich.

Bis zur Ankunft der Seilbahn blieben weniger als zwei Minuten.

Golem holt dich heute von der Schule ab, sagte die Tante und strich ihr über die Wange.

Warum nicht du?

Er bringt dich zu deiner Mutter, und ich hole dich von dort ab.

Mene hielt für einige Augenblicke den Atem an – eins, zwei, drei, eins, zwei, drei –, ballte die Fäuste zusammen und ließ sie schnell wieder los, so dass die Tante nichts bemerkte. Das Atemanhalten, Wörterzählen (egal, welche Worte!) und Zusammenballen der Fäuste war ihr erprobter Trick, um eine plötzliche, unerwünschte Gefühlsregung zu verbergen.

– Eins die Mutter – zwei die Leiter – drei der Himmel – eins der Tee – zwei das Feuer – drei die Rinde –

Dass sie bei ihrer Mutter zum Tee eingeladen war, wusste sie zwar, aber nach allem, was sie heute erlebt hatte, kam ihr der Besuch – kam sie sich selbst – nicht genug vorbereitet vor. Gewöhnlich hatte sie mehr Zeit, um sich auf das Treffen einzustimmen. Die Geburtstagsteezeremonie bei ihrer Mutter, die zarten, nach Zitrone und Vanille duftenden Baiser-Törtchen und den von der Mutter selbst gekochten Tee aus Kakaoschalen empfand sie immer als etwas Besonderes. Genauso besonders wie die Geschenke, die ihre Mutter ihr zu jedem Geburtstag in einem feierlichen Ritual übergab: Mene bekam jedes Mal ein Aquarell mit ihrem neuen Portrait geschenkt. Die Mutter hatte ihr einmal versprochen, ihr Erwachsenwerden Jahr für Jahr zu dokumentieren, so dass sie eines Tages eine Portraitserie in ihrem Haus hängen haben würde, die mit nichts auf der Welt vergleichbar wäre. Jedes Kind, das die neun Aquarelle, die die Wände in Menes Zimmer bereits jetzt zu einer kleinen Gemäldegalerie machten, sah, konnte sein begeistertes Staunen nicht verbergen. Jedes Kind, das Mene besuchte, war beim Anblick der Bilder neidisch. Jedes Kind wollte so eine besondere Mutter haben … Alles war besonders bei Menes Mutter. Ihre Schönheit war besonders und ihr Geschmack, mit dem sie diese Schönheit zu betonen wusste. Ihre Stimme, die so klang, als wollte sie sich vor jedem verstecken, der sie hätte hören können, war besonders – und ihre Worte, mit denen sie oft etwas ganz anderes meinte, als sie sagte. Auch die Befangenheit, die sie jedes Mal zeigte, wenn Mene ihre Wohnung betrat, war besonders. Und Mene selbst? Sie war ein in Geist und Herz feinsinniges Mädchen, jederzeit bereit, sich auf die Eigenart der Mutter, die sie zum Geburtstagstee geladen hatte, einzustellen, selbst wenn sie niemals wusste, in welcher Stimmung ihre Mutter gerade war: Ob sie die Tochter sanft und zärtlich begrüßte oder mit kühler, klirrender Stimme zurück zur Tür beförderte, hinter der Golem stand und auf sie wartete. War die Mutter in der Stimmung der Liebe, leuchtete ihr schönes Gesicht auf, wenn sie Mene sah, und ihre Lippen öffneten sich, um den Namen der Tochter so auszusprechen, wie nur sie allein es konnte: So dass er dem polyphonen Klang eines Schmetterlingsorchesters glich. War ihre Stimmung die der

Ablehnung, verzerrte sich ihr Mund in einer langsamen Kolik, wenn sie Menes Namen auszusprechen versuchte, so dass es kein einziger Schmetterling mehr wagte, sich zu bewegen, geschweige denn sich in die Lüfte zu schwingen. Deshalb fixierte Mene jedes Mal, wenn die Mutter ihr die Tür öffnete, als erstes den Blick auf ihrem Gesicht, nach den Zeichen der Liebe oder der Ablehnung suchend. Sie kannte inzwischen Mutters Gnade und Mutters Ungunst. Sie kannte auch die Agonie dazwischen, wenn die Mutter sich wie ein Wurm wandt, um dem Blick der Tochter auszuweichen – als jagte ihr nicht nur die Anwesenheit des Kindes, sondern allein schon sein Blick Furcht ein. Und dennoch besaß Mene jedes Mal den Mut, sich auf die Einladungen ihrer Mutter einzulassen: den Mut, jedes Mal zu hoffen, der Liebe zu begegnen – den Mut, jederzeit grundlos abgewiesen zu werden. Sie besaß den Mut, jedes Mal eine andere Tochter zu sein, einmal die gewollte und einmal die ungewollte. Warum der ganze Mut? Wofür? Weil sie eines Tages beschlossen hatte, nicht aufzuhören, nach ihrer Mutter zu suchen. Und wenn man sich auf die Muttersuche macht, sollte man damit rechnen, dass es endlos werden kann und dass man viel Mut aufbringen muss, um nicht zu verzweifeln. Was für eine Zumutung für ein Kind! Für dieses empfindsame und doch entschlossene Mädchen mit dem Schmetterlingsnamen, das schon sehr früh diese Suche auf sich nahm – noch lange bevor es ahnte, was für eine seelische Anstrengung sie ihr abverlangen würde. Noch lange bevor es wusste, dass selbst ein langwieriges, hingebungsvolles und sorgsames Muttersuchen kein Mutterfinden versprach.

Mene, träumst du?, hörte sie die Tante rufen.

Die Türen der Kabine gingen auf.

Komm, steig ein!

Mene folgte der Tante, ohne ein Wort zu verlieren. Es gibt Dinge, die man nur für sich behalten und bei denen man stumm bleiben muss. Stumm wie ein Fisch.

ZWEI

Oholiba war im Vorraum des Operationssaals eingeschlafen. Als sie die Augen öffnete, sah sie eine Wasserflasche und ein Tablett mit Kaffee und Kuchen auf dem Tisch. Jemand musste es vorhin gebracht haben, aber sie konnte sich nicht daran erinnern – ihr Gedächtnis schlief, wollte schlafen, wollte, dass alles anders oder Nichts wäre.

Sie fuhr herum.

Ist hier jemand?

Sie beugte sich über den Tisch. Unzählige kurze Blitze flimmerten vor ihren Augen auf und verschwanden in einem schwarzen Loch, das nichts anderes als ein Tassenrand mit erkaltetem Kaffee war. Sie kniff die Augen fest zusammen, öffnete sie wieder. Dann öffnete sie die Wasserflasche und trank einen halben Liter Wasser in einem Zug aus. Seit Beginn der Schwangerschaft schien ihre Harnblase sich in einen Schwamm verwandelt zu haben, der die Flüssigkeit aufsaugte, ohne sich von ihr trennen zu wollen. Oholibas Ärztin äußerte die Vermutung, das Mädchen in ihrem Bauch würde mehr Flüssigkeit als andere Kinder verbrauchen.

Und?, sie legte sich die Hand auf den Babybauch. Möchtest du noch etwas trinken?

Dann lief sie ins Bad, füllte die Flasche mit Leitungswasser voll und trank weiter. Als sie in den Vorraum zurückkehrte, ließ sie sich in den Sessel sinken. Dabei fiel ihr auf, dass die Lampe über dem Operationssaal grün blinkte. Erst vor einigen Minuten war sie noch rot gewesen, und das flackernde Grün kam unerwartet, genauso unerwartet wie hoffnungsvoll: Es war ein Zeichen dafür, dass ihr Mann den Saal lebend verlassen hatte.

Sie sprang auf, klopfte an die verschlossene Tür.

Hallo! Ist hier jemand?

Nach wenigen Minuten hörte sie schwere Schritte im Korridor, die Tür öffnete sich. Sie trat hastig über die Schwelle, doch statt der erwarteten Krankenschwester kam ihr der Ermittler des Turms entgegen, der sie vorhin vernommen hatte, und stellte sich ihr in den Weg.

Kehren Sie in den Vorraum zurück, hörte sie seine distanzierte Stimme.

Sie trat zurück. Keineswegs aus Gehorsam – einzig und allein weil sie wusste, dass man einen Ermittler des Turms um nichts bitten sollte. Dass die Bitte selbst zum Gegenstand einer weiteren Ermittlung – Demütigung – einem weiteren Kniefall werden könnte.

Wie verlief die Operation?, fragte sie. Wie geht es meinem Mann?

Der Ermittler schloss die Tür hinter sich.

Der chirurgische Eingriff war erfolgreich. Die rechte Lunge musste zwar entfernt werden, aber die Genesungschancen Ihres Ehegatten sind hoch.

Wo ist er jetzt?

Der Patient befindet sich auf der Intensivstation im Zustand tiefer Bewusstlosigkeit, da er gleich nach dem Eingriff in ein künstliches Koma versetzt worden ist.

Oholiba versuchte ihre Stimme zu kontrollieren, sie möglichst emotionslos klingen zu lassen:

Mit welcher Intention wurde er in ein künstliches Koma versetzt?

Um seinen Körper in einem medizinisch kontrollierten Zustand im Heilungsprozess zu unterstützen sowie das Risiko für bleibende Schäden zu verringern.

Und wie lange dauert dieser Zustand?

Die Dauer der Langzeitnarkose wird ausschließlich von den behandelnden Ärzten bestimmt.

Oholiba nickte.

Sie werden Ihren Ehegatten bald sehen können, fügte der Ermittler hinzu. Zunächst möchten wir Sie jedoch darum bitten, eine Verpflichtung zu unterzeichnen.

Oholiba spürte, wie ihr die Knie zu zittern begannen. Um sich nichts anmerken zu lassen, setzte sie sich kerzengerade auf einen Stuhl und hielt sich mit beiden Händen an den Lehnen fest.

Welche Verpflichtung?

Nach der Auswertung der Daten, inklusive Ihrer Aussagen bei der Vernehmung, sind die Verantwortlichen im Turm der Überwachung zu der Entscheidung gekommen, dass das belastende Beweismaterial gegen Ihren Ehegatten aufgrund seiner zwielichtigen Aussagen dem Turm gegenüber sowie seines versuchten Selbstmordes und der daraus resultierenden demoralisierenden Effekte auf die Armee in Kriegszeiten ausreichend sei, ihn im Falle einer Genesung einer Strafe zu unterziehen.

Welcher Strafe?

Da ihr Ehegatte nicht als produktives Mitglied in das gesellschaftliche System wiedereingegliedert werden kann, wird empfohlen, ihn bei der Erfüllung einer vom Turm auferlegten Bedingung unter lebenslangen Hausarrest zu stellen.

Oholiba hielt den Atem ein: Die Strafe kam ihr bei allen aufgezählten Beschuldigungen ihrem Mann gegenüber fast harmlos vor, doch sie glaubte nicht an die scheinheilige Harmlosigkeit des Turms und wähnte hinter den Worten des Ermittlers ein Manöver.

Die vom Turm auferlegte Bedingung, fuhr er fort, wäre Ihre freiwillige Bereitschaft zur Mitwirkung als Informantin des Turms sowie Ihre vollkommene Verschwiegenheit.

Oholiba versuchte, ihre Gesichtszüge zu kontrollieren, damit sie sich nicht zu einer Grimasse verzerrten. Doch ihre Muskeln gehorchten ihr nicht – ihr fehlte auf einmal das Gefühl, überall, in den Augen, den Nasenflügeln, den Kinnbacken, den Lippen. Die Bedingung des Turms hallte in ihren Ohren wie von ferne nach, solange, bis es in ihrem rechten Ohr knackste, wie beim Start eines Jets. Ein dumpfer, unkontrollierter Druck nahm zu, und das Wort *Informantin* schien mitten in ihren Gehörgängen in die Luft zu gehen – und dort zu zerbersten wie eine Dose mit feuriger Acrylfarbe. Sie hielt sich die Ohren zu. Doch ihr Instinkt sagte ihr, dass ein zu langes Zögern Verdacht beim Ermittler schüren würde. Sie schüttelte kurz und heftig den Kopf. Ihr Gesicht entspannte sich.

Darf ich über mein Mitwirken als Informantin Genaueres erfahren?, fragte sie.

Bezüglich der auferlegten Bedingung erteilen wir keine Auskunft. Ihre Bereitschaft zur Mitwirkung sowie Ihre Einwilligung zur Freigabe des Neugeborenen zur Adoption sind die Anforderungen, die an Sie gestellt werden, bevor Sie die Informantinnenverpflichtung unterzeichnen. Die Auskunft über Ihr Aufgabenfeld als Informantin unter dem Decknamen OHB würde im Laufe der nächsten Wochen erfolgen.

Warum soll das Kind zur Adoption freigegeben werden?

Dazu wird keine Auskunft erteilt.

Und wenn ich dazu nicht in der Lage sein werde?

Nach der Auswertung Ihrer Daten gehen wir davon aus, dass die erwähnten Anforderungen Ihrem psychologischen Profil entsprechen und von Ihnen erfüllt werden können.

Meinem psychologischen Profil?

Ihr Profil erwies sich für die Tätigkeit als Informantin als geeignet: Sie streben nach Ruhm, sind treulos und bestechlich, andererseits sind Sie fantasiereich, sanft und aufopfernd. Sie sind emotional labil, doch im gleichen Zug intelligent und strategisch denkend.

Was passiert, wenn ich die Informantinnenverpflichtung nicht unterschreibe?

Sie haben die Wahl zwischen der Befürwortung des Denkimplantateinsatzes in das Gehirn Ihres Ehegatten, der Verpflichtung zum Abbruch der Schwangerschaft sowie dem Berufsverbot als Malerin einerseits – und Ihrer Bereitschaft, als eine pflichtbewusste Bürgerin in dem künstlerischen Beruf weiterhin tätig zu bleiben und die Ehegattin eines Mannes zu werden, der unter dem lebenslangen Hausarrest steht, andererseits.

Oholiba atmete tief durch.

Wie viel Zeit habe ich, um eine Entscheidung zu treffen?

Es wird Ihnen empfohlen, augenblicklich die Unterschrift unter die Informantinnenverpflichtung zu setzen. Sollten Sie jedoch Bedenkzeit erbitten, wäre ich verpflichtet, Sie vorübergehend in Untersuchungshaft zu nehmen und Sie zum Turm der Überwachung zu begleiten.

Oholiba richtete sich auf. Merkwürdig, dass sie sich gerade in diesem Augenblick an die Königin Marie Antoinette erinnerte, die wegen Hochverrats und Unzucht schuldig gesprochen und hingerichtet wurde. Warum auf einmal Marie Antoinette? Vielleicht, weil sie sich vor drei Tagen in einer virtuellen Ausstellung aus dem Schloss Versailles ein halbfertiges Portrait der von Trauer gezeichneten Königin angesehen und sich dabei gewünscht hatte, dieses zarte, berührende Pastell selbst zu vollenden?

Sie schirmte sich mit der Hand gegen den Blick des Ermittlers ab.

Wir nehmen uns beide nichts, dachte sie, die Marie Antoinette und ich. Nach wenigen Sekunden nahm sie die Hand vom Gesicht und blickte den Ermittler an, als wäre sie mit einem Mal zwei Köpfe größer als er. Dann sprang ihr Blick noch höher. So wird die stolze, französische Königin ihren Henker einst angesehen haben, genauso.

Ich bin bereit, sagte sie mit fester Stimme.

Der Ermittler sah sie prüfend an.

Ich bin bereit, die Informantinnenverpflichtung zu unterzeichnen.

Sie war bereit, auf die eigene Guillotine zu steigen, wohl wissend, dass die Unterschrift, die sie unter die Verpflichtung setzen würde, zwar kein scharfes Fallbeil war, dafür aber ein langsames Gift, das durch die Aufnahme in ihrem Inneren Kräfte freisetzte, die sie früher oder später auslöschen würden.

Der Ermittler legte ihr das elektronische Formular mit der Informantinnenverpflichtung vor, und in das freie, für die Unterschrift vorgesehene Feld setzte sie ihre neue Signatur: OHB.

Was passiert jetzt? Was soll ich tun?

Die Auskunft über Ihr Aufgabenfeld als Informantin wird Ihnen im Laufe der nächsten Wochen zugehen. Sie werden kontaktiert.

Und bis dahin?

Bis dahin sind Sie zur Verschwiegenheit verpflichtet. Als OHB stehen Sie außerdem unter dem Schutz des Turms und brauchen sich vor nichts mehr zu fürchten.

Vor nichts?

Vor nichts.

Auch nicht, weil ich Sie in der Vernehmung angelogen habe?

Die Tatsache ist uns bekannt.

Bekannt?!

Sie haben angegeben, mit einem Unbekannten Geschlechtsverkehr gehabt zu haben, der Spuren der Gewalt an ihrem Körper hinterlassen haben soll. Jedoch ergab die Überprüfung der Aufnahmen, die am nächsten Tag von Ihrem Hausroboter an den Turm übermittelt wurden, dass der Haarwuchs an ihrem rechten Knie unberührt geblieben war. Da das Haar nicht innerhalb von 12 Stunden wieder nachgewachsen sein konnte, sind wir zum Entschluss gekommen, dass Ihre Aussage von geringem Wahrheitsgehalt war.

Ein schnelles, nervöses Lächeln huschte über Oholibas Lippen.

Wollen Sie die Wahrheit wissen?

Der Sachbestand ist für den Turm nicht relevant. Im Sinne der Ihnen bevorstehenden Tätigkeit ist Ihre Neigung zur Täuschung vom Nutzen.

Oholiba entflammte.

Jetzt versuchte sie nicht mehr, ihre Gefühle zu verbergen. Jetzt fühlte sie sich dem Ermittler gegenüber überlegen – gerade weil sie Gefühle hatte! Weil sie im Gegensatz zu ihm wusste, dass ihre *Neigung zur Täuschung* einen besonderen Geschmack hatte – edelwild und unbezähmbar –, den er niemals wird wahrnehmen können! Sie machte einen entschlossenen Schritt auf ihn zu. Ein seltsamer, doch beruhigender Gedanke schoss ihr durch den Kopf. Der tiefe Fall, in dem sie sich selbst und ihr künftiges Leben ab nun begriff, musste ihr etwas genommen haben, was sie seit ihrer Kindheit nicht ablegen konnte: Sie verspürte keine Angst mehr. Wenn man so tief fällt, landet man ohnehin in der Hölle. Worum sollte sie sich noch sorgen? Ob sie dort das Privileg bekäme, bei niedrigeren Temperaturen zu schmoren?

Sie schrie den Ermittler so laut an, dass sie die eigenen Worte in der Luft sausen hörte:

Jetzt will ich meinen Mann sehen!

Das dürfen sie, erwiderte er ruhig und trat zur Seite.

Sie lief an ihm vorbei, quer durch den Vorraum. Als sie den Korridor betrat, konnte sie mit einem Mal ihre Beine nicht mehr zurückhalten, so leicht waren sie geworden – als gehörten sie ihr nicht. Sie schienen ihren Körper wie eine Feder durch den Flur zu tragen, über den marmornen Boden, halb fliegend, halb flatternd: Sie konnte gerade noch im letzten Moment im Vorbeischwirren den Wegweiser zur Intensivstation erkennen und ins Treppenhaus hinausgleiten. Sie musste elf Stockwerke hinunter, doch sie verzichtete auf den Fahrstuhl. Stattdessen blieb sie stehen, die Augen weit geöffnet, als hätte sie etwas gesehen, was keiner sehen konnte, und begann zu pfeifen. Und als wäre das Pfeifen nicht absonderlich genug, warf sie auch noch den Kopf in den Nacken und rief der weißen Decke lauthals zu: OHB!

Dann stieß sie den letzten, kurzen Pfiff aus und schwang sich auf das Treppengeländer, als wäre sie eine geübte Seiltänzerin. Wider Erwarten fiel sie nicht gleich herunter, sondern breitete die Arme weit aus und ließ ihre Füße auf dem schmalen, stählernen Geländer hinuntergleiten.

OHB!, rief sie laut.

Als hätte ihr die neue Signatur eine Erlaubnis erteilt, den Himmel selbst herauszufordern:

Der Teufel soll mich holen!

Hätte jemand sie in diesem Augenblick schreiend auf dem Treppengeländer balancieren sehen, wäre er mit Sicherheit zu dem Entschluss gekommen, die junge Frau mit dem offenen, rot glänzenden Haar und aufflammenden Muttermalen am weißen, schmalen Hals wäre vom Wahn befallen.

Unten leuchtete das Schild mit der Aufschrift *Intensivstation*. Sobald sie es sah, hörte sie auf zu schreien. Sie glitt das Geländer noch ein Stockwerk hinunter und sprang auf die Treppe. Vor dem Eingang in den Flur hielt sie den Atem ein und hielt ihr erhitztes Gesicht in den Windzug der Klimaanlage. Nach allem, was mit ihr in den letzten Stunden geschehen war, ahnte sie bereits, dass nichts mehr in ihrem Leben so sein würde wie vorher. Aber wider Erwarten erschreckte sie das nicht. Die Hoffnung, ihren Mann wieder lebend zu sehen, machte sie furchtlos – sie hatte keine weiteren Wünsche mehr, keine Hoffnungen, außer dieser einzigen. Selbst das Mädchen in ihrem Bauch schien sie in diesem Augenblick vergessen zu haben. Und was ihren neuen Decknamen anging, die drei großgeschriebenen Buchstaben, die aus ihr schon bald eine Verräterin machen würden, eine Denunziantin, die wahrscheinlich auch in der eigenen Familie spionieren müsste, so kam er ihr mit einem Mal vertraut vor, als gäbe es nichts Neues an ihm, als hätte sie schon immer so geheißen – nur dass sie es nicht wusste.

Als sie die Tür zu dem Zimmer öffnete, in dem ihr Mann lag, hing die Dämmerung über dem Raum. Die Jalousien waren hochgezogen: Das Abendlicht drang direkt hinein und schien auf das Kissen. Sie ging schnellen Schrittes auf das Bett zu und beugte sich über ihren Mann: Sein regloses Gesicht kam ihr wie eine bleiche, leblose Hülle vor, doch beim genauen Hinhören stellte sie fest, dass die Hülle atmete. Wie sehr sie dieses kantige Gesicht – das starke Kinn, das sich wie eine Klippe vom Hals abhob, den schmalen, geschwungenen Mund – liebte! Ihre Finger wussten, wie sich die Haut an seinen rissigen Lippen anfühlte. Sie spürte auf einmal, wie ihre Knie zitterten, wie ihr Hals sich zu verkrampfen begann, und sie unternahm eine ungeheure Anstrengung, um die eigene Hilflosigkeit, aber vor allem die ersten, doch bereits deutlichen Anzeichen des aufkommenden Selbstmitleids nicht zuzulassen. Sie bedeckte ihr Gesicht mit beiden Händen, drückte die Stirn fest in die Handflächen und atmete schnell ein und aus, so lange, bis ihr schwindelig wurde, als sei das eine Technik zur Selbstbeherrschung. Nach einer Weile setzte sie sich an die Bettkannte neben ihrem Mann: Er schlief ruhig und fest, von neonlichtgrellen Monitoren mit springenden Kurven und eintönigen Signalen umgeben. Eine Zeit lang beobachtete sie ihn, dann nahm sie seine Hand in ihre und senkte ihm den Kopf auf den Bauch. Sie war mehr als erschöpft – so plötzlich, als wäre die ganze Lebenskraft aus ihr gewichen – sie kämpfte mit dem Gewicht der Augenlider, die so schwer waren, dass sie sie mit den Fingern offen halten musste. Eine Zeit lang nahm sie noch wahr, wie die lebenserhaltenden Geräte im Takt ihres Atems piepten, doch irgendwann gehorchten ihr die Augenlider nicht mehr und fielen zu … Und dann sah sie ein rothaariges Mädchen, das auf einem Seil unter der Dachkuppel in einer Zirkusmanege balancierte, ein schönes, mutiges Mädchen …

Ihr Kopf lag noch immer auf dem Bauch ihres Mannes, als sie spürte, dass jemand ihr die Hand auf den Rücken legte und sie wachzurütteln versuchte. Als sie die Stimme ihrer Schwester hörte und die rüttelnde Hand mit dem vertrauten Klang in Verbindung brachte, schlug sie die Augen auf. Ihre Wimpern schienen die Lider noch stärker nach unten zu ziehen, doch sie richtete sich auf und hielt mit aller Kraft die Augen geöffnet.

Das erste, was sie zu ihrer Schwester, die hinter ihr stand und ein Glas Wasser hielt, sagte, war:

Ich bin abgestürzt.

Die Schwester beugte sich über sie:

Trink einen Schluck.

Sie nahm das Glas, trank es aus.

Ich ging auf einem Seil unter der Dachkuppel in einer Zirkusmanege. Ich balancierte, und es fiel mir leicht, als wäre ich eine echte Seiltänzerin. Doch als ich bereits die halbe Strecke zurückgelegt hatte, fiel mir ein, dass ich ein falsches Seil genommen hatte. Ich sah mich um und stellte fest, dass es kein weiteres Seil in der Dachkuppel gab, und dass ich, um einen anderen Weg zu nehmen, auf diesem Seil umdrehen musste. Aber ich wollte nicht zurückgehen. So presste ich die Arme an den Körper und ließ mich fallen, wie ein Stein. Ich müsste doch tot sein, oder?

Sie drehte sich nach ihrer Schwester um.

Ja, erwiderte die Schwester. Aber du lebst.

Das Licht der Dämmerung fiel durchs Fenster und Oholiba sah ihr Gesicht. Die Schwester war Chirurgin, Oberärztin des Hospitals. Sie besaß die Gabe, Emotionen am richtigen Ort und zur richtigen Zeit Platz zu geben: Sie verlor niemals ihr Mitgefühl den Menschen gegenüber, aber sie war immer in der Lage, Herz und Verstand im Gleichgewicht zu halten. Doch das, was Oholiba jetzt in ihrem Gesicht sah – ihre Wangen, die wie zwei leere Säcke an den schmalen Wangenknochen hingen, und ihre gelblichen Augenäpfel, die wie heißer, körniger Sand die Pupillen zusammendrückten – war weit von einer Balance entfernt.

Hast du geweint?

Nein, die Schwester strich sich den Pony aus dem Gesicht. Warum hast du mir nichts von dem Kind erzählt?

Es wird ein Mädchen.

Die Schwester ließ sich auf den Sessel neben dem Krankenbett sinken:

Als ob es einen Unterschied macht.

Und ob es einen Unterschied macht!

Die Schwester blickte sie schwermütig an:

Und dass es nicht von deinem Mann ist?

Oholiba schnellte vom Bett auf, als wäre sie von einem blutrünstigen Insekt gebissen worden:

Woher weißt du das?

Ich war beim Chefarzt, als der Ermittler des Turms nach der Vernehmung zu ihm kam.

Und?

Der Chefarzt musste unter dem Protokoll seine Unterschrift setzen, weil die Vernehmung in seiner Klinik stattfand.

Hat er das Protokoll gelesen?

Nein. Aber ich stand neben ihm und während er unterschrieb, konnte ich auf dem Monitor einige deiner Aussagen sehen.

Oholiba runzelte die Stirn.

So etwas macht meine Schwester? Meine korrekte, mustergültige Schwester?

Die Schwester sah zu ihr auf.

Das Einzige, was jetzt eine Rolle spielt, erwiderte sie ruhig, ist, was mit dem Kind passiert.

Ich werde es zur Adoption freigeben.

Die Schwester schnellte hoch:

Das wirst du nicht!

Halt den Mund!

Die Schwester setzte sich wieder.

Du machst nichts anderes als unsere Mutter, sagte sie nach einer Weile, einen Mann dem eigenen Kind vorziehen.

Oholiba – Bordeaux im Gesicht, überall, selbst in den Augen:

Du bist neidisch! Du bist …

Wach auf! Oder du wirst wirklich wie Mutter!

Oholiba streckte die Hand aus – als wollte sie der Schwester auf die Lippen schlagen – hielt sich im letzten Augenblick zurück.

Sag das nie wieder! Unter keinen Umständen, niemals!

Sie wandte sich ab, schweißgebadet, wirr im Gesicht, bordeaux-wirr, und zerrte an dem Reißverschluss ihrer Strickjacke.

Verdammt!, sie drehte sich schnell zur Schwester. Mach doch etwas mit deiner Jacke!

Die Schwester öffnete den klemmenden Reißverschluss.

Oholiba zog die Jacke, die die Schwester ihr für den Winter gestrickt hatte, mit einem Ruck aus und warf sie auf die Stuhl-lehne.

Du hast nichts Besseres mit deiner Freizeit anzufangen, als diese blöden Jacken zu stricken!, zischte sie durch die Zähne.

Dann ging sie auf das Krankenbett zu und blieb eine Zeit lang neben ihrem Mann stehen. Er trug die Hospitalkleidung: Der Kit-tel war ihm zu eng, die weiße Mütze zu groß. Sie nahm ihm die Mütze ab, und es kam ihr vor, sein Gesicht hätte sich zu einer Grimasse verzogen. Sie warf ihrer Schwester einen schnellen Blick zu.

Was war das? Hat er Schmerzen?

Es war nur Muskelzucken, nichts Ungewöhnliches.

Oholiba beugte sich über ihn, schmiegte sich an seine stachelige Wange und flüsterte ihm zwei Worte zu, zwei völlig sinnlose Worte, *steh auf*, solange bis sie sich wieder an ihre Schwester wandte, an den Worten fast erstickend:

Wird er irgendwann aufstehen?

Wir hoffen es.

Oholiba nickte heftig, als wollte sie die Worte ihrer Schwester dadurch wahr werden lassen.

Wenn du ihn so sehr liebst, hörte sie die Schwester nach einer Weile sagen, warum vertraust du ihm nicht? Warum erzählst du ihm nicht, was am Strand vorgefallen ist? So wie ich ihn kenne, wird er das Mädchen mit dir zusammen aufziehen, als wäre es seins.

Oholiba warf ihr einen unwirschen Blick zu.

Versteh mich nicht falsch, setzte die Schwester fort, ich möchte mich nicht in euer Leben einmischen. Aber dass du es nicht einmal mit ihm besprechen willst, wenn er aus dem Koma aufwacht, scheint mir mehr als unvernünftig.

Wenn es nach dir ginge, gäbe es auf diesem Planeten nichts außer reiner Vernunft!

Wenn es ums Leben eines Kindes geht, das noch nicht einmal geboren ist – ja.

Oholiba seufzte.

Du warst schon immer eine unverbesserliche Idealistin, trotz deiner Vernunft. Und wenn du es wirklich wissen möchtest: Ich habe ihn nicht betrogen.

Die Schwester sah sie erstaunt an:

Ich verstehe nicht.

Es war etwas anderes, Oholiba entfernte sich vom Bett.

Was?, die Schwester richtete sich auf.

Oholiba kam auf sie zu, legte ihr den Finger auf den Mund.

Sei still, sagte sie und hielt noch immer den Finger auf die Lippen der Schwester. Er kann uns hören.

Selbst wenn er uns hören könnte, würde er durch den Lärm der Geräte nichts verstehen.

Oholiba zog ihre Hand zurück, sah sich um, als suchte sie nach etwas.

Die Schwester schwieg. Sie wusste, dass sie Oholiba niemals dazu bringen würde, ihr die Wahrheit zu sagen, wenn sie vorhatte, sie zu verschweigen. Gleichzeitig kannte sie ihre kleine Schwester gut genug, um zu wissen, dass sie ihr von alleine alles erzählen würde, wenn das Gewicht des Nicht-Erzählten sie zu erdrücken drohte. Also blieb es ihr nur abzuwarten, und da sie die Schwere des Gewichts nicht einschätzen konnte, war es ein Warten mit ungewissem Ausgang. Sie blickte gen Fenster und sah den Mond über der Stadt aufsteigen.

Vollmond, sagte sie und ging zum Fenster.

Sie lehnte sich an das kalte Glas, blickte in die Nacht hinaus, die zu dieser Jahreszeit gewöhnlich von den aufsteigenden Myrten- und Zypressendüften durchflutet war. Doch in dieser Nacht schlug stattdessen die frostige Schneewelle gegen das Fensterglas und heulte laut, als wollte sie sich darüber beklagen, dass die Stadt sie nicht willkommen hieß.

An so einen Frühling kann ich mich nicht erinnern, sagte die Schwester.

Nach einer Weile hörte sie die leise Stimme Oholibas:

Es war etwas ganz anderes. Und es geschah nicht am Strand.

Die Schwester drehte sich nach ihr um:

Was heißt *etwas ganz anderes*?

Etwas, das anders war, als man denkt. Verstehst du?

Die Schwester schüttelte den Kopf, ließ sich in den Sessel sinken. Oholiba setzte sich zu ihren Füßen.

Hast du schon mal ein Kartoffelfeld gesehen?, fragte sie unvermittelt.

Ein Kartoffelfeld? Was für ein Kartoffelfeld?

Bevor das passiert ist, hatte ich auch noch keins gesehen. Weißt du eigentlich, dass die grünen Kartoffelblätter giftig sind?

Oholiba sah zum Bett ihres Mannes, vergewisserte sich, dass alle Geräte piepten, knackten und leuchteten in dem gewohnten, polyphonen Takt, mehrstimmig und fleißig. Nach einer Weile sah sie wieder zur Schwester auf:

Es ist passiert, weil ich die giftigen Kartoffelblätter sehen wollte.

Sie legte der Schwester den Kopf aufs Knie.

Es war vor gut drei Monaten. Ich brachte meinen Mann zum Stützpunkt an der Nordgrenze und fuhr zurück. Doch als ich auf die Autobahn abbiegen wollte, sah ich rechts von mir, etwa einen Kilometer entfernt, ein riesiges Kartoffelfeld. Das Gebiet war abgesperrt, ich wusste, dass ich dort nicht hinfahren durfte, weil das Feld direkt an der Grenze lag, unweit des Lagers der Aufständischen. Aber ich wollte die giftigen Teile sehen! Ich wollte an ihnen riechen, sie mir vor Augen führen, ganz nah. Ich wollte wissen, welchen Farbton das giftige Grün hat. Einen gelben, rötlichen oder blauen, verstehst du?

Noch nicht.

Also bin ich nach rechts in die Landstraße abgebogen, statt auf die Autobahn zu fahren. Kein Mensch war weit und breit zu sehen, niemand. Nur ein leichter Qualm hing in der Luft, aber ich wusste, dass die Rauchwolke von den Handgranaten kam, die die Aufständischen kurz davor auf unseren Stützpunkt geworfen hatten. Durch ein Loch im Zaun bin ich aufs Feld geschlüpft, ich dachte, es würde nur ein paar Minuten dauern. Was konnte schon in ein paar Minuten passieren? Ich beugte mich schnell zu den Kartoffelblättern, doch im gleichen Moment sah ich schwarze Stoffschuhe unten auf der Erde. Vier Stück, sie standen in einer Reihe nebeneinander. Mein Herz begann zu rasen, als ich merkte, dass in den Schuhen Beine steckten, in weiten, schwarzen Hosen. Unsere Soldaten tragen solche Hosen nicht. Ich weiß nicht, woher ich die Kraft nahm, mich aufzurichten. Meine Beine fühlten sich bleiern an. Ich hatte Angst, umzufallen, als ich zwei Bewaffnete mit verhüllten Gesichtern vor mir sah, einen erwachsenen Mann und einen Jungen. Ich konnte nicht einmal schreien! Ich stand ihnen gegenüber, taumelte, wie eine Betrunkene, und sah, wie der Mann dem Jungen ein Zeichen machte, sich mir zu nähern. Der Junge war zwölf, höchstens dreizehn Jahre alt. Er hat nicht mal einen Ton gesagt, machte einen Schritt auf mich zu. Und da sah ich ihn an. Ihm wuchs ein Horn aus der Stirn, genau in der Mitte, wie bei einem Einhorn, nur kleiner. So etwas habe ich noch nie gesehen!

Cornu cutaneum, sagte die Schwester, ein Hauthorn. Entsteht durch den Überfluss an Keratin.

Sein Gesicht war verhüllt, ich konnte nur das Horn und die Augen sehen. Sie waren schwarz, und sie spieen unter schwarzen, wie mit Kohle nachgezogenen Wimpern Funken hervor. Doch seltsamerweise war sein Blick voller Schrecken, als wäre er der Gefangene, nicht ich, verstehst du?

Die Schwester schwieg.

Unsere Blicke trafen sich, aber nur kurz. Dann hörte ich, wie der andere ihm sagte, jetzt sei die Zeit gekommen, ein richtiger Mann zu werden. Der Junge nickte und der Mann holte ein Messer mit einer langen und spitzen Messerklinge aus dem Hosenbund. Der Junge nahm das Messer in die Hand. Er selbst würde jetzt weggehen, sagte der Mann, und der Junge sollte wie ein richtiger Mann handeln – zuerst sein männliches Geschäft verrichten und dann dem Hurenweib die Kehle durchschneiden. Dann ging er. Der Junge zögerte noch einen Augenblick lang, dann packte er mich und warf mich auf die Erde. Einen Moment lang blieb er über mir stehen, als wüsste er nicht, was er machen sollte. Und dann stürzte er sich auf mich und begann zu brüllen, wie ein Bär, als müsste er sich selbst aufheizen. Er schlug mir ins Gesicht, zerrte an den Beinen. Und dann geschah etwas ... So wie er sich verhielt, so unbedarft, unerfahren, spürte ich auf einmal, dass es meine Chance war, die einzige, die ich hatte! Es musste sein erstes Mal sein, und ich spürte, wenn es ein schönes erstes Mal würde, würde er mich am Leben lassen. Und da fing ich an, ihn zu streicheln, seinen Kopf, seinen Rücken, sein Gesäß ...

Macht es dir etwas aus, wenn ich das Fenster öffne?, unterbrach die Schwester. Es ist stickig hier.

Oholiba nickte. Die Schwester richtete sich auf.

Der Windzug, der ins Zimmer drang, kämpfte sich schnell durch die warme Heizungsluft hindurch und ließ den Raum kälter werden: Die weißen Wände wirkten mit einem Mal weißer, ganz ohne Schatten. Die Schwester atmete tief durch, schloss das Fenster wieder. Oholiba merkte, wie sie mit sich selbst kämpfte, ihre noble, zurückhaltende Schwester, für die eine solche Leidenschafts-Chronik fast unerträglich sein musste. Ihre große Schwester, ganz anders als sie, als stammten sie nicht von derselben Mutter! Oholiba hatte sie als Kind immer bewundert: Sie wollte selbst wie ihre große Schwester werden, sie hatte die gleichen Bücher gelesen, die gleichen Kleider getragen, die gleichen Sätze gesprochen, der Schwester nachgeeifert. Sie hatte versucht, das zu lieben, was die Schwester liebte, und das nicht zu lieben, was die Schwester nicht liebte. Sie war sogar bereit, auf ihre Schönheit zu verzichten, mit der sie gesegnet war, sich ihr rotgoldenes Haar abschneiden zu lassen, nur um ihrer asketischen Schwester mit dem länglichen Bubikopf auf dem gestreckten, drahtigen Hals ähnlich zu sehen … So lange, bis sie den Vater ihrer Schwester, der sie aus Berlin besuchen kam, einmal auf dem Schulhof auf einer Bank sitzen und auf seine Tochter warten sah. Es war an jenem Tag zwar nichts Besonderes an diesem älteren, geschmackvoll gekleideten Herr, der mit einer Hornbrille auf dem schmalen Gesicht auf der Bank saß und in einem in Leder gebundenen Büchlein die Seiten mit einem Papiermesser auftrennte, aber zum ersten Mal im Leben sah Oholiba ihn neben ihrem eigenen Vater sitzen, der, wie üblich, leicht angetrunken nach einer seiner Zirkus-Vorstellungen zur Schule kam, um sein Töchterchen abzuholen. Also sah sie, wie ihr eigener Vater sich neben dem Vater der Schwester auf der Bank zurücklehnte, die vorbeigehenden Frauen anflirtete und seine Beine ausstreckte, mit den Füßen hin und her kreisend. Dabei fiel ihr auf, dass er noch immer seine roten Clownsschuhe anhatte, und dass er neben dem feingliedrigen, edlen Vater ihrer Schwester wie ein beschuhter Hobbit aussah. In jenem Moment musste sich etwas in ihrem kindlichen Kopf gedreht haben, das sie mit einem Mal glauben ließ, dass sie niemals – niemals! – so sein würde wie ihre Schwester. Von dem Tag an hörte sie auf, sich wie ihre Schwester zu kleiden, deren Sätze nachzusprechen und Bücher zu lesen, die sie nicht lesen wollte.

Als die Schwester sich wieder hinsetzte, fragte sie, ob sie lieber aufhören sollte zu erzählen.

Nein, erwiderte die Schwester, sprich nur.

Sie wartete eine Weile und mit einem Mal tat ihr die Schwester leid. Als wäre es die Schwester gewesen und nicht sie selbst, mit der man Mitgefühl haben müsste. Sie lehnte ihr den Kopf auf das andere Knie und schmiegte sich an ihr Bein, wie eine Katze: Sie bewunderte ihre große Schwester schon lange nicht mehr, aber das änderte nichts daran, dass sie sie immer noch liebte.

Willst du es wirklich hören?

Die Schwester nickte kurz und entschlossen.

Also streichelte ich über seinen Kopf, seinen Rücken, sein Gesäß, küsste sein verhülltes Gesicht, seine Augen, sein Horn. Ich gab mich ihm hin. Und irgendwann riss er die Maske vom Gesicht und fing an, mich an den Lippen zu beißen, mir die Zunge in den Mund zu stecken, mich an sich zu drücken. Als er fertig war, lag er noch eine Weile auf mir, erschöpft und glücklich. Dann sagte er, ich sollte ihm versprechen, bis zur Dunkelheit hier liegen zu bleiben, damit mich keiner sähe. Ich versprach und hörte dabei nicht auf, ihn zu streicheln, ihn …

Du hast deinen Vergewaltiger auch noch gestreichelt?, die Stimme der Schwester zitterte.

Nein, erwiderte Oholiba. Ich habe ein Kind gestreichelt, das mich am Leben ließ. Ein Kind, das …

Oholiba verstummte, als sie das Entsetzen auf dem Gesicht ihrer Schwester sah.

Die Schwester schnellte hoch, lief durch das Zimmer, und es wirkte, als würde sie nicht gerade laufen können, als würde ihr Gewicht sie auf eine Seite lenken. Ihre Lippen bewegte sie dabei unhörbar, als spräche sie mit sich selbst.

Du bist meine kleine Schwester, sprach sie, und ich hätte mir mehr als alles andere gewünscht, so etwas wäre dir erspart geblieben. Aber ich … ich würde mich niemals, niemals gegen das Kind entscheiden, egal welches Horn mich geritten hätte!

Oholiba sprang auf, lief auf sie zu:

Dann nimm es doch! Nimm das Mädchen!

Die Schwester konnte sich kaum auf den Beinen halten, klammerte sich an Oholibas Schultern:

Was?! Ich soll das Mädchen ...

Oholiba drückte die Schwester fest an sich:

Ja! Nimm das Mädchen und zieh es auf!

EINS

Golem wartete vor dem Schultor. Jedes Mal, wenn er Mene zu ihrer Mutter begleitete, war er ähnlich gekleidet: Als wäre die kurze Zeit, in der die Mutter seine Herrin gewesen war, und der sportliche Kleidungsstil, den sie für ihn einst ausgesucht hatte, in seiner Datenbank nach wie vor gegenwärtig. Auch heute trug er statt den eleganten Lederschuhen, die die Tante ihm kürzlich gekauft hatte, die flotten Mokassins.

Du siehst gut aus, sagte Mene auf dem Weg zur Seilbahn.

Als sie zwanzig Minuten später in eine Kabine stiegen, fragte er:

Freut sich die kleine Mene auf den Besuch bei ihrer Mutter?

Mene wandte sich ab, ohne seine Frage zu beantworten – sie nahm ihm seinen Eifer nicht übel, sie wusste, dass er es gut mit ihr meinte, dass er nicht wissen konnte, was ihr Herz wusste. Als sie aus dem Fenster blickte, flogen zwei große Kabinen an ihrer kleinen vorbei. Sie liebte den täglichen Seilbahnweg von der Schule nach Hause, einen kurzen Zickzack zwischen Himmel und Erde, bei dem sie jedes Mal hoffte, von da oben irgendwie erkennen zu können, dass die Erde rund war.

Hättest du nicht gewusst, dass die Erde rund ist, fragte sie, hättest du gedacht, sie wäre flach?

Der Planet Erde wird als eine Kugel gelistet, erwiderte Golem. Andere Definitionsmodelle stehen mir nicht zur Verfügung.

Mene lehnte sich an das Fensterglas.

Ihr schien es, als schössen die verglasten Kabinen, die in unterschiedliche Richtungen fuhren, auf einmal kreuz und quer durch ihren Sitzplatz. Sie zuckte zusammen, sah sich ihr Spiegelbild im Fensterglas an: Es war schön, ihr helles, aufgewecktes Gesicht.

Ihre kastanienrote Mähne war zum Gretchenzopf geflochten, die Strickjacke mit dem Marienkäfer passte zum Rock, und die neuen Meerjungfraustiefel glänzten, nur noch darauf wartend, von ihrer Mutter bewundert zu werden. Aus Menes Sicht war sie genauso gekleidet, wie die Mutter es gern hatte, farbenfroh.

Möchte die kleine Herrin meine Frage beantworten?, Golems Stimme riss sie aus den Gedanken.

Welche?

Ob sie sich auf den Besuch bei ihrer Mutter freue?

Weil Mene nicht wusste, wie sie am besten seine Frage NICHT beantworten könnte, schloss sie die Augen und tat so, als wäre sie eingedöst.

Als sie eine halbe Stunde später vor dem Haus standen, in dem Menes Mutter und ihr Mann lebten, und kurz darauf das Foyer mit den blau angestrahlten Spiegelwänden betraten, ging Mene an dem Hochgeschwindigkeitsaufzug vorbei und wies Golem zum Schild *Treppenhauseingang*. Da ihre Mutter Höhenangst hatte, wohnten sie im fünfzehnten Stock, einem der niedrigsten, den es in den neu gebauten Häusern gab. Und jedes Mal, wenn Mene bei ihrer Mutter eingeladen war, zog sie es vor, anstelle des Aufzugs die lange, gewundene Treppe zu nehmen.

Sie stieg die Treppe hinauf, hielt dabei in jedem Zwischengeschoss an und tat so, als würde sie die Mosaikfliesen bestaunen, als würde sie sie zum ersten Mal sehen – die kinderkopfgroßen, blauen Blumen in der dritten Etage, den schwimmenden Felsen in der siebten, die rote Säule der aufgehenden Sonne in der elften, bis sie endlich in der fünfzehnten Etage ankam. Ihr Herz schlug schneller – bange und stolz und hoffend, und jedes Mal, wenn die Mutter die Tür öffnete und fragte, warum ihr Herz so raste, konnte sie sich mit den Treppenstufen herausreden.

Diesmal öffnete sich die Tür anders, als Mene es kannte, mit einem Schwung, und sie sah fremde Augen, die ihre Meerjungfraustiefel anstarrten, hörte eine fremde, weibliche Stimme – vorlaut, anmaßend –

Wer ist dieser farbenprächtige Pfau, Oholiba?!

Gleich darauf hörte sie schon die schnellen Schritte ihrer Mutter, und ihre Stimme, eher gedämpft als klangvoll, ein schwaches Pianissimo, ohne die Absicht, lauter zu werden, doch klar und entschieden:

Sie ist kein Pfau.

Die Klarheit und Entschiedenheit in Mutters Stimme – noch nie hatte sie Mene bislang so sprechen hören – kannten keine Zweifel, keinen inneren Widerstreit. Sie ließen nicht einmal einen Hauch von Schwankung in den nachfolgenden drei Takten einer Kurzkomposition zu, die zwar an jemand anderen gerichtet, doch in Wirklichkeit für ihre Tochter bestimmt war:

Meine Tochter (Taktstrich) Mene (Taktstrich) ist kein Pfau (Taktstrich)

Es war kein Traum, Mene zählte nach. Ein Takt, und Takt, und noch ein Takt: Vergiss-mein-nicht.

Die Mutter legte in ihren drei Takten bereits die beide wichtigsten Töne fest: dass sie eine Tochter hatte und dass diese Tochter Mene hieß. Die Tatsache, dass ihre Tochter kein Pfau war, klang wie eine Feststellung nebenbei. Und keinem Menschen auf der Welt, selbst dem vorlauten weiblichen Wesen mit dem rotgeschminkten Mund, das neben Oholiba stand, erlaubte sie, das von ihr Gesagt-Gesungene anders auszulegen.

Mene hätte sich in diesem Moment der Mutter am liebsten um den Hals geworfen, ihr Gesicht in Mutters weichen, goldenen

Lockenwellen versteckt. Aber sie traute sich nicht: Sie traute weder dem Moment noch seiner Beständigkeit noch ihrem Recht auf Vergissmeinnicht. Sie traute sich nicht, ihre Mutter zu umarmen. Wie hätte sie sich auch trauen können? Selbst in der Stimmung der Liebe hatte die Mutter die Tochter nie zuvor umarmt.

Mene atmete schwer.

Meine Tochter Mene ist kein Pfau, wiederholte die Mutter und sah die Frau mit dem rotgeschminkten Mund abweisend an.

Was ist in dich gefahren, Oholiba?, die Frau hatte beinahe Tränen in den Augen.

Dann wandte sie sich gleich Mene zu, als suchte sie Schutz bei ihr:

Der Pfau ist doch ein schöner Vogel, nicht wahr, Mädchen?

Mene nickte. Und obwohl die Frage aufgesetzt klang, nahm sie sie der Frau nicht übel. Wie sollte sie auch? Wenn die Frau sie nicht mit einem Pfau verglichen hätte, hätte sie vermutlich nicht erfahren, wie es sich anfühlte, von der Mutter beschützt zu werden.

Danke, liebes Kind, hörte sie die Frau mit rotgeschminktem Mund sagen.

Und schon im nächsten Augenblick machte sie einen Schritt auf Mene zu, wahrscheinlich um sie an sich zu drücken – so wie manche affektierten Erwachsenen es gelegentlich tun, anmaßend und künstlich. Doch die Mutter streckte rechtzeitig die Arme aus.

Die Frau zuckte die Achseln, mehr erleichtert als enttäuscht, und lief ins Empfangszimmer zurück.

Mene blickte ihr nach, und sobald sie die Tür ins Empfangszimmer öffnete, hörte sie weitere Stimmen, weibliche und männliche, ein Durcheinander von Stimmen, das ihr nicht weniger seltsam erschien, als alles, was vorher geschah. Sie staunte: Noch nie zuvor war bei der jährlichen Geburtstagsteezeremonie jemand anderes dabei gewesen als die Mutter und ihr Mann. Kein Fremder sollte oder durfte dabei sein, und Mene traute sich nicht zu fragen, warum. Wenn ihre Mutter in der Stimmung der Liebe war, genoss sie die Abwesenheit der Gäste mindestens ebenso sehr, wie sie Mutters Tee aus den Kakaoschalen und Mutters zarte, nach Zitrone und Vanille duftende Baiser-Törtchen genoss. Alles machte sie in der Stimmung der Liebe glücklich: Mutters Feierlichkeit, wenn sie ins Empfangszimmer mit dem frischen Aquarell kam und der Tochter ihr neues Portrait übergab; Mutters Geschichten, die sie am Tisch erzählte, über märchenhafte Elfentänze und Schmetterlingsflüge in der Nacht, als Menes Name ihr wie ein vielfacher Stern im Himmel aufleuchtete; Mutters Nähe sowie die Nähe ihres stillen Mannes, mit dem Mene zwar kaum sprach, der aber immer mit am Tisch in seinem Rollstuhl saß. Jedes Mal, wenn die Mutter in der Stimmung der Liebe war, kam Mene nie auf die Idee, nach weiteren Gästen zu fragen. Genauso, wie sie niemals auf die Idee kam, die Mutter danach zu fragen, warum der halb gelähmte Mann nicht ihr Vater war. Nicht dass der Umstand sie nicht interessierte, aber ihr angeborener Empathiefilter beschützte sie davor, diese Art Fragen zu stellen. Was die anderen Male anging – die, in denen die Mutter in der Stimmung der Ablehnung war –, kam Mene nicht einmal dazu, ihren Ehemann zu sehen, geschweige denn nach ihm zu fragen.

Heute war alles anders.

Weder begrüßte die Mutter sie überschwänglich noch beförderte sie sie mit unterkühlter Stimme zur Tür. Weder leuchtete ihr schönes Gesicht auf, sobald sie die Tochter sah, noch verzerrten sich ihre Gesichtszüge.

Heute war Mutters Stimmung die der Beschützerin. Und Mene wünschte sich, diese Stimmung würde niemals enden, als wäre sie die Einzige, die ein Recht auf Existenz zwischen ihr und der Mutter hätte.

Im Empfangszimmer gab es eine Abendgesellschaft, und das schon am frühen Nachmittag.

Die ehemaligen Kollegen meines Mannes kamen überraschend zu Besuch, sagte die Mutter. Manchmal machen sie so etwas und bringen ihre Frauen mit. Verstehst du?

Mene nickte.

Deshalb werden wir den Geburtstagstee ein anderes Mal trinken, irgendwann bald, das verspreche ich dir.

Und schon wieder nickte Mene.

Bist du traurig?

Sie schüttelte den Kopf. Ganz im Gegenteil! Nicht eine einzige Geburtstagsteezeremonie in all den vergangenen Jahren – selbst in der Stimmung der Liebe – hatte sie so glücklich gemacht, wie sie es in diesem Moment war. Denn noch nie zuvor spürte sie ihre Mutter so nah. Sie konnte es kaum glauben, so dass sie ihr völlig unvermittelt auf die Schulter tippte, als wollte sie prüfen, ob sie echt war.

Was machst du?, fragte die Mutter sanft.

Zum ersten Mal sahen sie einander in die Augen – zum ersten Mal überhaupt. Selbst in der Stimmung der Liebe hatte die Mutter der Tochter nie zuvor in die Augen gesehen.

Du musst jetzt nicht weg, Mene. Den Tee werden wir zwar heute nicht trinken, aber du kannst in mein Atelier gehen und dir dein neues Portrait ansehen. Willst du?

Mene war bislang nur ein einziges Mal in ihrem Atelier gewesen: In den vergangenen Jahren durfte sie es nur ein Mal aufsuchen und sich Mutters Aquarelle ansehen. Es war vor zwei Jahren, als Golem sie eine Viertelstunde früher zu der Geburtstagsteezeremonie brachte. Die Mutter war auf dem Weg nach Hause und ihr Mann begleitete Mene ins Atelier, um sie zu unterhalten. Er bewegte seinen Rollstuhl von einem Bild zum anderen und versuchte dabei, etwas zu sagen, obwohl das Sprechen ihm schwerfiel. Einige Worte konnte sie verstehen, manchmal sogar Sätze. Ihr tat der Mann, von dem sie wusste, dass er vor knapp zehn Jahren nach einem künstlichen Koma halb gelähmt aufgewacht war, leid: Sie wünschte sich, sie wäre seine Tochter und könnte ihn im Rollstuhl spazieren fahren. Und obwohl sein Rollstuhl von alleine überall hinfahren konnte, wünschte sie sich, ihn selbst zu schieben, so wie sie es einmal in einem alten Film sah. Sie wünschte sich, ihn an einem frühen Abend, kurz vor dem Sonnenuntergang auf das Hohe Feld hinter dem Stadttor zu bringen und dort seinen Rollstuhl zwischen den jungen Feldgräsern zu bewegen, damit der Duft vom frischgemähten Gras sein faltiges Gesicht umwehte, damit die warme, untergehende Sonne seine Beine streichelte. Sie ahnte nicht einmal, dass er sich dafür schuldig fühlte, dass ihre Mutter sich nur um ihn und nicht um sie kümmerte, denn sie selbst war weit davor entfernt, ihn dafür zu beschuldigen. Letztendlich hatte er sich sein Schicksal nicht ausgesucht, dachte sie, weder den Rollstuhl noch den halb gelähmten Mund. Und vielleicht war es gut, dass sie sich nur diesen Teil der Wahrheit dachte. Vielleicht leuchtete ihr zwar hin und wieder auch ein Funken von dem anderen Teil ein, das mit dem fremdartigen Wort *Selbstmordversuch* zu tun hatte, aber sie war noch ein Kind, und als Kind durfte sie sich die Wahrheit aussuchen, an die sie glauben wollte. Damals im Atelier wollte sie ihm sagen, dass sie ihn gerne als Vater hätte. Aber sie brachte nicht den Mut dafür auf. Vielleicht lag es daran, dass sie sich nach einem Vater nicht wirklich sehnte – nur manchmal, wenn sie dem Mann ihrer Mutter begegnete. Ansonsten nicht. Selbst wenn die Mitschülerinnen mit ihren Vätern prahlten, fragte sie weder die Tante noch die Mutter nach ihrem eigenen Vater. Vielleicht gehörte sie zu den wenigen Kindern auf der Welt, die generell kein Interesse für fehlende Väter zeigten? Vielleicht war sie sogar das einzige Kind? Vielleicht aber sehnte sie sich nach ihrer Mutter so sehr, dass die Sehnsucht nach einem Vater in den Hintergrund geriet. Offenbar gibt es in der Seele eines Kindes ein bestimmtes Fassungsvermögen, eine Art Reservoire für Sehnsucht, das einmal gefüllt, nicht mehr nachgefüllt werden kann.

Mene?, die Mutter fasste sie an der Schulter. Möchtest du in mein Atelier gehen und dir dein neues Portrait ansehen?

Ja!

Auf dem Weg ins Atelier gingen sie am Empfangszimmer vorbei. Als sie vor dem Raum stehen blieben, konnte Mene die Gäste aus unmittelbarer Nähe sehen: Armeoffiziere in strengen, grauen Uniformen mit ernsthaften Gesichtern, als posierte jeder von ihnen für ein Zeitungsfoto, und ihre Frauen, allesamt in Farbe, bunt und leger gekleidet. Mene warf einen stauenden Blick ihrer Mutter zu, denn diese Gesellschaft erschien ihr mehr als merkwürdig und sie selbst kam sich wie in einer Theateraufführung vor: Die Offiziere, den kostbaren Whisky im Kreis schwenkend, wirkten wie Hauptakteure, ihre Frauen, die einander ihre rotgeschminkten Lippen wohlgefällig präsentierten, muteten wie Statistinnen am Rande der Bühne an, und der Mann der Mutter, der in seinem Rollstuhl am Kopfende des Tisches saß – so aufrecht, wie seine Lähmung es ihm nur ermöglichte, und so endgültig, wie sein Desinteresse an der ganzen Aufführung war –, übernahm die undankbare Rolle eines Zuschauers. Die Mutter erwiderte Menes Blick mit Achselzucken und machte ihr ein Zeichen, weiterzugehen. Doch Mene blieb noch eine Weile vor der Tür stehen. Was für Frauen haben sich diese Offiziere ausgesucht! Ihr kamen sie wie zum Leben erweckte Mannequins vor: die

Worte, das Lächeln, die Blicke zwar lebendig, doch allesamt einstudiert und theatralisch. Und als sie wenige Minuten später der Mutter ins Atelier folgte, dachte sie erleichtert, dass ihre Mutter nicht in klitzekleiner, winzigster, miniminizwergenhafter Weise diesen Offiziersfrauen ähnelte.

Die Tür ins Atelier war zugesperrt – die Mutter öffnete sie mit einem gewöhnlichen Schlüssel. Mene dachte, dass es die einzige Tür ohne elektronische Verriegelung war, die sie kannte. Warum ihre Mutter darauf achtete, ihr Atelier auf eine altmodische Art und Weise abzuschließen, wusste sie nicht, doch sie glaubte, auch dies gehörte zu ihrer Eigenart dazu.

Im Atelier roch es nach frischen Farben. Nichts Ungewöhnliches, aber etwas kam Mene eigenartig vor: als wären die Farben angebrannt gewesen. Während die Mutter die schweren Jalousien aufrollte und das Licht in den Raum hineinließ, fuhr Mene herum und entdeckte einen massiven Kerzenständer mit einer niedergebrannten Kerze in der linken äußeren Ecke des Ateliers, hinter dem ein schwerer, samtiger Vorhang hing. Der hohe Kerzenständer war aus Silber, und wie vieles, was der Mutter gehörte, altmodisch. Mene fragte sich, ob Mutters Neigung zu antiken Sachen nicht die einzige Vorliebe war, die sie mit ihrer Schwester teilte. Dass, was sie nicht wissen konnte, war, dass genau diese gemeinsame Vorliebe am ausdrücklichsten zeigte, wie unterschiedlich die beiden Schwestern waren: Die Tante sammelte antike Gegenstände, weil sie sie an die Zeit erinnerten, in der sie glücklich und geborgen war – als Kind in der Berliner Jugendstilwohnung ihres Vaters. Während die Mutter sich mit antiken Sachen nur deshalb umgab, weil sie ihr durch ihre Eigenschaft, die Umgebung weicher und gemütlicher wirken zu lassen, das Gefühl der Zugehörigkeit vermittelten: Je mehr sie von solchen Sachen besaß, desto stärker wurde ihr Glaube, endlich ein Zuhause zu haben, das sie als Kind nie hatte.

Die Mutter fing Menes Blick auf den Kerzenständer auf.

Hinter dem Vorhang arbeite ich, sagte sie. Die Bilder sind unfertig, und solange sie unfertig sind, darf sie keiner sehen.

Mene nickte.

Ich möchte, dass du mir versprichst, dich nur in der Galerie umzusehen, wo dein neues Portrait hängt, sagte die Mutter. Dann lasse ich dich hier für zehn Minuten allein. Versprichst du das?

Ich verspreche es, Mene wandte den Blick vom Kerzenständer ab.

Etwas Befremdendes füllte plötzlich den Raum zwischen ihr und der Mutter. Es geschah zum ersten Mal, dass die Mutter mit ihr vertraulich sprach, und wahrscheinlich empfand sie es selbst noch vor wenigen Minuten als eine Selbstüberwindung. Doch als sie merkte, dass es ihr gelang, verhielt sie sich schon im nächsten Schritt so, als hätte es die zehn nicht gemeinsam gelebten Jahre zwischen ihr und ihrer Tochter nicht gegeben. Was Mene anging, so stand sie dieser plötzlichen Vertrautheit, nach der sie sich all die Jahre gesehnt hatte, mit einem Mal ratlos gegenüber. Offenbar verändert sich in der Seele eines kleinen Menschen etwas, wenn sein größter Wunsch in Erfüllung geht: Offenbar wird er glücklich und ratlos zugleich.

Gut, hörte sie die Mutter sagen. Möchtest du dein Portrait zuerst allein sehen und dann mit mir zusammen oder soll ich es dir zeigen?

Allein.

In den vergangenen Jahren hatte die Mutter ihr das neue Geburtstagsportrait jedes Mal in einer feierlichen Zeremonie überreicht, in Anwesenheit ihres Mannes, bei dem nach Kakaoschalen duftenden Tee, so dass dieser sich stets wiederholende Festakt sowohl bei Mutters Fragen als auch bei Menes Antworten selbst die Regie übernahm:

– Gefällt dir das neue Portrait? – Ja. – Es ist in Eiscreme-Farben, magst du sie? – Ja. – Sie machen einen leuchtenden Eindruck, nicht wahr? – Ja. – Die Augen sind in Pastell. Gefallen dir die Lidschatten in Hellblau und Flieder? – Ja. – Freust du dich schon auf das nächste Jahr? – Ja!

Heute war alles anders.

Die Mutter begleitete sie in die äußerste rechte Ecke des Ateliers.

Hier ist die Galerie, sagte sie, als sie den hellen, mit Bildern behängten Raum betraten.

Beinahe hätte Mene schon *Ich weiß* gesagt, doch zum Glück hielt sie sich zurück, um den Mann der Mutter nicht zu verraten, der sie vor zwei Jahren ohne Mutters Erlaubnis hierhergebracht hatte.

Dein Portrait ist auf der Staffelei am Fenster. Ich komme in zehn Minuten wieder, in Ordnung?

Als die Mutter die Tür hinter sich schloss, atmete Mene durch, tief und ausschweifend, als hätte sich zu viel Druck in ihrer Lunge angestaut. Das Anderswerden der Mutter erfüllte sie mit Hoffnung. Binnen weniger Minuten entwarf die hochbegabte Tagträumerin ihr neues Zukunftsglück: Die Mutter und ihr Mann waren im Zukunftsglück mit ihr und der Tante in eine gemeinsame Wohnung gezogen – gewiss nicht höher als im fünfzehnten Stock wegen Mutters Höhenangst, dazu war Mene bereit –, mit zwei Küchen, zwei Bädern, zwei Empfangszimmern, zwei Schlafzimmern, zwei Arbeitszimmern, einem Atelier und einem Zimmer für Mene, das in der Mitte der Wohnung lag, damit sie sich jeden Morgen entscheiden konnte, ob sie aus dem Zimmer nach links oder nach rechts gehen wollte, auf Tantes oder auf Mutters Hälfte. Das gemeinsame Zukunftsglück leuchtete: Selbst der dunkelbraune Steinboden im Flur, dessen gedämpfter Schein im Kupfer der Lichtspots kaum zu sehen war, stellte sich Mene nicht als eine einfache Schattenblume, sondern als eine königliche, weiße Lilie vor. Dabei loderte das Weiß des vorgestellten Zukunftsglücks so stark, dass sie für einen Moment sogar die Augen schließen musste. Als sie sie wieder öffnete und langsam herumfuhr, staunte sie, warum der Raum so dunkel war.

Kinder leben in den Welten, die sie sich vorstellen – und es gelingt ihnen, so lange daran festzuhalten, bis sie in ihrer Vorstellung unterbrochen werden. Mene wurde von dem Gedanken an zehn Minuten unterbrochen.

Als sie zum Fenster lief, um sich ihr frischgemaltes Portrait anzusehen, staunte sie: Nicht dass ihr das neue Bild missfiel, nicht dass sie sich selbst auf dem Bild missfiel, ganz im Gegenteil. Doch sie brauchte Zeit, um sich an das Mädchen zu gewöhnen, das sie auf der Leinwand sah: Denn sie wurde von einer Mene angeblickt, die sie von sich selbst zwar kannte, aber von ihrer Mutter nicht erwartet hatte. Sie war gewohnt, von der Mutter so gemalt zu werden, wie die Mutter sie sehen wollte, und jedes Mal wunderte sie sich insgeheim darüber, wie die Mutter mit nur wenigen Pinselstrichen einen Sonnenstrahl in ihrem Haar in eine blühende Blume und die auf den Knien ruhenden Hände in eine sprechende Wolke verwandeln konnte. Mene wunderte sich ebenso über die pastellfarbenen Eiscreme-Farben, die die Mutter stets um ihre Augen herum legte und mit denen sie ihre Wangen bedeckte. Jedes Mal sah sie sich auf den Bildern als Jemand, der nicht wirklich existierte. Doch die neue Mene war ein Mädchen, das lebte – selbst auf dem gemalten Bild wirkte es real, durch alle Farben hindurch. Mene schien es, als hätte die Mutter sie für dieses Portrait lange beobachtet: Vielleicht sah sie ihr insgeheim im Schlaf zu und übertrug ihr Gesicht Zug für Zug auf die Leinwand?

Mene trat zurück. Warum versuchte die Mutter nicht mehr, das wahre Wesen ihrer Tochter zu verbergen? Die Frage brachte sie in die Realität zurück, unterbrach die kindliche Vorstellung – trug sie aus dem neuen, erträumten *Zuhause* in das Atelier zurück.

Sie öffnete das Fenster. Als sie sich über die Fensterbank beugte, hatte sie das Gefühl, sie könnte den Boden berühren. Merkwürdig, dachte Mene, die niemals in so einem niedrigen Stockwerk wohnte, und streckte den rechten Arm weit aus. Wahrscheinlich hätte sie die verbliebene Zeit, bis die Mutter sie holen kam, mit den Versuchen verbracht, über die Köpfe der Passanten zu streicheln, wenn nicht aus der äußersten, linken Ecke des Ateliers plötzlich ein ohrenbetäubendes Pfeifen ertönt hätte.

Sie schreckte auf.

Der Pfeifton klang, als hätte sich ein Schall aus dem Lautsprecher in der Verstärkeranlage verheddert und wäre dann aus dem Lautsprecher kreischend herausgerannt. Mene drückte die Ohren mit den beiden Händen zu, drehte sich um: Der alte, silberne Kerzenständer lag auf dem Boden, der schwere, samtige Vorhang flatterte dahinter, und der laute Pfeifton schaukelte sich immer weiter hoch.

Der Windzug!

Vermutlich war in der linken Ecke des Ateliers das Fenster nicht abschlossen, so dass der starke nördliche Wind sich den Weg in den Raum bahnte, ohne angehalten zu werden. Mene lief hin, ganz unbedacht, als hätte sie in diesem Moment Mutters Verbot, den Teil des Ateliers hinter dem Vorhang nicht zu betreten, vergessen. Sie folgte – allen Gefahren zum Trotz – dem Ruf des Windes, der im Frühling zu einer bestimmten Tageszeit aus dem Norden kam und alles, was ihm im Wege stand, zu vernichten drohte. Deshalb achteten auch die Stadteinwohner darauf, in dieser Zeit die Fenster auf der nördlichen Seite ihrer Häuser verschlossen zu halten, und Menes Tante war in dieser Hinsicht besonders streng. Wie oft schon stand Mene vor dem Fenster und wünschte sich, den mit Rätseln behafteten Nordwind wenigstens einmal im Leben mit den eigenen Augen zu sehen!

Heute bot sich ihr die Gelegenheit.

Hatte sie keine Angst, vom Wind umgestürzt, weggeweht, ins Nirgendwo weggebracht zu werden? So wie die kleine Tochter der Nachbarin von ihm weggeweht und weggebracht wurde, ohne dass man sie je wiederfand? Sie hatte Angst. Doch ihr Trotz war nicht allein der Neugierde, sondern auch dem Fluch des Nordwindes geschuldet: Sie war nicht die Einzige, die seinem Ruf folgte, über die eigene Angst hinwegstolpernd, als wäre sie von ihm ferngesteuert. Nun lief sie an dem umgekippten Kerzenständer, dem flatternden Vorhang und dem dürftigen Lichtschein der Stehlampe vorbei – der stürmische Nordwind schluckte jedes Mal beim Anbruch das Tageslicht und die Sonne brauchte einige Augenblicke, bis sie sich gegen ihn durchsetzen konnte. Mene wartete nicht auf die Sonne, lief durch den dunklen Windschein hindurch, dem rufenden Nordwind in den Rachen – kopflos, von einer unsichtbaren Kraft getrieben… Und wer weiß, wie lange es noch gedauert hätte, bis sie vom Nordwind geschluckt worden wäre, wenn eine hohe Staffelei mit dem Gemälde ihrer Mutter sie auf dem gefährlichen Weg nicht aufgehalten hätte.

Sie stürzte auf die Staffelei und geriet ins Schleudern – drehte sich zweimal um sich selbst und kam wie durch ein Wunder direkt vor dem Bild zum Stehen.

Sie erstarrte.

Es war ein Leinwandbild, nicht groß, etwa ein Meter hoch und breit, mit zwei Figuren in der Mitte: ein junger Mann in Schwarz im Vordergrund – eine auf dem Boden liegende Frau mit offenem, rotem Haar im Hintergrund. Der Mann beugte sich über sie, während sie ihr Gesicht in drei großen, neonlichtkaltweißen Buchstaben versteckte – OHB. Sonst gab es nichts weiter zu sehen – nur den nach vorn geneigten Mann, das zurückgeworfene Haar der Frau und die drei Buchstaben. Und dennoch erschreckte Mene. Selbst der Fluch des Nordwindes schien durch diesen Schreck überwunden zu sein.

– Es war ein Bild, das den Tag wie die Nacht scheinen ließ –

Das Gesicht des jungen Mannes war zwar verhüllt, aber seine schwarzen Augen waren gut zu sehen. Mene kamen sie groß vor, zu groß, riesig. Eine Weile beobachtete sie sie – vielleicht länger als eine Minute – und plötzlich schien es ihr, sie würden mit jeder weiteren Sekunde zorniger.

Sie schrie auf.

Erst jetzt fiel ihr auf, dass dem jungen Mann ein Horn aus der Stirn wuchs, genau aus der Mitte, wie bei einem Einhorn. Er schwieg zwar, aber sein Jähzorn war ihm anzusehen und sein Vorwurf, den er offenbar an sie richtete, klang in ihren Ohren laut und deutlich, ohne dass er ihn ausgesprochen hätte:

WIE WAGST DU ES, UNS ZUZUSEHEN?

Mene überkam das Gefühl, das viel größer als Angst war: Ihr schien, der Todesengel selbst würde gleich aus dem Bild herausspringen und sich auf sie stürzen. Ihr Körper schien sich zu verkleinern – das Gesicht, die Brust, die Gelenke, jeder einzelne Knochen. Sie erzitterte, und dann … Dann geschah etwas, was man einem zehnjährigen Kind kaum zutrauen würde: Sie nahm den ganzen Mut zusammen – den kindlichen und vielleicht auch den erwachsenen, aus der Zukunft – und sprang zurück. Weit genug, um mit einem Sprung in die Nähe des vom Wind umgeworfenen Kerzenständers zu gelangen. Weit genug, um sich gegen den zu wehren, der ihr als Todesengel erschien. Sie griff nach dem auf dem Boden liegenden Kerzenständer mit Eisenspitze und warf ihn dem Todesengel ins Gesicht. Die rostige Eisenspitze durchbohrte seinen Hals. Mene griff nach der Staffelei und kippte sie um, so dass er mit dem Gesicht zu Boden fiel. Als sie herunterblickte, trat aus seinem Hals die Eisenspitze hervor.

Schreiend verließ sie das Atelier – stürmte in den Flur.

Er ist tot!, rief sie.

Als sie das Empfangszimmer betrat, drückte sie die beiden Hände ans Gesicht und schluchzte. Kurz darauf spürte sie heißen Atem direkt vor ihren Händen: Sie wusste, dass es ihre Mutter war, die sie in den Arm nahm.

Du willst mich nicht, sagte Mene, ohne zu wissen, warum sie das sagte.

Warum gerade jetzt? Der Vorwurf, dessen Existenz sie nicht einmal gewahr war, stieg unvermittelt aus ihrem Inneren empor, als keimte er dort all die Jahre heran und wartete nur noch auf seine Stunde.

Du hast mich nie gewollt!

Das stimmt nicht, erwiderte die Mutter. Ich habe dich immer gewollt.

Mene hielt noch immer die Hände vor dem Gesicht, als sie die merkwürdigste Vermutung ihres Lebens anstellte:

Bin ich eine Mörderin?

Du bist keine Mörderin, die Mutter nahm ihr die Hände vom Gesicht.

Doch! Ich habe jemanden getötet.

Die Mutter ging vor ihr in die Hocke, legte ihr die Arme um die Schulter.

Wen hast du getötet?

Den Todesengel! Den mit dem Horn auf der Stirn!

Die Mutter begann schneller zu atmen, drückte Mene an sich. Und je schneller sie atmete, desto fester drückte sie die Tochter an sich, desto unkontrollierter ließ sie Tränen und Zähne blitzen. Mene versuchte, sich aus ihrer Umklammerung zu befreien, so lange, bis der Mann der Mutter seinen Rollstuhl auf sie zubewegte, laut rufend: Oholiba, Vorsicht! Die Stimme des Mannes schien sie aus einer Trance zu reißen: Sie ließ die Tochter sofort los.

Das macht nichts, sagte sie schnell, das macht nichts!

Mene schluchzte schon wieder.

Das macht nichts!, die Mutter ging vor ihr auf die Knie. Das war ein böser Engel!

Mene blickte ihr in die Augen – weit aufgerissen – und sah auf einmal keinen Schrecken und keine Hast mehr in ihnen, sondern nur noch ein inniges Anflehen. Woher es so plötzlich kam, wusste sie nicht, aber sie erkannte es, während die Mutter zu ihr sprach:

Ich werde dir einen neuen Engel malen, Mene! Einen guten!

Sie hörte auf zu schluchzen, ohne den Blick von den Lippen der Mutter zu wenden.

Einen guten, mit Flügeln! Einen lichten!

Und mit einem Mal spürte sie, dass sie die Demut ihrer Mutter nicht eine Sekunde mehr aushalten würde – mit keinerlei Kraft, mit keinerlei Willen – sie wünschte sich, die Mutter würde kein Wort mehr sagen, kein einziges, und machte einen Schritt auf sie zu. Dann noch einen – auf Zehenspitzen – unhörbar, und legte ihr die Hand auf den Mund.

Und schon schwebte der gute Engel über ihnen – sanft und licht –

Wenn sich die schaulustige Offiziersfrau, die Mene mit dem Pfau verglichen hatte, nicht schon wieder in ihr Leben eingemischt hätte! Woher nahm sie sich das Recht? Doch ehe Mene sich umsehen konnte, brachte sie schon den getöteten Todesengel aus dem Atelier ins Empfangszimmer und lehnte ihn gleich mit dem Rücken an die Wand. Die Späherin mit rotgeschminktem Mund! Die Rücksichtslose!

Mene fiel das Bestürzen der Gäste gleich auf, und zwar nicht über den Todesengel – sie hatten ihn einfach ignoriert, als eine Lappalie abgetan, sondern über die drei Buchstaben, in denen die Frau auf dem Bild ihr Gesicht versteckte: Jeder flüsterte die Buchstaben nach, OHB – als wären die Buchstaben selbst der Todesengel, drei Todesengel zusammen –, jeder leckte das neonlichtkaltweiße Licht von ihnen ab und versuchte, es sofort auszuspucken. Staunend hörte Mene, wie die Gäste sich schon wenige Minuten später mit Repliken überschlugen, ob Oholiba die OHB wäre. Staunend beobachtete sie, wie der Mann der Mutter seinen Rollstuhl auf sie zubewegte und wie seine Stimme dabei vibrierte, als würde er brummen.

Warum um Himmels Willen bewirkten die drei harmlosen Buch-staben bei den Gästen mehr Entsetzen als der getötete Todesen-gel mit dem Horn auf der Stirn?! Mene würfelte die Buchstaben zu unterschiedlichen Wortkombinationen zusammen, vorwärts und rückwärts, in der Hoffnung, ein Wort, wenigstens ein Zei-chen zu erkennen, das die Erwachsenen derart in Schrecken ver-setzte: Ohabe, Ohiba, Ohabo ... Doch keine der Kombinatio-nen ergab einen Sinn. War das ein Geheimcode? Mene fehlte der Schlüssel. Sie schlang fest die Zunge um die Worte im Mund, um ihre fremdartig klingende Melodie.

Bist du die OHB?!, hörte sie eine laute männliche Stimme.

Der Mann der Mutter. Das Crescendo mit Nachklang.

Als ihr Blick auf die Mutter fiel, die noch immer mitten im Zimmer kniete, sah sie, wie sie den Mund aufriss, als wollte sie losschrei-en und müsste ihren Schrei im letzten Moment zurückhalten, weil er so überwältigend, so durchdringend geklungen hätte, dass keiner im Zimmer in der Lage wäre, ihn auszuhalten. Und über dem Schrei sah sie die Augen der Mutter – fast verschwunden, aus dem Gesicht ausgewaschen – nur noch als zwei dunkle, verschmierte Flecken. Die Mutter wirkte wie ein stummer Clown, mitten in einer Vorstellung erstarrt.

Bist du die OHB?

Die Frage fiel ihrem Mann schwer, seine linke Gesichtshälfte war gelähmt und der Speichel lief ihm aus dem linken Mundwinkel. Da die Lähmung sehr stark war, gelang es ihm nicht, den Ausdruck seiner Stimme zu beeinflussen. So klang seine klare, eindeutige, alles im Leben seiner Frau und in seinem eigenen Leben entscheidende Frage zwar sehr laut, brachte jedoch keinerlei Gefühlsregung hervor – als stünde keine Enthüllung dahinter, keine Erschütterung.

Die Mutter blickte zu ihm auf, schloss den Mund und nickte.

Und dann wagte keiner mehr im Zimmer, sich zu bewegen, geschweige denn etwas zu sagen. Hätte ein neuer Gast jetzt den Raum betreten, ohne zu wissen, was hier gerade geschah, hätte er sich mitten in einer stummen Schlussszene wiedergefunden.

Mene war die Einzige, die sich traute, auf ihre Mutter zuzugehen, die noch immer auf Knien saß, und ging selbst auf die Knie. Sie wusste nicht, warum die Mutter auf einmal die OHB war und was genau das O, das H, das B verbrochen haben sollten, aber eins wusste sie: Selbst wenn ihre Mutter jetzt eines Mordes beschuldigt worden wäre, wäre sie an ihrer Seite geblieben.

Lass deine Mutter dich niemals vergessen.

Wer sollte wen nicht vergessen? Mene verstand nicht, vertraute jedoch den Worten ihrer Mutter, nahm sie einfach als Wahrheit hin.

Lass deine Mutter dich niemals vergessen, hörte sie die Mutter wiederholen.

Sie nickte.

Jetzt geh bitte.

Und schon wieder hatte die Mutter gesagt-gesungen:

Jetzt (Taktstrich) geh (Taktstrich) bitte (Taktstrich) – drei Takte nach einander – Vergissmeinnicht.

Mene richtete sich auf, ohne einen einzigen Zweifel – wie eine Erwachsene, die in dem Gesagt-Gesungenen der Mutter den größten Liebesbeweis erkannte, den ein Mensch im Zustand äußerster Verzweiflung einem anderen Menschen entgegenbringen konnte.

Sie verließ das Zimmer.

Im Flur nahm Golem sie auf den Arm und trug sie aus der Wohnung hinaus.

Im Treppenhaus hörte sie ihre Mutter laute Geräusche von sich geben. Merkwürdige Geräusche: keine Worte, sondern ein Durcheinander unkontrollierter Lauten. Zügellos. Unförmig.

NULL

Sie verließen das Gebäude, bogen auf den Tempel-Boulevard ab. Mene versteckte das Gesicht an Golems Schulter, schloss die Augen. Sie wusste nicht, dass sich gerade in diesem Moment die Mutter aus dem Fenster ihres Ateliers stürzte. Doch sie spürte, dass ihr eigenes Leben dabei war, sich zu verändern – und dass es in diesem neuen, veränderten Leben keinen Platz mehr für das Muttersuchen geben würde.

Golem hielt sie fest. Der Gedanke, bald wieder zu Hause zu sein und von der Tante in den Arm genommen zu werden, beruhigte sie. Die Tante würde ihr nur ein einziges Mal in die Augen blicken, wenn sie die Wohnung betreten würde, und dann würde sie ihr direkt ins Herz sehen. Sie würde keine Fragen stellen, und wenn die Geburtstagsgäste am Nachmittag kämen, würde sie sich einen guten Grund für ihre Abwesenheit ausdenken. Und dann würde sie bei Menes Mutter anrufen und etwas erfahren, was Mene noch nicht wusste, aber ganz sicher ahnte.

Golem beschleunigte den Schritt.

Lauf nicht so schnell, bat sie ihn.

Aber er beachtete ihre Worte nicht. Und innerhalb der nächsten Sekunden erreichte er schon die höchste ihm mögliche Laufgeschwindigkeit.

Als Mene gleich darauf die lauten Sirenen heulen und die Feuerwehrlöschfahrzeuge lärmen hörte, öffnete sie die Augen.

Was ist passiert?

Höchste Alarmstufe. Die kleine Herrin muss in Sicherheit gebracht werden.

Sie fuhr herum. Das flackernde Flammenlicht, das mit einem Mal auf den Asphalt schien, warf einen Schatten auf den Boden. Und im Asphalt selbst weckten Golems eilige Schritte einen brummenden Ton.

Schon wieder Feuer?

Brennende Feuerdrachen stiegen weiter vorne in die Luft, einer nach dem anderen – so schnell und unvermittelt, dass Mene sich plötzlich wie in einer anderen Zeitdimension vorkam, in der es zwischen Vergangenheit und Zukunft keine Gegenwart gab. Noch vor wenigen Minuten, als sie die Wohnung ihrer Mutter verlassen hat, gab es nicht einmal ein Anzeichen des nahenden Feuers!

Die Sirenen heulten so laut, dass man hätte glauben können, die ganze Stadt stehe bereits in Flammen. Mene leuchtete es nicht ein, warum Golem weiterlief, statt im erstbesten Gebäude einzukehren und sie in einen Sicherheitsbunker zu bringen. Es war nicht das erste Mal, dass Feuerdrachen über der Stadt aufstiegen und die Feuerbomben überall hinfielen, und spätestens nach der letzten Flammennacht, der schlimmsten, die die Stadt bislang erlebt hatte, wussten alle, dass die Bunker den besten Schutz vor den Flammen boten.

Wo bringst du mich hin?, sie rüttelte an Golems Schulter. Bleib stehen!

Doch er lief, so schnell er konnte.

Sie blickte nach vorn und stellte mit Staunen fest, dass nicht nur Golem, sondern alle in die gleiche Richtung liefen: Die Menschen kreuzten sich, stolperten über einander und machten den Eindruck eines bunten, beklemmenden Gewimmels. Etwas stimmte nicht in ihrem Verhalten, denn sie liefen absichtlich an den Sicherheitsräumen vorbei. Als Golem sich wenige Minuten später dem *Haus des Wartens* näherte, sah Mene, dass auch eine Gruppe von älteren Menschen unter dem Vordach stand und auf Rettungskräfte wartete, statt in den Bunker zu gehen.

Eine laute Explosion erschütterte die Luft.

Kampfjets flogen die Nordgrenze an. In kurzen Abständen hörte Mene mehrere Detonationen – das Bombardement nahm an Stärke zu und es war nur noch eine Frage der Zeit, wie lange die Aufständischen unter dem Beschuss noch ihre Feuerdrachen aufsteigen lassen würden. Irgendwann war am Himmel kaum noch ein freier Platz zu erkennen – so viele Flugzeuge stiegen in die Luft. Es donnerte auf. Und es hörte sich unheimlich an, dieses trockene, röchelnde Donnern: Es kam aus dem Nichts, bei klarem Himmel mit einer einzigen dunklen Wolke. Mene kam es vor, die Wolke wäre von den Kampfjets mit dicken Schichten Asche angestrichen worden. Dann donnerte es noch einmal auf und der Blitz riss die Aschwolke in zwei asymmetrische Fetzen: In dem größeren Fetzen blieben die zum Einsatz fliegenden Kampfjets, in den kleineren stiegen die brennenden Feuerdrachen auf. Und schon im nächsten Augenblick steuerte einer von ihnen auf den höchsten und ältesten der Olivenbäume, die in der Mitte des Tempel-Boulevards eine Allee bildeten, herunter – als hätte er nur noch darauf gewartet, dass der Riss in der Wolke ihn von den Militärflugzeugen abschirmte.

Mene zog den Kopf in die Schultern.

Zum Glück sah sie nicht, wie das Feuer am Baumstamm des ältesten Olivenbaums der Stadt emporstieg, wie seine Äste sich einer nach dem anderen entzündeten und die Oliven verglühten.

Die Taube!, rief sie plötzlich.

Es schien ihr, als flöge die silberne Taube, die sie heute Morgen im dunklen Durchgang gesehen hatte, über die Baumspitze eines der entflammten Olivenbäume. Golem war schon längst an dem Baum vorbeigelaufen, doch sie hatte die Taube noch immer vor Augen – wie sie die Baumspitze umfliegt, anmutig, fürsorglich.

Die Feuerwehr richtete riesige Schläuche auf die Olivenbäume. Eine dicke Brandrauchwolke stieg empor und das Löschwasser strömte mit hohem Druck auf die Mitte der Allee, während an ihrem Anfang brennende Feuerdrachen auf die Bäume fielen und sie entzündeten. Mene blickte nach vorn. Die flammende Ferne am Ende des kilometerlangen, breitspurigen Tempel-Boulevards wich keiner Nähe: Die Flammen der Feuerdrachen bauten sich weiter auf, hauchten den Laufenden ihren hitzigen Atem entgegen. Jetzt waren die Sirenen schon überflüssig – das Menschengeschrei selbst sorgte für den Alarm.

Warum laufen alle in Richtung der Feuerdrachen?, fragte sich Mene, noch immer darüber staunend, dass kein Mensch mehr an die Sicherheitsbunker zu denken schien.

Sie fuhr herum, drehte den Kopf nach hinten – mit demselben halb offenen Mund, mit denselben vor Schreck aufgerissenen Augen hätte sie ebenso in einen heißen Drachenschlund gefallen sein können. Denn das, was sie dahinten sah, ergab mehr als nur eine Antwort auf ihre Frage: Es stellte eins der in der Science-Fiction entworfenen Szenarien einer Apokalypse dar. Der Weg, den Golem bereits zurücklegte, hatte nichts mehr mit dem breiten Tempel-Boulevard gemein, den Mene kannte – er glich einem endlos engen Korridor, der im gelben Schwefelsalzdunst lag. Alles Lebendige, was sich in diesem Korridor noch befand, beulte und höhlte sich auf, streckte sich in alle Richtungen, nach Luft ringend. Von außen betrachtet geschah alles wie in einer Zeitlupe: Die meisten der Menschen bewegten sich kaum, doch mit jeder selbst minimalsten Bewegung wurden ihre Körper aufgedunsener. Ihre Münder öffneten sich so weit, dass die Mundwinkel rissen, doch ihre Schreie konnte man nicht hören – man konnte nichts aus dem Korridor vernehmen, denn alles, was dort geschah, geschah in vollkommener Stille.

Hilfe, flüsterte Mene.

Das war also die höchste Alarmstufe. Das wird der Grund sein, warum die Stadteinwohner aus ihren Häusern herausströmten, hoffend, sich vor dem erstickenden Korridor zu retten. Mene zitterte. Wäre Golem nicht so schnell gewesen, hätte sie selbst das Schicksal mit denen geteilt, die in dem vom Schwefelsalzsturm verwüsteten Korridor zurückblieben. Sie konnte sich zwar nicht erklären, warum der Sturm nur über die Hälfte des Tempel-Boulevards hinweggeweht war und dann zum Stillstand kam, genauso wenig, wie sie wissen konnte, dass er lediglich der erste Vorbote des schweren Sturms war, der vom Nordwind mit einer ungeheuren Kraft und Geschwindigkeit von der Stadtgrenze in die Stadtmitte hineingeblasen wurde und der im Vergleich zu dem, was noch nachkommen würde, nur geringere Schäden anrichtete – aber sie ahnte, dass die warnenden Worte ihrer Tante, die sie heute Morgen anzweifelte, sich bewahrheitet hatten: Über der Stadt brach der zweite Schwefelsalztornado ein. Und wie man im Turm der Überwachung annahm, setzte er die hochgefährlichen, radioaktiven Stoffe frei, die alles Lebendige zu ersticken drohten.

Dass der zweite Tornado lautlos über die Stadt einstürzte, jagte Mene noch mehr Schrecken ein: Er stellte sich leise und traf das menschliche Leben unvorbereitet, binnen weniger Sekunden. Er stürzte über die Stadt heimlich und stumm ein, ohne ihr eine Chance zu geben, sich zur Wehr zu setzen. Nichts stand ihm im Wege – selbst der eigenwillige Nordwind, der ansonsten rauschend und herrschend über die Stadt hinwegwehte, fügte sich der arglistigen Lautlosigkeit des Tornados und erfüllte seine Befehle, demütig und still.

Panik brach auf dem Tempel-Boulevard aus – alles lief zum Turm der Überwachung.

Aus sicherem Schutzmaterial gebaut, verfügte der Turm über unterirdische Tunnel aus Metall und Floatglas, die als Untersuchungsgefängnisse dienten – streng bewachte, gefürchtete Gefängnisse, in denen die verdächtigten Stadteinwohner saßen und die man in der Stadt *Erdlöcher* nannte. Doch im Falle der höchsten Alarmstufe sollten sie als Rettungsräume dienen: allerdings nur beschränkt, denn nicht alle Einwohner konnten dort untergebracht werden. Deshalb lief Golem so schnell. Deshalb liefen alle so schnell, und schoben und schubsten einander, um sich den Weg freizumachen – von dem übermächtigen Fluchtreflex und dem Wunsch erfasst, unter der Erde Unterschlupf zu finden. Der Tempel-Boulevard füllte sich mit jeder weiteren Minute. Androiden, die viel schneller als Menschen waren, bildeten die eigene Laufspur, während die Menschen in der Mitte des Boulevards zurückblieben. Die Menschenmenge wurde dichter. Diejenigen, die schnell genug waren, wurden von der laufenden Menge mitgetragen. Die Schwächeren, die hinfielen, wurden von ihr umgerannt. Mene fiel auf, dass die Roboter über die Köpfe der Hingefallenen sprangen, während die meisten Menschen die Liegengebliebenen niedertraten. Sie schämte sich. Sie war noch zu klein, um zu wissen, dass eine Menschenmenge sich im Zustand äußerster Panik anders verhielt, als es der einzelne Mensch für gewöhnlich versuchen würde: Die Menge nimmt sich das Recht, gegen die Würde des Einzelnen zu verstoßen, ohne dafür geächtet zu werden.

Als sie erneut nach vorne blickte, war Golem noch ein Stück vorgelaufen. Sie zuckte vor langen, lauten Heultönen der Sirenen zusammen und verkroch sich in seinen Armen. Sie hatte Angst. Zum ersten Mal seit dem Ausbruch der Katastrophe dachte sie an ihre Tante: Sie ahnte, dass die Tante keine Netzverbindung zu Golem herstellen und deshalb nicht wissen konnte, ob Mene den ersten Teil des Tempel-Boulevards, der sich inzwischen in den Korridor des Schreckens verwandelte, rechtzeitig verlassen hatte. Sie durfte inzwischen vom Schlimmsten ausgegangen sein. Der kalte Schweiß lief Mene über die Stirn und begann in den Augen zu brennen. Wahrscheinlich hätte sie sie geschlossen, wenn sie nicht im gleichen Moment Golems klare Stimme vernommen hätte:

Die große Herrin ist in Sicht.

Tante!

Mene stieß einen Schrei aus.

Wie sie die Kraft dafür aufbrachte, war ein Rätsel. Wie sie in dem dichten Menschengedränge eine schmale, weibliche Silhouette, die dem Feuer ausweichend, den Laufenden entgegenlief, erkennen konnte, war nicht weniger rätselhaft. Doch allem Rätselhaften zum Trotz irrte sie sich nicht: Die schmale Frau mit langen Beinen, die sich so schnell bewegten, dass die Erde unter ihnen rutschte und die Asche in die Luft schleuderte – diese Frau, die als Einzige in Gegenrichtung des von Panik erfassten, schreienden Menschenstroms lief – war ihre Tante. Mene verfolgte ihre Silhouette, die sich durch die aufgetürmten, schwarzen Aschewolken und die rasenden Menschen hindurchschlug. Und sobald ihr rechter Arm sich nach oben streckte, erkannte Mene den Filzhut ihrer Tante.

Mit einem starken Ruck riss sie sich nach vorn, so dass Golem sie festhalten musste. Sie streckte den Arm aus, fing an, heftig zu winken. Golem setzte die Laufgeschwindigkeit herab, während die Tante sich umdrehte und, ohne stehen zu bleiben, um von der laufenden Menge nicht umgerannt zu werden, sich etwas nach vorne beugte, als bereitete sie sich auf einen Sprung vor. Und bevor Mene noch Luft holen konnte, hob Golem ihre Tante schon vom Boden auf und beschleunigte erneut den Schritt. Binnen weniger Sekunden erreichte er seine Laufgeschwindigkeit wieder – mit Mene auf dem linken, mit der Tante auf dem rechten Arm.

Das Gesicht der Tante war erhitzt. Sie beugte sich zu Mene, nur leicht, um Golem am Laufen nicht zu hindern. Ihr Haar war mit Asche verschmiert, im Hals steckten Holzsplitter. Mene versuchte den längsten Holzsplitter herauszuziehen, doch die Tante schüttelte den Kopf. Mene sah, dass sie mit den Tränen kämpfte. Sie konnte ihr lautes Keuchen hören, und es vergingen noch einige Minuten, bis die Tante wieder durchatmen konnte.

Dann hob sie den Kopf und sah zu Mene hinüber:

Weißt du noch, wie du nach der letzten Flammennacht davon geträumt hast, dass die Stadt von den Brandspuren befreit wäre und dass man als erstes den Zoo renoviert hätte?

Waaaaas?

Die Stimme ihrer Tante wurde klarer:

Weißt du noch, wie du davon geträumt hast, dass der Zoo als erster nach der Flammennacht renoviert worden wäre?

Mene nickte.

So wird es auch kommen!

Warum?

Weil ich es sage!

Je mehr Golem sich dem Ende des Tempel-Boulevards näherte, desto langsamer lief er. Bis zum Turm der Überwachung blieben noch etwa dreihundert Meter, doch die verbleibende Strecke schien sogar für die Androiden die schwierigste zu sein: Selbst wenn sie versuchten, über die Köpfe zu springen, um sich durch die Menge hindurchzuschlagen, landeten sie nicht auf der Erde, sondern auf den vorher umgerannten, auf dem Boden liegenden Menschen. So dass sie sich schließlich dem Lauftempo der Menge anpassen mussten.

Nach etwa zweihundert Metern wurde Golem noch langsamer. Etwas veränderte sich an seiner Gesichtsfarbe – wäre er ein Mensch gewesen, hätte man gesagt, er erblasste.

Was hast du?, fragte die Tante.

Ich muss auf Datensicherung schalten.

Warum jetzt? Wir sind nah dran!

Die Batterie ist fast aufgebraucht, erwiderte er, und die nächste Ladestation ist im Turm. Wenn ich jetzt auf Datensicherung schalte, fährt das Programm nur schrittweise herunter.

Was heißt das?

Meine Laufgeschwindigkeit wird sich zwar verringern, aber der Saft dürfte bis zum Turm ausreichen.

Die Flammenschatten legten sich auf die Menschen. Mene schien es, als würden sie mit jedem Meter breiter und dichter, und der Durchgang, der vom Tempel-Boulevard zum Turm der Überwachung führte, enger. Das Verhalten der Menschen veränderte sich: Ihre Schreie wurden stiller, und irgendwann schwiegen sie ganz. Das Schweigen trat plötzlich an, etwa fünfzig Meter vor dem Turm, als gehörte es zum Überlebenskampf dazu. Als wäre es das Schweigen selbst, das jeden Einzelnen von der Menge trennte und ihm dazu verhelfen sollte, die inneren Kräfte zu sammeln und sie für jeden weiteren Meter aufzusparen. Jeder, der sich durch sein Schweigen von der Menge absondern konnte, zählte die Minuten, die ihn von dem nahenden Schwefelsalztornado trennten, und hatte nun ein einziges Ziel vor Augen: das geöffnete Tor des Turms.

Die Sirenen heulten in größeren Abständen. Das Feuer wurde schwächer, der Rauch stärker. Je mehr die Menge sich dem weit geöffneten Tor näherte, desto tiefer hing der Schatten der Flammen, mit dicken, aschgrauen Wolken verhangen, über den Köpfen. Die Olivenbäume waren inzwischen silbergrau und standen wie schwache, gebrechliche Geister gebeugt, nur noch auf den letzten Windzug wartend, um in alle Himmelsrichtungen verweht zu werden. Doch der Windzug kam nicht. Mene fuhr herum. Nur wenige Schritte von ihr entfernt wurde eine junge Frau mit einem Baby im Arm von ihrem Androiden getragen. In jedem anderen Moment hätte es wie ein Augenblick höchsten Glücks erscheinen können: Der Säugling ließ sich von seiner Mutter wiegen, die junge Frau stillte das Kind. Mene lächelte die Tante an, die Tante lächelte zurück: Was für ein glückliches Kind, dachte Mene. Was für eine glückliche Mutter, dachte die Tante.

Der Durchgang zum Tor wurde enger. Die Menschenmenge verdichtete sich, die meisten bewegten sich schräg seitlich nach vorn. Einige blickten in die Menge, einige sahen hoch, keiner sah zurück. Alle schienen die gleichen Blicke zu haben – ob wahllose oder nicht, als hätten sie die gleichen Augen. Nicht ein einziges Auge weinte –

> – kein Aufstöhnen
> in dem stillen Gedränge –
> – kein Aufschluchzen –
> – kein Anflehen –
> – kein Staunen –
> – nicht mal ein wortloses –

Mene erkannte die Taube wieder, die sie heute Morgen im dunklen Durchgang und vor etwa einer Viertelstunde auf der Baumspitze eines der entflammten Olivenbäume gesehen hatte. Diesmal schien sie auch der Tante aufgefallen zu sein.

Du hattest recht mit der Taube, sagte sie. Es ist die von heute Morgen, und an ihren Flügeln schimmert tatsächlich etwas Silbernes.

Die Taube stieg über dem Tor auf, als wollte sie erkunden, wie viele Menschen sich noch in Gefahr befanden. Und die Menschen, die in einer Riesenschlange vor dem Turm standen, blickten zu ihr wortlos auf.

Mit jedem weiteren Schritt wurde Golem langsamer. Der Abstand zwischen ihm und den anderen Androiden, die inzwischen vorne in der Schlange vor dem Tor standen, vergrößerte sich. Die Gefahr, dass er zurückbleiben und sich mit den Menschen mischen würde, war groß.

Würde ich absteigen, hörte Mene ihre Tante fragen, würdest du schneller laufen können?

Ja, Herrin, um zweiundvierzig Prozent.

Die Tante wandte sich an Mene, sprach in einem festen, nahezu eisernen Ton:

Ich werde jetzt absteigen und mich hinter euch einreihen. Du bleibst, wo du bist!

Mene wandt sich in Golems Armen, krallte sich am Oberarm ihrer Tante fest, so lange, bis ihre Fäuste blaurot wurden.

Lass mich los!, rief die Tante.

Mene biss die Zähne zusammen. Der Kiefer angespannt, knarrend – brüllend mit verschlossenem Mund.

Womit die Auseinandersetzung ihr Ende genommen hätte, ist ungewiss – wäre Golem nicht auf einmal von einem anderen Androiden nach vorne geschubst worden. Golem drehte sich um, ebenso Mene und die Tante: Ein Android der neuen Generation, jünger und leistungsstärker, hielt seinen linken Arm ausgestreckt und legte die Hand auf Golems Steckkontakt, um ihn mit Energie zu versorgen. Er wird den Befehl seines Herrn ausgeführt haben, den er trug und der dafür sorgte, dass er Golem zielstrebig nach vorne beförderte, statt ihn zu überholen. Die Tante nickte dem Herrn des jungen Androids dankend zu. Mene zog ihre Fäuste, von der ungeheuren Anspannung noch immer blaurot, zurück. Doch anders als die Tante, nickte sie dem Herrn nicht zu. Kein Zunicken war ihr in diesem Augenblick möglich – nicht einmal ein Luftholen oder ein Wimpernzucken! Dass sie überhaupt noch weiterhin atmen und geradeaus sehen konnte, glich einem Wunder. Sie brauchte eine Weile, um den Kiefer zu entspannen, doch gleich nach dem ersten großen Staunen kam schon das nächste: In dem Herrn des jungen Androids erkannte sie den rothaarigen Jungen mit der Harfe – den Jungen aus dem Trauerzug, mit dem Blaugrün in den Augen – DEN Jungen.

– Sie hatte ihm das Leben ihrer Tante zu verdanken – sie hatte ihm ihr eigenes Weiterlebenwollen zu verdanken – das Staunen über das Wiedersehen – das größte aller Schamgefühle, zu dem ein zehnjähriges Mädchen in der Lage war – doch sie konnte kein einziges Körperglied bewegen, geschweige denn einen nach Dank klingenden Schall mit den Lippen modulieren –

Der Junge hatte sie auch erkannt, und zwar eine Minute bevor sie ihn erkannte: Bevor sie sich umdrehte und seine kupferbraune Locke sah, die ihm auf die Stirn fiel, hatte er schon ihre wilde Mähne aus dem Gretchenzopf ausbrechen und sich auf dem Nacken und den Schultern verteilen sehen. Er war allein: ohne die kleine Harfe, die er heute Morgen in der Hand trug. Ohne den Freund mit dem Mandelbaumzweig, den er im Trauerzug begleitete. Mene blickte ihn an – flüchtig, ohne ihm in die Augen zu sehen. Und als hätte er sie vor ihrer eigenen Beklommenheit ablenken wollen, zeigte er mit dem Finger nach oben und schirmte dabei die Augen von den Flammenzungen im Himmel ab.

Er sagte etwas, aber sie konnte ihn nicht hören – etwa eine Minute Laufzeit lag zwischen ihnen.

Sie blickte auf: Ein Schwarm schwarzer Vögel zog über den Himmel.

Ihr schien, die toten Schwäne ihrer Tante aus dem Park wären dabei. Sie kamen unerwartet, als wären sie nicht von der entbrannten Erde, sondern aus dem Himmel selbst in den Himmel gestiegen. Als würden sie sich wiegen, zwischen den Flammenzungen segelnd. Doch schon bald stiegen sie höher auf, und sie sah nur noch kleine, schwarze Punkte am Horizont.

Gab es die schwarzen Vögel wirklich?

Als sie sich dem Jungen zuwandte, haftete sein Blick an ihr fest: Sein dunkel gewordenes Blaugrün an ihrem noch immer erstaunten Bernsteinbraun. Noch ein Mädchen und noch kein Mann, die einander ansahen, als hätten sie bereits die Zukunft erfahren – so früh schon!, so spät –

– so würden sich
zwei gegenüberhängende Wanduhren
ansehen,
wenn sie plötzlich feststellten,
dass eine von ihnen eine Minute
Vorsprung hätte –

Wie sollten sie jemals gemeinsam Mitternacht schlagen?

Golem passierte das Tor 59 Sekunden und 55 000 Millisekunden früher als der Android des Jungen.

Das riesige Gelände vor dem spiralförmigen Turm glich einem Riesenhügel, der sowohl in die Höhe als auch in die Tiefe wuchs: ein aufgeblähtes, gewaltiges Maul mit engem, abgründigem Schlund. Aus der linken Seite des Mauls ragten Überwachungstürme, mit Gesichtsscannern ausgestattet. Entlang der rechten Maulseite hingen die Kabinen mit den Sicherheitsvertretern des Turms, die den Identitätscheck und die Selektion durchführten.

Auf dem Selektionsplatz war es still.

Der Glasboden war glatt, der ganze Platz sah wie eine in Spiegel und Eisen gefasste, sich selbst verdoppelnde Geisterstätte aus. Plötzlich ertönte eine metallische Stimme im Lautsprecher und befahl, die rechten Arme schräg nach oben zu strecken und die Armbandausweise für den Identitätscheck bereitzuhalten. Von oben musste die dichte Menschenmenge auf dem Selektionsplatz wie ein einziger, einarmiger Körper ausgesehen haben.

Mene und die Tante passierten die Sicherheitsschleuse 58 Sekunden und 20 000 Millisekunden früher als der Junge.

Gleich nach dem Identitätscheck wurden sie durch den engen Spalt durchgelassen, der mitten durch das riesige, mit Neonlicht ausgeleuchtete Maul zu den Untersuchungsgefängnissen in die geöffnete Erde führte – eine Schlucht. Ein bleischwerer, rostiger Geruch stach aus der Schlucht hervor, ein schallendes Stimmengewirr und unterirdisches Grollen entkam ihrem Inneren. Die Wände aus dem hochsicheren Floatglas, die mit jedem Schritt höher wurden, schluckten das kalte Neonlicht nach und nach in sich hinein, so dass man lediglich die ersten, auf dem Weg liegenden, mit Menschen vollgefüllten Untersuchungsräume sehen konnte. Die weiteren Räume lagen bereits im Dunklen, denn jeder weitere Schritt führte in die Finsternis, die viel mehr mit der Verengung der Erde als mit dem fehlenden Licht zu tun hatte, und von der sich diejenigen, denen das Privileg erteilt worden war, die Sicherheitsschleuse zu passieren und sich in der enger und enger werdenden Schlucht in eine zusammengeschlossene Masse der Geretteten zu verwandeln, das Überleben erhofften.

Mene dachte in diesem Augenblick nicht an das Überleben. Sie dachte auch nicht daran, wie es möglich war, dass die Erde, trotz der fortlaufenden Verengung, die gleiche Menschenmenge beherbergen konnte, ohne dass man einander erstickte – denn solange sie noch das im Schatten flimmernde Gesicht des Jungen hinter sich in die Schlucht heruntersinken sah, gab sie die Hoffnung nicht auf.

Die Tiefe der Schlucht betrug hundertdreißig Meter.

Etwa nach siebzig Metern verdunkelte sich das Gesicht des Jungen, und sein Blaugrün erlosch. Kurz danach erloschen auch die letzten Lichtblitze, die in der Schlucht aufflackerten.

Fortan konnte man nichts mehr sehen – nur hören.

Ein Wirr aus menschlichen Stimmen, ein schonungsloses Durcheinander.

(Über)lebe, wer wolle.

TEIL II

EINS

Mene legte das Manuskript auf dem Tisch ab, die letzte Seite verschob sich. Sie rückte sie gerade, stieß mit dem Ellenbogen gegen die Kaffeetasse. Der Kaffee lief über den Rand, machte einen Klecks und versteckte die letzte Zeile unter dem Milchschaum. Sie pustete ihn weg – er löste sich auf. Der Kaffeefleck blieb zwar an der Zeile haften, klebte an ihren Rippen fest, doch ihr Herz war wieder sichtbar: *Lebe, wer wolle!*

Ein zeitloser Imperativ, für alles verwendbar, jeden Menschen, jedes Schicksal.

Sie fuhr herum. Kein Gestern hinter ihr – kein Morgen vor ihr. Keine Jahre, keine Stunden – die Zeit war eingestürzt. Doch das, was sie in dem zeitleeren Raum sah, war lebendig: ein Taubenpärchen über dem Tisch auf der Caféterrasse, eine weiß blühende Strauchrose vor dem Terrassengeländer und zwei junge, schwarze Schwäne mit rotgefärbten Schnäbeln im Teich gegenüber.

Leben muss man wollen, sagte sie, als spräche sie jemanden an, obwohl sie allein am Tisch saß und keiner ihr zuhörte –

– wie die beiden Tauben, die in der Luft im Zickzack flogen – wie die Strauchrose, die selbst um die heiße Mittagszeit nach Frische duftete – wie die jungen Trauerschwäne, die zutraulich feine Dreieckslinien auf der Wasseroberfläche zogen, ohne zu ahnen, dass es irgendwo einen Roman gab, in dem sie sterben mussten –

Leben muss man wollen. Selbst wenn alles stirbt – alles, außer dem Leben selbst. Leben muss man wollen – so, dass man ihn überall erkennt, den Lebenswillen, jenseits jedes anderen Willens, in großen und kleinen Dingen. Selbst dann, wenn ein Bub vom Nachbartisch ungebeten in den eigenen, zeitleeren Raum, in die selbst gewählte, von keinem zu betretende Stille einbricht und einen am Arm rüttelt.

Bist du schon groß?

Sie sah den Jungen zögernd an, und es dauerte einen Moment, bis seine Frage sie wirklich erreichte.

Bist du?

Schließlich nickte sie, ja, sie sei schon groß.

Der Junge, der hinter seinem Rücken etwas versteckte, trat einen Schritt zurück, als wollte er sie sich genauer ansehen. Dann rückte er wieder näher, direkt in den Schatten der Sonnenblume, die sich von der Markise zu ihrem Tisch beugte, und stellte die nächste Frage:

Bist du schon eine Mama?

Sie erkannte den kindlichen Ernst in seiner Stimme und gab sich Mühe, die Frage ernsthaft und genau zu beantworten:

Nein, aber ich bin schon eine Erwachsene.

Kannst du das?

Was?

Das!

Und plötzlich – plötzlich zog er mit einer flotten Handbewegung aus dem Versteck hinter seinem Rücken anscheinend das Wertvollste hervor, was er in diesem Augenblick besaß, und zeigte es Mene. Nein, er zeigte es nicht! Er offenbarte – er vertraute es ihr an: das aquablaue Papierflugzeug, vom Cafékellner aus einer Serviette gefaltet.

Willst du, dass ich es fliegen lasse?, fragte sie.

Der Junge, etwa vier Jahre alt, starrte sie an, ohne ihre Frage zu beantworten. Seine großen, anthrazitfarbenen Augen wirkten dabei wie geschliffene Kohlesteinchen, die bei jedem Blinzeln wie zwei Diamanten aufleuchteten. Sie zögerte eine Weile. Dann schmunzelte sie, über seine Geduld staunend, und drehte den Papierflieger in der Hand: Die Serviette war hochwertig und stabil, und soweit sie es einschätzen konnte, war sie auch richtig gefaltet.

Der Junge stand und wartete, ließ das Papierflugzeug nicht aus den Augen, während seine Mutter am Nachbartisch telefonierte. Nichts schien in diesem Moment für diesen kleinen Menschen wichtiger zu sein als der Flieger in Menes Hand.

Mene hatte noch nie zuvor Papierflugzeuge fliegen lassen – es war ihr erstes Mal.

Sie stand auf, hob den Arm und ließ das aquablaue Flugzeug aufsteigen – wie eine Taube.

Und sie flog!

Der Junge sprang hoch, voller Begeisterung. Und Mene war glücklich, dass der Wind mitmachte und das kleine Papierding so lange in der Luft wirbeln ließ, bis die Freude des Jungen vollkommen war. Von wegen Diamanten in den Augen! Leuchtende Kristallpaläste waren das – Feuerwerke mit Glockenspielen – singende Springbrunnen! Mene stand da wie gebannt und konnte den Blick nicht von dem Jungen wenden. Um das Zauberspiel in seinen Augen zu erleben, hatte es sich gelohnt, heute um die Mittagszeit den gekühlten Lesesaal der Bibliothek zu verlassen und sich der glühenden Hitze preiszugeben. Sie war froh, ihr Manuskript nicht dort zu Ende gelesen zu haben, sondern in ihr Stammcafé im Herzen Jerusalems gegangen zu sein, um hier auf der Terrasse weiterzulesen. Inzwischen war sie von dem Zauber des Jungen so ergriffen, dass sie sogar über die Zweifel froh war, die sie dazu verleitet hatten, sich des Manuskripts nach sechs Monaten Pause nochmals anzunehmen. Es sollte bald verfilmt werden – die Entscheidung hatte sie vor einem halben Jahr getroffen, als der junge deutsch-israelische Regisseur Amir Rotenbaum ihr vorschlug, ein Drehbuch daraus zu machen. Es war auf Deutsch geschrieben – eine Hommage an ihre beiden deutschsprachigen Mütter, die verstorbene und die noch lebende, und als er ihr anbot, die Geschichte in Israel zu verfilmen, stimmte sie zu in der Annahme, dass er für ein hebräisches Drehbuch mindestens ein Jahr brauchen würde. Und dann noch länger, um einen Produzenten zu finden. Dass die Verfilmung jedoch innerhalb eines halben Jahres eine reale Gestalt annehmen würde – damit hatte sie nicht gerechnet. Eine deutsch-israelische Coproduktion sollte es werden, ein Spielfilm auf Hebräisch mit deutschen Untertiteln, in Jerusalem und Berlin gedreht. Nun grauste es sie auf einmal vor dem Gedanken, ihre Story würde schon bald auf die Leinwände kommen: schwarz auf weiß, die ganze Geschichte, die Tauben, die Schwäne und der flammende Himmel dazwischen, unverhüllt, fast nackt, ohne dass sie einschreiten, sich dazwischenstellen, den Zuschauern verbieten könnte, weiterzusehen.

Alles in Ordnung?

Sie merkte nicht, dass sie immer noch wie erstarrt neben dem Tisch stand und dort hinsah, wo der Junge wenige Minuten zuvor voller Begeisterung in die Luft gesprungen war. Sie merkte nicht, dass es dort inzwischen keinen Jungen mehr gab – weil sie nicht mitbekommen hatte, wie seine Mutter ihn gleich nach dem Telefonat ins Auto gebracht und eilig losgefahren war.

Mene?

Sie erkannte Amir Rotenbaums Stimme.

Er drückte sie fest an sich.

Amir Rotenbaum verkörperte alles, was man sich von einer Freundschaft wünschen durfte. Und müsste sie noch einmal zur Welt kommen, würde sie sich ihn wieder als besten Freund aussuchen. Kennengelernt hatten sie sich noch in der Schule, und obwohl Mene zwei Jahre älter war, verbrachten sie alle Schulpausen zusammen. Sie sprachen miteinander, sprachen über alles. Und darüber, worüber sie nicht sprechen konnten, schwiegen sie, und das war ihre Art zu sprechen. Das Schweigen über das Nicht-Aussprechbare nahmen sie in ihr Erwachsenenleben mit.

Er setzte sich an den Tisch, bestellte sich eine Kanne Wasser mit Eis und Zitrone. Sie setzte sich zu ihm.

Er war erst vorgestern aus Berlin zurückgekommen, und ihr fiel auf, dass seine Augen noch müder wirkten als vor der Abreise. In den letzten vier Jahren schien er sich zwar an das Hin und Her zwischen Berlin und Tel Aviv gewöhnt zu haben, jedoch kamen Mene seine Augen jedes Mal nach einem Hin müder vor als nach einem Her. Mit Berlin verband ihn seine inzwischen achtundneunzig Jahre alte Großmutter, seine Bobe, die dort geboren war und 1932 in Leni Riefenstahls Erstling *Das blaue Licht* als Kinderstatistin auftreten durfte, sowie sein deutscher Partner Frank, ein Schauspieler und Performancekünstler, über merkwürdige Ecken mit der Riefenstahl verwandt. Jedes Schicksal hat seine eigene Ironie, und das Schicksal von Amir war keine Ausnahme. Nur machte er es sich nicht leichter, indem er die Ironie verzweifachte und ein Doppelleben zwischen Berlin und Tel Aviv führte: Dort war er ein unbekannter israelischer Filmemacher und Franks Lebenspartner, hier – der einzige Enkelsohn und Stolz der Familie, der gefragte Regisseur und heiß umworbene Junggeselle, der sich zwischen den schönen jüdischen Frauen angeblich nicht entscheiden konnte. Mene gehörte zu den wenigen Menschen, die von Amirs Doppelleben wussten, aber sie fragte ihn nie nach dem Warum. Das Warum gehörte in den Bereich des Schweigens über das Nicht-Aussprechbare: Er schwieg darüber, und sie folgte dieser Regel. Er lebte, wie er konnte. Und dieses Leben – sie spürte es von Jahr zu Jahr mehr, ohne jedoch etwas dagegen tun zu können – machte seine Augen alt und müde.

What's up, Menokio? Ich hoffe, dass ich nicht umsonst im Stau stand.

Um die Mittagszeit?

Die Autobahn ist voll, die Busse streiken bis 16 Uhr, hast du das nicht mitbekommen?

Die Bahn auch?

Nur die Busfahrer.

Dass sie sich noch das Recht nehmen zu streiken! So wie sie fahren, dürften sie nicht einmal einen Führerschein besitzen. Weißt du, wie viele Menschen in Jerusalem tagtäglich unter die Räder kommen?

Ja. Aber ich habe jetzt, ehrlich gesagt, im Studio alles stehen und liegen lassen, weil du sagtest, es wäre dringend …

Sie nickte.

Schade, dass du den Jungen mit dem Papierflugzeug verpasst hast.

Er bemühte sich, geduldig zu sein, doch Mene wusste, dass er heute noch ein Casting hatte, und dass man seine Geduld nicht unbegrenzt strapazieren sollte.

Ich glaube nicht, dass wir den Film machen können, sagte sie, ohne ihn anzusehen.

Hätte sie ihm in die Augen gesehen, hätte sie es nicht übers Herz gebracht, so etwas zu sagen – sie wusste um die Anstrengungen der letzten Monate, die er auf sich nahm, um die Dreharbeiten zu ermöglichen.

Sie atmete tief durch. Erleichtert – über das endlich Ausgesprochene – und angespannt, weil sie sich gleich danach vorwarf, nicht den richtigen Ton getroffen zu haben.

Hast du zufällig ein Putztuch?, fragte er.

Was?

Ein Brillenputztuch.

Er nahm seine Brille ab, versuchte, sie mit einer Papierserviette zu reinigen.

Amir, ich weiß nicht, ob du mich eben gehört hast.

Ja, das habe ich.

Und?

Die Serviette macht es noch schlimmer. Sie ist mit etwas getränkt, was auf dem Glas Streifen hinterließ.

Amir!

Du hast kein Brillenputztuch, oder?

Sie warf ihm einen unwirschen Blick zu. Dann griff sie in ihre Tasche, holte ein Brillenputztuch heraus.

Hier, behalt es.

Er putzte seine Brille, lange und gründlich, bis die Gläser wie neu aussahen. Dann setzte er sie wieder auf, goss sich ein Glas Wasser ein.

Gibt's noch was?

Ja, sie ließ den Blick an seinem Gesicht haften. Es gibt noch mich!

Ich glaube, du hast kalte Füße bekommen, erwiderte er ruhig. Das kommt kurz vor Beginn der Dreharbeiten vor.

Sie beugte sich herunter, fasste sich an die Füße.

Ganz im Gegenteil! Sie sind heiß.

Gefällt dir das Drehbuch nicht?

Sie schwieg.

Er beugte sich zu ihr, seine Stimme klang versöhnlich:

Was hast du?

Sie stand auf, ging auf der Terrasse auf und ab, dann setzte sie sich wieder.

Das Drehbuch ist gut, sagte sie schließlich. Und dass die Stadt schließlich beim Namen genannt wird, ist auch gut.

Amirs Gesicht verzog sich mit einem Mal zu einer beglückten Grimasse à la Fernandel, seine Augen blitzten auf.

Das denke ich auch, sagte er beschwingt, ohne dass sie etwas erwidern konnte. Wir werden am Ende die Leinwand aufteilen: In der oberen Hälfte wird der Abspann mit Credits laufen und in der unteren lassen wir einzelne Buchstaben auf die Erde prasseln, ohne dass sie sich berührten – nichts weiter außer der nackten, aufgelockerten Erde und diesen Buchstaben. Es werden Hunderte, Tausende davon sein! Hebräische, aramäische, assyrische, arabische, griechische, lateinische, alle durcheinandergemischt, lose. Sie werden sich von alleine mehren und häufen, langsam auf die Erde heruntersegelnd. Sie werden sich selbst reproduzieren, was hältst du davon?

Mene sah ihn sanft an, sagte nichts.

Ein idealisiertes Bild, ich weiß, ein gefundenes Fressen für die Kritiker. Aber die können mich kreuzweise!

Sie senkte den Kopf.

Er warf ihr einen fragenden Blick zu:

Worum geht's dann, wenn das Drehbuch gut ist?

Sie war erleichtert, dass er ihr diese Frage stellte – greifbar genug, um eine direkte Antwort darauf zu geben, ohne Umschweife. Sie blickte sich auf der Terrasse um. Nach allen Seiten war es friedlich – und grün und rot und weiß von den blühenden Rosen. Die Cafégäste unterhielten sich, hörten einander nicht zu und übersprangen das Wesentliche, während Mene irgendwo zwischen Mund und Stirn die Antwort auf etwas bislang nicht ein einziges Mal Ausgesprochenes und umso Bedeutsameres zu formulieren versuchte. Bis sie sich irgendwann zurücklehnte und sagte:

Es geht um die Geschichte mit dem Todesengel.

Amir runzelte die Stirn. Es machte ihm zwar Mühe, sich zurückzuhalten und abzuwarten, bis sie ihre Zweifel äußerte – und je länger er schwieg und wartete, desto mehr spürte er das Verlangen, sie ihr auszureden –, aber er blieb standhaft und wartete so lange, bis sie weitersprach.

Ihre Stimme klang schwer:

Ich habe Angst, dass die kleine Mene zu einem Zufallsprodukt einer wahnsinnigen deutschen Jüdin und eines pubertären Islamisten degradiert wird.

Amir richtete sich auf seinem Stuhl auf, kerzengerade, gefasst, in der Hoffnung, dass ihm die passenden Worte einfielen.

Die Bilder im Film sind nur Geister, sagte er schließlich. Nackte Geister. Du selbst kleidest sie an. Du selbst darfst die kleine Mene nicht als ein Zufallsprodukt betrachten.

Ich betrachte sie nicht als Zufallsprodukt!

Sondern?

Sie stand auf, ging schon wieder auf der Terrasse auf und ab. Sie wusste, von welchen Kleidern er sprach, und hoffte, ihnen würde in der realen Welt kein Platz zugewiesen. Sie hoffte, die verdrehten, verschleierten Übergänge in ihrer Lebensgeschichte, die Engpässe zwischen dem Wirklichen und dem Geträumten, die seit Jahrzehnten in ihrem Kopf wie in einem Irrgarten herumgeisterten, ohne dass sie voneinander getrennt werden konnten, kämen unter keinen Umständen auf die Leinwand.

Hör auf zu zappeln, sagte Amir, als sie sich wieder hinsetzte. Wenn du zappelst, kannst du nicht nachdenken, und du musst jetzt nachdenken.

Worüber?

Darüber, dass du dich ein für alle Male von dem Irrglaube trennen musst, die kleine Mene wäre kein wertvoller Mensch, nur weil sie ...

Ein Bastard ist?

Sie ist kein Bastard! Sie lässt sich nur mit der ganzen Geschichte mehr Zeit, als es dir lieb wäre.

Mene warf ihm einen schnellen Blick zu – so schnell und heftig, dass ihr ganzes Gesicht zusammenzuckte.

Mit welcher Geschichte lässt sie sich Zeit?, fragte sie und im Ton ihrer Stimme klang sowohl die Heftigkeit des Blicks als auch die Anspannung ihrer Gesichtsmuskeln mit.

Amirs Stirnfalte zuckte, die Adern an den Schläfen begannen zu pochen, als er, selbst darüber erstaunt, das Schweigen brach, an das sie sich seit mehr als zwanzig Jahren hielten:

Sie lässt sich damit Zeit, auf die Geschichte mit ihrem biologischen Vater wie eine erwachsene Frau zu blicken, ganz prosaisch.

Das Blut stieg Mene in die Schläfen. Nein, nicht stieg – sprang. Sie konnte den Sprung physisch spüren.

Ganz prosaisch?

Sie atmete schnell. Der Sprung verbreitete sich überall in ihrem Gesicht, wurde heiß, während sie sich an seine Hitze klammerte, sich ihr bereitwillig hingab, sie innerhalb weniger Sekunden zur stürmischen Glut werden ließ. Als wartete sie nur darauf, von ihr befeuert zu werden, um mitten in einem menschenüberfüllten Café aufzuspringen und ihrem besten Freund etwas zuzubrüllen, das nicht nur die maximale Lautstärke ihrer Stimme übertraf, sondern ihren Mund mit flüssigen Exkrementen füllte:

Dann wird sie jetzt scheißprosaisch tun!, rief sie. Jetzt, gleich! In ihren Scheiß-Toyota steigen und nach Scheiß-Gaza fahren!

Amir fasste sie am Ellenbogen.

Hör auf!

Ihr Mund bebte:

Nach einem Scheiß-Geist suchen, mit dem Scheiß-Horn auf der Stirn!

Amir gelang es schließlich, sie auf den Stuhl zu zwingen. Sie erblasste.

Ihr Kopf wackelte. Sie versuchte, ein- und auszuatmen, mit geschlossenen Lippen, durch die Nase, ruckartig, stockend, aber die Luft kam nicht durch die Nasenlöcher hindurch. Sie öffnete den Mund. Dann griff sie nach der vollen Wasserkanne, nippte an der breiten, gerundeten Kante. Das Wasser lief über, auf die Finger, das Kinn, den Davidsternanhänger am Hals, das mit Chagallliebenden bedruckte MoMa-T-Shirt, auf den Tisch, den Schoß, den Boden …

Amir nahm ihr die Kanne aus der Hand, schenkte ihr ein Glas Wasser ein.

Sie trank aus dem Glas, und solange sie trank, saß sie da mit hochgeschobenen Schultern und sah ihn nicht an. Nach einer Weile legte sie die Hand auf den Mund und sagte, durch die Finger sprechend, wie durch ein Gitter:

Kannst du mich entschuldigen?

Für einen Moment schloss er die Augen. Und als er sie wieder öffnete, war von der Ratlosigkeit, die sich vorhin wie ein Schatten über seinen Blick gelegt hatte, nichts mehr zu spüren.

Der Cafébesitzer ist nicht mal rausgekommen, als du gebrüllt hast, sagte er und schenkte ihr noch ein Glas Wasser ein. Woanders hätten wir Hausverbot bekommen.

Sie nickte. Ihr Blick wirkte nicht mehr gejagt, aber immer noch konfus.

Er fragte nach der Speisekarte.

Wir sollten etwas essen.

Sie versteckte das Gesicht in den Händen. Es geschah zwar nicht oft, dass die Wut ihren Mund und ihre Sprache für die eigenen Zwecke missbrauchte, doch jedes Mal, wenn das geschah, wünschte sie sich einen anderen Mund. Und eine Sprache, die sie noch nie zuvor gesprochen hatte.

Nach einer Weile ließ sie die Hände sinken, tauchte einen Finger ins Wasser, fuhr sich über die Lippen.

Weißt du, ob es irgendwo ein Reinigungsmittel gibt, mit dem man sich die Sprache sauber waschen könnte?

Das hast du schon, erwiderte Amir.

Wie denn?

Wenn man sich entschuldigt, wird die Sprache wieder clean.

Aha?

Aha.

Sie fuhr herum, vermied den Blickkontakt zu den Cafégästen. Und die Cafégäste ersparten ihr ihrerseits die Peinlichkeit, taten so, als wäre nichts passiert. Nur ein älterer Herr am Nachbartisch, der ein Hörgerät im Ohr hatte, sah sie lächelnd an.

Sie schloss die Augen.

Eine in Scham gehüllte Linderung – gab's so etwas? Sie wunderte sich selbst darüber, dass der Exkrementenerguss aus ihrem Mund ihr so etwas wie Erleichterung verschafft hatte. Vielleicht ging es ihr überhaupt nicht um den Film? Vielleicht ging es ihr nur darum, etwas beim Namen zu nennen? Es gibt Dinge, die beim Namen genannt werden müssen. Laut. Zur richtigen Zeit.

Amirs Film schien offenbar den Zeitpunkt mitbestimmt zu haben. Mene wusste, dass er gedreht werden musste, dass er ihretwegen gedreht werden musste. Sie wollte Amir dafür danken, mit allen möglichen, überzähligen Worten, ohne sich auf irgendein bestimmtes Danke-Wort festlegen zu müssen. Aber mit welchen Worten?

Sie spürte, dass er sie beobachtete, obwohl ihre Augen geschlossen waren. Sie öffnete die Augen und warf ihm einen milden Blick zu.

Mit welchen Worten?, fragte sie.

Er verschränkte die Finger beider Hände ineinander und zuckte mit den Achseln:

Welche Worte meinst du?

Welche Worte soll ich sagen?

Er trocknete sich die Stirn.

Vielleicht erstmal die wichtigsten?

Sie ließ den Blick sinken und dann, ganz schnell, von der eigenen Schnelligkeit gepackt, als rannte sie um die Wette:

Meinst du wirklich, dass Mene es eines Tages schaffen könnte, auf die Geschichte mit ihrem biologischen Vater wie eine erwachsene Frau zu blicken?

Er presste die Lippen zusammen und sie, ahnend, dass er, ohne von ihr ermutigt zu werden, kein Wort mehr dazu sagen würde, legte ihre Hand auf seine.

Komm, sprich, ich werde mich benehmen!

Er schaute sie an. Ihr kastanienrotes Haar glänzte sogar im Schatten, als hätte es die Sonne dorthin mitgenommen. Sein Blick blieb länger an dem Lichtspiel haften, so lange, bis eine lange Locke ihr über das Gesicht fiel. Er schob sie sanft zur Seite.

Du siehst wie ein Engel aus. Wie sollte ich dir nicht glauben?

Und?

Du darfst diese Geschichte nicht zu deinem persönlichen Phantom werden lassen. Phantome entziehen sich jeglicher Erklärung, jeglichem Verstehen. Sie lassen sich nur beschwören, doch bei jedem Versuch einer rationalen Auseinandersetzung verflüchtigen sie sich. Per definitionem.

Per definitionem?

Ja. Und sie machen einen wahnsinnig!

Noch wahnsinniger?

Er breitete die Arme aus.

Sie atmete tief durch.

Woher weiß man, wenn man sich entschuldigt, dass die Sprache wieder sauber ist?, fragte sie nach einer Weile. Woran merkt man das?

Indem man sie wieder für etwas Vernünftiges gebrauchen kann.

Sie sah ihm in die Augen, lange und konzentriert, direkt in die Tiefe – eine einzigartige Mischung aus dem Blick eines aufgeweckten Kindes und dem eines ergrauten Propheten –, und sie musste zugeben, wie sehr sie diese selbstverständliche Synthese an ihm bewunderte.

Du siehst aus wie ein Jüngling aus dem Altem Testament, sagte sie schließlich.

Na, das geht doch!

Die Mittagssonne strahlte mit so viel Kraft, dass weder die breite Markise noch die dicht bewachsenen Rosensträucher das Licht auf der Terrasse aufhalten konnten. Auch die Sonnenbrille, die Mene gerade aufsetzte, nutzte nichts: Die Sonne drang durch die Augenlider hindurch und blitzte unregelmäßig auf.

Siehst du manchmal Lichtblitze?, fragte sie.

Ja.

Er öffnete die Speisekarte.

Nimmst du den Rucola-Salat mit gegrilltem Halloumi?

Ja.

Die Pesto-Vinaigrette dazu?

Sie sah ihn dankbar an. Er schloss die Speisekarte.

Ich weiß, was du jetzt denkst, sagte er.

Was?

Dass es schön ist, jemanden zu haben, der weiß, was du gern isst.

Es ist mehr als schön.

Und dann sah sie ihn an, so wie man einen Menschen ansieht, der ein Teil des eigenen Selbst ist – und sie lächelte ihn mit einem Lächeln an, das er *le sourire des étoiles*, das Lächeln der Sterne, nannte. Sie war eine wahre Künstlerin in Sachen Sterneverschenken! Sie musste sich so etwas nur wünschen, es sich vorstellen und die Lippen öffnen. Und schon breitete es sich rund um ihren Mund aus: zu Anfang als Lichtschimmer auf der Zunge getarnt, dann als buntes, blitzartiges Leuchten und schließlich als ganzer Sternenregen.

Amir spielte mit:

Wäre ich nicht schon vergeben, würde ich mich in dich verlieben und mir den größten aller Sterne aus deinem Mund holen!

Sie stützte das Kinn auf beiden Händen ab:

Damit drohst du schon seit über zwanzig Jahren!

Die Kellnerin servierte das Essen.

Den Rucola-Salat mit gegrilltem Halloumi und die Pesto-Vinaigrette – für sie. Die heißen Fettuccine mit Zucchini-Sauce – für ihn. Und solange die Nudeln vor sich hin dampften, machte er noch zwei Telefonate, eins davon mit Frank.

Die Dreharbeiten beginnen in zwei Wochen, stimmt's?, fragte Mene, als er auflegte.

Ja. Frank kommt aber eine Woche früher. Er wird Golem spielen, habe ich dir das schon gesagt?

Noch nicht, sie kratzte die Reste des angebratenen Halloumi vom Tellerrand ab.

Er musterte zuerst den leeren Teller, dann sie:

Soll ich dir noch einen Salat bestellen?

Nein, danke.

Sie hatte Appetit. Sie wunderte sich selbst, dass sie um die heiße Tageszeit Appetit hatte.

Ich nehme mir noch lieber ein kleines Dessert. Und ich denke, dass Golem eine gute Rolle für Frank ist.

Amir nickte, drehte die Fettuccine auf die Gabel, schob sich den Knoten in den Mund.

Er wird aber noch eine übernehmen, sagte er.

Welche?

Den Jungen mit dem Horn.

Den Jungen mit dem Horn?!

Sie zog die Augenbrauen hoch, spannte sie an, so lange, bis die Spannung sie über den Rand der Sonnenbrille trieb und zu zwei nahezu perfekten symmetrischen Bögen formte.

Mach dir keine Triumphbogensorgen, erwiderte Amir. Jemand muss ihn schließlich spielen!

Warum Frank?

Bist du eifersüchtig?

Er ist blond!

Er hat ein Gesicht, das alles kann.

Sie ließ die Augenbrauen wieder sinken.

Du hast recht. Jemand muss ihn spielen.

Dann seufzte sie. Und Amir ahmte sie nach. Er hatte nämlich ein Seufzen, das alles konnte – selbst ein geziertes Lamento hörte sich bei ihm echt an.

Bevor die Dreharbeiten beginnen, möchte ich eine Pressekonferenz geben, sagte er. Ich lass es dich zeitig wissen.

Warum vor dem Beginn?

Es ist eine Coproduktion mit Deutschland, wir wollen ein Zeichen setzen.

Er hielt ihr das Handy vor die Augen, die aktuellen Meldungen liefen durch das Display.

37 Grad im Schatten, was sagst du dazu? Und die Autobahn ist nach wie vor voll.

Sie schob sein Handy beiseite.

Welches Zeichen?

Sogar das Glas schwitzt!

Welches Zeichen, Amir?

Er wischte das feuchte Display mit dem Brillenputztuch ab, ließ die Antwort schnell aus dem Mund rollen, wie eine Erdnuss:

Für die deutsch-israelische Freundschaft.

Sie bückte sich leicht, als wäre es unbeabsichtigt, nahm ihm das Brillenputztuch ab.

Es ist abgegriffen, das weißt du doch, oder?

Er zog ihr das Putztuch mit einem Ruck aus der Hand.

Diesmal muss das sein!

Und mit einem Mal klang seine Stimme verhalten:

Weißt du noch, dass ich vor zwei Monaten nicht zum Filmfestival nach München fliegen konnte, weil die Bobe gestürzt war?

Sie nickte.

Weißt du noch?, wiederholte er, ohne sie anzusehen.

Natürlich!

Frank wurde dort von einem Kollegen als eine israelische Sau beschimpft, weil er sich an dieser Coproduktion beteiligt.

Dann sah er zu ihr hinüber, und anders als die Ruhe in seiner Stimme verriet sein gehetzter Blick die Art Ergriffenheit, die Mene bei ihm zwar kannte, die sie aber jedes Mal um ihn fürchten ließ: Ergriffenheit ohne jegliche Spur von Vertrauen, mutlos.

Möchtest du einen Espresso?, fragte er. Ich nehme einen Doppelten.

Sie holte Luft, beim zweiten Mal tiefer und länger.

Wenn schon ein Nachfahre der Riefenstahls als eine jüdische Sau beschimpft wird, sagte sie und rutschte auf dem Stuhl nach vorn.

Er wurde beschimpft, nicht, weil ich ein Jude bin, Mene! Er wurde beschimpft, weil ich ein Israeli bin!

Sie setzte die Sonnenbrille schweigend ab, ihre Augen waren gerötet.

Was hast du?, fragte er.

Die Augen jucken.

Kratz nicht.

Ich versuche es.

Einen Espresso?

Ja.

Sie setzte die Sonnenbrille wieder auf.

Konnte er sich wenigstens wehren?

Für die Anzeige reichte es nicht aus. Man sei ja nicht als eine jüdische Sau beschimpft worden, sondern nur als eine israelische.

Er verzog den Mund. Und sie kannte ihn: Er würde niemals den Mund verziehen, wenn er irgendeine Möglichkeit sähe, auf die Ironie in seinem Gesichtsausdruck zu verzichten.

Sie trank den inzwischen kalt gewordenen Espresso aus, holte einen Fächer aus der Tasche.

Der Wind gab kein Zeichen des Lebens, und das bereits seit heute Nacht: nicht einmal einen leichten Zug, keine winzige Andeutung, dass er heute Punkt 18 Uhr zu seinem täglichen Flug über Jerusalem ansetzen würde. Und nur der Glaube daran, dass er sein altes Versprechen, das er in den vergangenen Jahrtausenden nicht ein einziges Mal gebrochen hatte, auch heute einhalten würde, ließ die Jerusalemer jeden Tag aufs Neue hoffen.

Mene blickte auf die Uhr.

Er braucht noch eine Weile, sagte sie.

Wer?

Der Wind.

Sie begann mit dem Fächer zu wedeln. Ein merkwürdiger Gedanke schoss ihr dabei durch den Kopf: Es müsste Amirs Schicksal sein, dass selbst die Menschen, die ihn liebten, ihn sich insgeheim anders wünschten. Seine alte Bobe, die einstige Kinderstatistin bei der Riefenstahl, die ihn nach dem tragischen Autounfall seiner Eltern großgezogen hatte, wünschte sich, er wäre schon längst mit einer jüdischen Frau verheiratet und hätte Kinder. Sein sanftmütiger Frank, dessen politkorrekte Schwester Amirs blauweißes T-Shirt als Okkupanten-T-Shirt beschimpfte, wünschte sich insgeheim, sein Freund trüge ein andersfarbiges T-Shirt. Und sie selbst, sein treues Menokio, wünschte sich – auch wenn sie sich es einzugestehen scheute –, dass sie beide ein gemeinsames Zuhause hätten.

Sie errötete.

Was ist?

Ihm entging nichts. Wie hätte es zwischen ihnen auch anders sein können?

Nur so, erwiderte sie. Ich hatte einen inzestuösen Gedanken.

Schäm dich.

Sie begann, stärker mit dem Fächer zu wedeln, so dass der erfrischende Luftzug zwischen ihrem und Amirs Gesicht hin- und herwehte.

Manchmal wünsche ich mir, mein Leben wäre ein ganz gewöhnliches, sagte sie nach einer Weile. Ich wünsche mir, meine Mutter wäre eine ganz normale Israelin gewesen, eine hier geborene weibliche Sabra, die einen ganz normalen, männlichen Sabra geheiratet hätte. Ich wünsche mir, diese beiden gewöhnlichen Sabras hätten mich gezeugt, und ich wäre als eine ganz normale, kleine Sabra zur Welt gekommen. Ich wünsche mir, ich wäre bei meinen Sabra-Eltern einsprachig aufgewachsen, und ich wünsche mir, ich hätte Deutsch irgendwann als Erwachsene gelernt. Und danach wäre ich als eine ganz normale, touristische Sabra nach Berlin gefahren und hätte Sabra-Selfies gemacht, die ich dir dann per WhatsApp geschickt hätte. Hörst du mir zu?

Ich hätte mit den Bildern nichts anzufangen gewusst.

Aber hast du es dir nie gewünscht? Eine ganz normale Sabra-Existenz zu führen?

Genau genommen sind wir beide Sabras, wir sind hier geboren.

Nur der Definition nach sind wir es. In Wirklichkeit sind wir Zebras!

Er zuckte mit den Achseln.

Ich stelle mir meine Existenz oft als eine normale Sabra vor, sagte sie. Das Einzige aber, was mir bei solch einem Szenario fehlt, ist meine Tante. Und ich kann mir alles Mögliche vorstellen, du weißt ja, ich habe eine Wahnsinnsvorstellungskraft, nur eins kann ich mir nicht mal im schlimmsten Traum vorstellen – meine Tante als eine gewöhnliche Sabra!

Das stimmt, erwiderte Amir lächelnd. Sie ist schon eine echte Jecke.

Obwohl sie noch ein Schulkind war, als sie nach Israel kam! Sie wird aber das ganze Berlin ihrer Kindheit in einer Konservendose mitgenommen haben, selbst ihre Pfannkuchen.

Kein Mensch macht so tolle Berliner wie deine Tante.

Hüte dich, in ihrer Gegenwart zu den Pfannkuchen Berliner zu sagen! Auch nicht Krapfen, um Himmels willen – das verzeiht sie dir nie.

Amir nickte.

Wie geht es ihr?

Nicht so gut.

Muss sie wieder ins Krankenhaus?

Wahrscheinlich. Denkst du, ich mache mir zu viel vor?

Ich denke, dass dein Fächer schick ist. Ich habe ihn bei dir noch nie gesehen.

Er gehört meiner Tante, ist uralt.

Aus Berlin?

Ja.

Dir stehen kitschige Sachen, weißt du das?

Er bestellte die Rechnung.

Apropos Kitsch! Ich fände es toll, wenn du zur Pressekonferenz deinen Monet-Rock anzögest.

Du meinst den mit dem Sonnenaufgang am Hafen von Le Havre?

Genau den, mit dem Aufdruck.

Wieso?

Weil ich den verschwommenen Hafen und das Flimmern des Sonnenlichts zwischen den Plisseefalten für großartig halte!

Nein, im Ernst?

Weil ich dabei bin, mit der Jerusalemer Cinemathek als Presse-konferenzort zu verhandeln. Leuchtet es dir ein?

In die Cinemathek kommt man nie rein, Amir! Es sei denn, man ist Wim Wenders.

Ich werde es unter dem Decknamen Amir Rotenbaum versu-chen. Etwas dagegen?

Sie zuckte mit den Achseln.

Deshalb soll ich den Monet-Rock anziehen?

Ich denke, er ist schick genug für die Cinemathek. Zumal wenn du ihn trägst, werden selbst die Eifrigsten nicht nach einem Horn auf deiner Stirn suchen, sondern die schönsten weiblichen Beine der Welt fotografieren.

Und dann?

Dann wird die ganze Welt einsehen, dass die deutsch-israelische Freundschaft sich lohnt.

Mene lachte.

Als sie wenige Minuten später Amir zum Auto begleitete, ließen zwei Jugendliche auf dem erhitzten Betonboden mitten auf dem Parkplatz eine Pfanne heiß werden. Dann brieten sie darauf ein Spiegelei, filmten es von oben und von den Seiten und stellten die Aufnahme gleich auf Facebook.

Hast du gesehen?, sagte Amir zum Abschied. So werden in Zukunft Dokus gedreht.

ZWEI

Mene beschloss, den Wagen auf dem Parkplatz stehen zu lassen. So aufgeheizt, wie er jetzt war, brauchte die alte Klimaanlage etwa eine Viertelstunde, bis man im Auto wieder mühelos hätte atmen können. Sie holte aus dem Kofferraum einen Sonnenschirm und eine große Flasche Mineralwasser. Nachdem sie den Wagen geschlossen hatte, hing die heiße Dunstwolke, die ihr ins Gesicht gestiegen war, noch immer über ihr.

Sie spannte den Sonnenschirm auf und verließ den Parkplatz.

Als sie Richtung Altstadt die Straße herunterlief, hörte sie jemanden ihr hinterherhupen. Sie blickte sich um: Eine ältere Frau kurbelte die Fensterscheibe herunter und rief ihr zu, sie könnte ein Stück mitfahren, bis zur Ampel. Es waren etwa zwei Kilometer bis zur Ampel und es wäre tatsächlich viel bequemer gewesen, sofort ins gekühlte Auto zu steigen, doch der Gedanke, sie müsste jetzt zwei Kilometer lang entweder der Frau zuhören, denn sie hatte mit Sicherheit viel zu erzählen, oder von ihr ausgefragt werden, denn es gab heute nicht viele wie Mene, die bei der Hitze durch die Stadt liefen, brachte sie dazu, sich bei der Frau zu bedanken, ohne ihr gut gemeintes Angebot anzunehmen. Wieso nicht?, staunte die Frau. Der Sonnenschirm geht nicht zu, log sie sich heraus.

Sie trank aus der Flasche, tropfte sich etwas Wasser auf die Schläfen und ging weiter. Sie kannte die Mittagsglut Jerusalems, wusste, wie man aus dem erhitzten Schatten des Sonnenschirms Erfrischung destilliert: Mit Wasser an den Schläfen hielt sie sich etwas länger. Sie lief die Straße herunter, ihre Schritte waren leicht, der Kopf dagegen war schwer und langsam. Zum Teil lag es an der Hitze, zum Teil daran, dass sie nicht aufhören konnte, an das Gespräch mit Amir zu denken. Es kam ihr jedoch vor, dass die Zweifel, die sich noch vor dem Gespräch überall in ihrem Hirn ausgebreitet hatten, jetzt, auf dem Weg in die Altstadt, nicht mehr allgegenwärtig waren. Amir hatte recht: Es war an der Zeit, dem eigenen Phantom als erwachsener Mensch zu begegnen, es – im Grunde nichts anderes als eine lästige Geschwulst – ein für alle Male der Vergangenheit zu überlassen. Was kein stummes Phantom mehr war, war die Stumme der Gegenwart: das Pochen der Absätze auf dem Asphalt, das Knistern des Sonnenschirms in der Hitze, das Schreien der grünen Papageien, die die alten Zypressen anflogen, nach Futter suchend. Und auf einmal konnte sie sie vernehmen, diese Stimme – noch suchte sie, noch freute sie sich, noch sehnte sie sich nach Leben.

Sie lief die Straße hinunter – keine gewöhnliche Straße, sondern ein breiter, mit Kopfstein gepflasterter Boulevard, mehrspurig und prächtig, mit alten Zypressen, die trotz des gewaltigen Grüns einen erschlafften Eindruck machten. Ihr kam es vor, als würden sie schwitzen.

Die Gegenwart sollte gewinnen, dachte sie. Und hätte sie in diesem Augenblick eine scharfe Schere gehabt, hätte sie die lästige Geschwulst aus der Vergangenheit einfach abgeschnitten und in einem Ordner verstaut, unter „Erledigt". Vielleicht sollte sie einen solchen Ordner in ihrem Kopf anlegen? Wenn die amerikanischen Probanden aus Wisconsin es mit ihren Ordnern einmal geschafft hatten – und es sollten mehr als zweitausend gewesen sein –, warum sollte sie es nicht wenigstens einmal versuchen? Ein Neurologe, der das Experiment vor einem Jahr geleitet hatte, behauptete, die Probanden ließen durch solche Ordner neue Neuronen-Verbindungen in ihren Gehirnen entstehen. Glaubte man ihm, wäre die neue Ordnung nur noch eine Frage der Zeit und der Disziplin. Mene hatte beides. Außer dass sie sich gerade nicht entscheiden konnte, in welchem Teil ihres Gehirns sie diesen Ordner anlegen sollte. Sie fasste sich an den Kopf, nach der passenden Stelle suchend – die Kopfhaut war verschwitzt, das Haar schweißnass und verknotet.

Ich muss zum Friseur, dachte sie.

Kein Mensch kam ihr entgegen. Jeder, der zu dieser Tageszeit nicht unbedingt nach draußen musste, zog es vor, sich in einem klimatisierten Raum aufzuhalten. Und sie wunderte sich, mit einem Mal einen älteren, einbeinigen Mann auf einer steinernen Bank unter einer der Zypressen sitzen zu sehen. Die Bank war schwer und massiv, aus hartem Granit, der Mann schmal und gebrechlich. Als Mene sich der Bank näherte, faltete er gerade eine alte Zeitung zu einem Panamahut.

Haben Sie Wasser bei sich?, fragte sie.

Er schüttelte den Kopf und setzte den halbfertigen Zeitungshut auf.

Sie blieb stehen.

Haben Sie irgendeinen Behälter?

Er zeigte auf eine Plastikbox aus der Apotheke, die neben ihm auf der Bank lag.

Sie ging auf ihn zu, nahm eine Schlaftablettenpackung und ein Fläschchen mit Herztropfen heraus und goss etwas Wasser in die leere Plastikbox.

Trinken Sie!

Er trank.

Wo wohnen Sie?

Er zuckte die Achseln.

Sie dürfen hier bei der Hitze nicht sitzen bleiben.

Mein Sohn holt mich gleich ab. Er muss bald hier sein.

Sicher?

Sicher.

Als sie ihm den Rücken kehrte, hörte sie seine tiefe Stimme:

Werden Sie bloß nicht alt, junge Frau!

Sie lief weiter, in Richtung Altstadt – an den Wohnhäusern entlang, an dem Park mit leeren Kinderspielplätzen, an einem Luxus-Hotel mit heruntergezogenen Markisen, durch die geschäftige Kulisse einer klimatisierten Passage.

Es war der neunundzwanzigste von insgesamt vierzig Tagen, an denen sie sich vorgenommen hatte, zur Klagemauer zu gehen. Ob sie an den alten Brauch, der verhieß, nach vierzig Tagen ein Wunder zu bewirken, tatsächlich glaubte, wusste sie nicht so recht, aber vor neunundzwanzig Tagen beschloss sie, vierzig Tage lang an der Klagemauer darum zu bitten, dass die nächste Chemotherapie bei ihrer Tante anschlüge. Wäre sie auch ohne den Brauch hingegangen? Im Grunde unterschied sie sich kaum von den anderen Juden, die, unabhängig davon, wie religiös oder säkular sie waren, sich immer dann zur Klagemauer aufmachten, wenn sie nicht mehr weiterwussten. Sie gingen hin, lehnten sich an die jahrtausendalten Überreste des zerstörten Zweiten Tempels und baten darum, dass sie irgendwann wieder wussten. Oder sie lehnten sich an, ohne um etwas zu bitten: Sie steckten ihre Fingerspitzen in die kalten Ritzen hinein, krallten sich geräuschlos an die Steine fest und warfen ihre Köpfe in den Nacken, um zu sehen, wie die achtzehn Meter hohe Mauer in den Himmel stach. Manche drückten die Lippen an die Steine und flüsterten den Ritzen etwas zu. Manche stöhnten dabei. Manche klagten. Selten aber, dass sich jemand beklagte. Der heiligste Ort der Juden, einfach nur Kotel genannt, die Westmauer des einst zerstörten Herodianischen Tempels. Gemeint – die letzte Hoffnung und der letzte Trost. Die letzte Instanz. Natürlich wäre Mene auch ohne den alten Brauch hingegangen, so wie es jetzt um ihre Tante stand! Die Wahrscheinlichkeit der Heilung war nach den zwei vorherigen Therapien so gering, dass sowohl die Tante selbst als auch ihr behandelnder Arzt und alter Kollege aus dem Hospital der dritten Therapie keine Chance mehr gaben. Also wusste Mene nicht mehr weiter, und genau genommen hatte sie nur die Wahl, entweder mit leeren Händen zur Klagemauer zu gehen oder den alten Brauch als Fürsprecher mitzunehmen. Sie beschloss, ihn zu ihrem Verbündeten zu machen.

In der Altstadt gab es einen Polizeiansatz. Das Jaffator konnte sie gerade noch passieren, doch geradeaus, durch das arabische Viertel, durfte sie nicht mehr hindurchgehen.

Warum nicht?, fragte sie den Polizisten, der ihr den Weg versperrte.

Wo wollen sie hin?

Zur Kotel.

Er zeigte Richtung Davidszitadelle:

Gehen sie durch das armenische und dann runter durch das jüdische Viertel.

Durch das arabische wäre es viel kürzer.

Im arabischen gab es einen Messerangriff.

Ist jemand verletzt?

Kehren Sie um!

Mene ging quer durch die Davidszitadelle, bog ins armenische, dann ins jüdische Viertel ein. Als sie die Treppe zum Platz vor der Klagemauer herunterstieg, konnte sie ihren Augen nicht trauen. Nicht nur der Platz selbst, sondern alle Zugänge, ganz zu schweigen die Stelle direkt vor der Klagemauer, waren voller japanischer Touristen. Eine farbenfrohe Menge aus Strohhüten, Mundschutz und Fotokameras – ein Strohhut pro Mundschutz pro Kamera –, als hätte man halb Japan zur Klagemauer evakuiert.

Was ist das für eine Invasion?, fragte sie zwei junge Soldatinnen, die neben ihr standen.

Die beiden zuckten die Achseln. Die eine biss sich auf die Lippe:

Wir würden heute ohnehin durch die Kontrolle nicht durchkommen.

Wieso nicht?

Meine Freundin hat den Grünen Pass nicht mit. Dumm gelaufen.

Vielleicht soll ich mir einen hübschen Japaner schnappen?, scherzte die andere Soldatin. Vielleicht leiht er mir seinen aus?

Mene fragte sich, ob die japanischen Immunitätsausweise genauso grün wären wie die israelischen. Ob sie nicht vielleicht kirschblütenrosa wären. Ja, unbedingt, sie sollten in Sakurarosa sein! Eine andere Farbe käme für Mene nicht in Frage. Sie blickte prüfend auf die Menschenmenge vor der Klagemauer: ein Strohhut pro Mundschutz pro Sakurarosa pro Kamera.

Wir müssen gleich zum Stützpunkt, hörte sie die erste Soldatin sagen. Könntest du für uns um etwas bitten, wenn du Glück hast?

Wenn ich Glück habe? Darauf würde ich aber nicht vertrauen!

Die Soldatin schmunzelte:

Ich meinte, wenn du heute an die Kotel rankommst.

Worum sollte ich bitten?

Dass Sheina und Miri nächste Woche lebend heimkommen.

Mene schnürte es den Hals zu. Ob das Mädchen Sheina hieß? Oder war es Miri? Beide jung, fast milchig im Gesicht, am Anfang der Hoffnung. Was für einen Unterschied es letztendlich machte, wer von ihnen Sheina, wer Miri war?

Mene versuchte neutral zu wirken, sachlicher, als es nötig gewesen wäre.

Wo seid ihr stationiert?

An der Nordgrenze.

Und wenn ich heute nicht rankomme?

Doch!

Die Soldatin hielt den Daumen hoch.

Die Mädchen kehrten zum Ausgang zurück, während sie weiterhin versuchte, sich durch die Menge hindurchzuschlagen. Sie bemühte sich, die aufkommende Ungeduld zu unterdrücken – sie hatte nicht das geringste Recht, sich über die Japaner aufzuregen. Woher hätten sie wissen sollen, dass die berühmteste touristische Attraktion Israels für jemanden gleichzeitig die letzte Instanz war? Hätten sie das gewusst, wären sie mit Sicherheit zur Seite getreten. Japaner – die Höflichsten unter den Höflichen – hätten der Instanz Respekt gezollt, sich vor ihr verbeugt. Sie hätten ein breites Spalier gebildet, damit Mene ihre Chance nicht verpasste: ihre und Sheinas und Miris.

Nach etwa einer halben Stunde war ihre Wasserflasche aufgebraucht und sie musste feststellen, dass sie nicht einmal zehn Meter weitergekommen war. Sie blickte nach vorn, die Klagemauer schien für sie heute nicht mehr erreichbar. War das ein schlechtes Zeichen?

Lasst mich in Frieden!

Und schon im nächsten Moment zwang sie sich dazu, an ihren Vergangenheits-Ordner zu denken, und an die neuen, positiven Neuronen-Verbindungen. Wäre es nicht ratsam, einen Ordner auch für Zweifel anzulegen? Dann gäbe es in ihrem Kopf gleich zwei dicke Ordner, einen für die Vergangenheit und einen für die Zweifel. Und wenn einer von den beiden an Gewicht zunehmen würde, würde er den Kopf mit sich ziehen, und sie würde einen Wackelkopf bekommen. Sie würde ein Wackeldackel werden.

Die Sonne erhitzte die leere Wasserflasche, das Plastik begann zu schmelzen. Mene zerdrückte sie mit den Händen und kehrte um: Sie brauchte noch eine Viertelstunde, um zurück zum Ausgang zu gelangen und sich im jüdischen Viertel Wasser zu besorgen.

Von Weitem konnte sie zwar noch die Klagemauer sehen, aber sie wusste nicht, ob dieses Sehen als das dreißigste von den vierzig für die Hoffnung geplanten Male zählte. Sie konnte sich heute, anders als in den vergangenen neunundzwanzig Tagen, nicht daran lehnen und sich aufs Neue überzeugen, dass nicht nur sie selbst, sondern jede Frau an der Klagemauer ihre eigene Art und Weise besaß, sich an die Steine zu schmiegen und dabei Töne zu erzeugen, die keiner anderen davor gelungen waren – als gäbe es dort für jede Einzelne zwei Steine und zwischen ihnen einen Raum, nur für ihre Stimme. Wäre Mene eine Komponistin, hätte sie diese einzigartigen, mit keinem Ton der Welt vergleichbaren Zwischen-den-Steinen-Stimmen auf dem Notenpapier festgehalten. Aber sie war keine Komponistin, sie konnte die weibliche Polyphonie nicht in Musik übersetzen – sie konnte sie nur hören. Neunundzwanzig Tage lang stand sie auf der Frauenseite der Klagemauer und hörte dem eindringlichsten Chor der Welt zu. Heute stand sie nun vor dem kleinen Laden im jüdischen

Viertel, ganz oben auf der Treppe, und sah nur noch auf den vollgefüllten Platz davor: von dem Klagemauergesang weit entfernt.

Als sie auf dem Rückweg zum Jaffator an der Davidszitadelle vorbeiging, erinnerte sie sich, dass sie nicht mehr an die Bitte von Sheina und Miri gedacht hatte. Sie kehrte ins jüdische Viertel zurück, stellte sich erneut auf die Treppe neben dem kleinen Laden, von der die Kotel zu sehen war, schloss die Augen, um sich von den unzähligen Kamerablitzen zu schützen, und versuchte, sich an die einzelnen Töne aus dem Klagemauergesang von gestern zu erinnern, an die Stimmen von rechts und links neben ihr, die aus den Steinritzen widerhallten und sich mit ihrer eigenen Stimme mischten und dann nach oben aufstiegen, zu den Tauben, die zwischen den Steinen nisteten. Und je mehr sie sich an diesen Klang erinnerte, desto mehr konnte sie sich vorstellen, wie Sheinas und Miris Stimmen widerhallen würden, wenn sie selbst an der Mauer lehnten, desto inniger konnte sie darum bitten, dass sie nächste Woche unverletzt heimkämen, dass –

– sie die dunkelgrünen Uniformen ablegten und sie gegen leichte, hellblaue Kleider tauschten, voller Atem, der alles Hellblau der Welt in sich aufzunehmen bereit wäre, alles Hellblau des Himmels und des Mittelmeeres, des Pazifiks und des Atlantiks – und dass sie ihre nach Leben duftenden Kleider nie wieder auszögen, dass sie darin weiterlebten, ihr schönes und langes und glückliches Leben, von Liebe erfüllt, bis zum Rand erfüllt –

Bevor sie die Treppe verließ, blickte sie noch einmal herunter und stellte mit Verwunderung fest, dass die Frauensilhouetten, die sich dicht an die Klagemauer schmiegten, keine Schatten warfen.

DREI

Als sie die Wohnungstür aufschloss, hörte sie die Krankenschwester im Flur. Sie blickte auf die Uhr: Heute kam sie zehn Minuten später nach Hause, die Schwester verabschiedete sich bereits. Und wie gewohnt beim täglichen Schichtwechsel tauschten sie miteinander Fragen und Antworten, die sich von den Fragen und Antworten der vorherigen Tage nicht unterschieden: kein wirkliches Wissen, nur eine Ahnung.

War das schon wieder die falsche Hoffnung?, wollte Mene fragen.

Es wäre zwar eine ganz andere Frage, eine noch nie zuvor gestellte, aber sie traute sich nicht, die liebenswürdige Schwester mit solch einer Frage zu belasten.

Hat sie etwas gegessen?

Etwas Hühnerbrühe.

Sie schloss die Tür hinter der Schwester, ging ins Bad, befreite sich vom Straßenstaub, wischte die verschmierte Wimpertusche unter den Augen weg. Als sie sich schließlich im Spiegel ansah – sie war so groß, wie es ihre Tante einst vor der Krankheit gewesen war, und so schön wie ihre Mutter, bevor sie sich das Leben nahm – fragte sie sich, ob die Tante ohne die Krankheit, die sie schrumpfen, und die Mutter ohne den Selbstmord, der ihr Gesicht zu einem flachen Pfannkuchen werden ließ, im Alter genauso groß und schön geblieben wären. Sie kämmte sich das Haar. Vielleicht ging ihr Mädchenwunsch, der Mutter und der Tante zu ähneln, in Erfüllung, weil er einst so stark gewesen war? Erfüllt, bewirkte er etwas, was kein Foto, keine Zeichnung, kein Ölbild hätten vollbringen können: Bei jedem Blick in den Spiegel wurde sie an die erinnert, die sie am meisten liebte.

Sie legte den Kamm ab, band das wilde Kastanienrot zu einem festen Knoten zusammen – festgebunden sah ihr Haar dunkler und glatter aus –, zog die Lippen nach. Seitdem die Tante krank war, zog sie die Lippen immer nach, wenn sie nach Hause kam: um frischer auszusehen, lebensfroher.

Warum nimmst du nicht den rosafarbenen Lippenstift?, hörte sie die vertraute Stimme im Rücken.

Sie drehte sich um.

Wieso bist du aufgestanden?

Die Tante stützte sich auf dem Gehstock ab.

Ich habe im Wohnzimmer im Sessel gesessen, sagte sie. Der braune Stift macht dich blass, nimm lieber den rosafarbenen.

Was hast du im Sessel gemacht?

Durch die Balkontür geschaut.

Was gab's zu sehen?

Staubpartikel auf dem Geländer. Ich habe beobachtet, wie sie landeten. Viel langsamer, als ich dachte.

Mene ging auf sie zu, strich ihr zärtlich über die Wange – fast keine Haut mehr, nur noch dünnes Pergament. Die Tante lächelte, und wenn sie lächelte, spannten sich ihre Wangen an und das Pergament wirkte noch dünner, die Stirn schmaler, das Kinn spitzer. Wenn sie lächelte, schien sich ihr ganzes Gesicht in ein winziges Häufchen zerriebener Muscheln zu verwandeln, die selbst im Licht grau blieben. Mene kam es so vor, als würde das Häufchen von Tag zu Tag dunkler werden und schrumpfen. Sie fürchtete, es würde ihr irgendwann in die offene Hand passen, und sie würde nicht wissen, was sie mit einem spröden Häufchen zerriebener Muscheln, das einmal das Gesicht ihrer Tante war, anstellen sollte.

Machst du dich hübsch für ein Rendezvous?, fragte die Tante.

Ja, mit dir!

Mene nahm sie in den Arm. Und jedes Mal, wenn sie sie in den Arm nahm, hatte sie das Gefühl, ihr würde schon wieder ein kleines Stückchen von der Tante fehlen: Gestern waren es die Schultern, die weiter geschrumpft schienen, heute die Schulterblätter. Alte, kranke Menschen brauchen nicht viel Körper, sagte die Tante einmal. Mene wagte es nicht, ihr zu widersprechen, denn die Tante musste es besser wissen, was ein alter, kranker Mensch *nicht* brauchte. Alte, kranke Menschen sehen grüne Zweige, die aus schwarzen Mauern wachsen, wenn sie lange nicht einschlafen können, ließ die Tante sie ein anderes Mal wissen, wenn Mene sie zu überreden versuchte, Schlaftropfen zu nehmen. Und wenn man Schlaftropfen nimmt, sieht man weder grüne Zweige noch Mauern. Seitdem versuchte es Mene nicht mehr. Wie lange kann ein alter, kranker Mensch mit nur zwei, drei Stunden Schlaf auskommen? Ich habe genug in meinem Leben geschlafen, sagte die Tante eines Abends. Jetzt möchte ich wach sein.

Mene fasste sie am Ellenbogen.

Möchtest du zurück ins Wohnzimmer?

Nein, lieber ins Bett.

Die Tante roch wie ein Kleinkind. Seit einigen Tagen kam es Mene so vor, als hingen das Wachbleiben und der Kindesgeruch zusammen: Je weniger die Tante schlief, desto stärker duftete ihre Haut nach der eines Kleinkindes. Was dies zu bedeuten hatte, wusste Mene nicht. Genauso wenig, wie sie das genaue Alter dieses Kindes wusste.

Im Schlafzimmer war es frisch von der Klimaanlage und grün von den Topfpflanzen. Das ganze Zimmer duftete nach dem jungen, ungestümen Grün, das zur Zimmerdecke und zum Boden hinwuchs, das sich selbst überwucherte und den kühlen Schatten zwischen den Wänden festhielt. Die Wucht, mit der die Pflanzen wuchsen, schien ungewöhnlich: Sie waren keine drei Jahre alt, sahen aber so aus, als hätten sie bereits den jahrzehntelangen Dschungel überstanden. Es war der Wunsch des Onkels gewesen, bevor er starb, dass die Tante sich die Topfpflanzen anschaffte, und sie konnte sich seinem Wunsch nicht widersetzen. Genauso, wie sie sich seiner plötzlichen Wiederkehr nicht widersetzen konnte – nach zwanzig Jahren Abwesenheit von ihr und Anwesenheit bei einer einunddreißig Jahre jüngeren Frau, für die er sie einst verlassen hatte. Mene war gerade mit dem Studium fertig geworden, als er zurückgekehrt war, genau vor sechs Jahren. Die Tante und sie kamen an jenem Abend gegen Mitternacht nach der Abschlussfeier nach Hause und er lag vor der Tür, zusammengekrümmt, die Hände unter der Wange gefaltet, wie ein hilfloser Welpe. Ein Mitternachtsalbtraum! Nicht dass er Mene nicht leidtat – ein alter, todkranker Mann – natürlich tat er ihr leid. Aber anders als die Tante, die in all den Jahren nicht aufgehört hatte, auf ihn zu warten, konnte sie ihm seine zwanzig Jahre lange Abwesenheit nicht verzeihen. Er kam zurück, weil er in der Nähe einer Frau sterben wollte, die er liebte – war seine Version. Er kam zurück, weil er in der Nähe einer Frau sterben wollte, die ihn liebte – war Menes Version. Er kam zurück, weil der Himmel nach zwanzig einsamen Jahren es mit ihr wieder gut meinte – war die Version der Tante. Jedem seine Wahrheit – was hätte Mene dem Rashōmon-Effekt entgegenhalten sollen? Ein Glückspilz, dachte sie. Nicht jeder bekommt so ein Geschenk, lebenslang geliebt zu werden.

Die Pflanzen also. Sie wuchsen rasch und unnatürlich, den Naturgesetzen zum Trotz, begrünten das ganze Zimmer, wie in einer schnell laufenden Animation, und warfen ihre Schatten an alle Wände, als würde der Onkel in diesen Schatten weiterleben. Und die Tante, die gleich nach seinem Tod selbst schwerkrank wurde, pflegte diesen Schatten und ließ ihn gedeihen.

Sie legte sich in ihr großes Bett.

Wie war es im Verlag?, fragte sie.

Ich habe mir heute freigenommen.

Mene setzte sich aufs Bett, schenkte ihr gekühlten Matetee ein:

Bitte trink einen Schluck.

Die Tante trank.

Jemand mit Schweizer Akzent hat angerufen, sagte sie nach einer Weile, du hast dein Handy zu Hause liegen lassen. Ich sagte, du rufst zurück.

Mein neuer Autor, erwiderte Mene, aus Zürich. Wir machen sein Buch, aber er ist mit dem Übersetzer nicht zufrieden.

Kann er Hebräisch?

Nein, aber er hält den Übersetzer für konservativ und möchte jemanden, der trendy ist.

Sagt man das jetzt auf Deutsch?

Was?

Trendy.

Das fragst DU mich? Wer hat hier wem Deutsch beigebracht?

Du benutzt es inzwischen öfter als ich.

Und was würdest du statt *trendy* sagen?

Die Tante zuckte die Achseln.

Vielleicht *zeitgemäß, aufgeschlossen, modern*?

Klingt gut.

Suchst du jetzt nach einem neuen Übersetzer?

Ja, aber heute habe ich mich mit Amir getroffen. Er wird den Film machen, es gibt kein Zurück.

Gut so! Er wird ihn diskret machen, du wirst schon sehen.

Mene erkannte Anzeichen der Freude im Gesicht ihrer Tante, einen schwachen Ausdruck, kaum merklich, und musste schon wieder an das Häufchen zerriebener Muscheln mit dem Geruch eines Kindes denken. Wo war das markante Gesicht mit den hohen Wangenknochen, die einst jede ihrer Gefühlsregungen hervorstechen ließ, nur geblieben? War es ganz aus der Welt verschwunden? Sie konnte sich seine Züge nicht mehr in Erinnerung rufen.

Und du? Wie war dein Tag?, fragte sie.

Die Tante hob den Arm an, versuchte, ihr übers Haar zu streichen. Mene beugte den Kopf vor:

Streng dich nicht an.

Ich habe gelebt, erwiderte die Tante.

Schon wieder?

Ja, stell dir vor!

Und wie war das Leben heute?

Oh, Kleines, so schön, dass ich mir wünschte, deine gesunden Augen würden es so sehen können, wie meine kranken es sahen.

Mene küsste sie auf die schmalen Finger.

Als ich gesund war, setzte die Tante fort, konnte ich das selbst nicht sehen. Vielleicht weil ich dem Leben hinterhergerannt bin? Ich wollte viel schaffen, dachte, dieses Schaffen wäre das Leben selbst. Seit ich krank bin, kann ich nichts mehr machen. Zuerst hatte ich Angst, was würde mir vom Leben überhaupt bleiben? Jetzt weiß ich: das Leben selbst. Und seitdem ich das weiß, liege ich im Bett und, wenn die Schmerzen gerade nicht so groß sind, tue ich nichts anderes, als zu leben. Hörst du mir zu?

Ja.

Ich möchte, dass du weißt, dass es nichts Schöneres auf der Welt gibt als das Leben selbst. Ich möchte, dass auch du beginnst zu leben. Ich möchte, dass du mir das versprichst.

Mene spürte einen Kloß im Hals. Sie spürte, dass die Worte ihrer Tante so etwas wie ein Erbe in Hörform waren – das Erbe, das sie gleich annehmen sollte, obwohl sie jetzt am liebsten heulend aus dem Zimmer gerannt wäre.

Ich verspreche es, erwiderte sie ruhig.

Die Tante seufzte.

Ich glaube aber nicht, dass du weißt, wovon ich spreche, sagte sie.

Aber natürlich weiß ich das!

Die Tante schloss die Augen, und als sie sie nach einer Weile wieder öffnete, sagte sie:

Gut, Kleines, wir sprechen darüber, wenn du groß und klug bist.

Mene streichelte ihr über den Arm:

Weshalb machst du dir Sorgen? Ich bin das Leben in Person! Gesund und schön und erfolgreich.

Das stimmt.

Und?

Es tut mir weh zu sehen, dass du dein Leben ohne Liebe lebst.

Ist gar nicht wahr!

Doch.

Mene breitete die Arme staunend aus.

Und was ist mit dir? Mit Amir? Mit Stiefvater? Mit meinen Autoren?

Du hast Amirs Großmutter vergessen.

Stimmt! Frau Levinstein liebe ich auch.

Die Tante senkte den Kopf, in einem ganz bestimmten Winkel, wie jemand, der sich zwar erinnern möchte, sich jedoch vor der eigenen Erinnerung fürchtet.

Ich meinte aber die Liebe, bei der man den Atem anhält, sagte sie schließlich. Ich meinte diese eine große Sache ...

Du meinst, dieses merkwürdige Ding ohne Essen und Schlaf? Ich war noch ein Mädchen, als du mir damit die Ohren vollgeredet hast! Weißt du es noch?

Die Tante versuchte, sich im Bett aufzurichten. Mene schob ihr ein Kissen unter den Rücken und in der Zwischenzeit erinnerte sie sich an etwas aus der Zeit, als Amir und sie noch Jugendliche waren. Sie saßen an jenem Abend in ihrem Zimmer und schauten sich Truffauts *Jules und Jim* an. Und am Ende des Films fragte Amir, wofür sie sich, wenn sie eine Wahl treffen müsste, entscheiden würde – zu lieben oder geliebt zu werden? Sie wusste noch, wie sie damals halb scherzend, halb flirtend seiner Frage auswich und sagte, sie würde sich dafür entscheiden, so großartig wie Jeanne Moreau zu sein. Während Amir voller Ernst erwiderte, er würde sich fürs Lieben entscheiden. Sie erinnerte sich jetzt noch, wie sehr seine Antwort sie an jenem Abend beeindruckte, und wie sie ihn für seine Offenheit bewunderte. Denn kein Mensch auf der Welt, nicht einmal Amir, durfte wissen, wie sehr sie sich selbst danach sehnte, zu lieben und geliebt zu werden. Sie behielt ihr Geheimnis, als *große Sache* im Kursiv getarnt, für sich: Ihre *große Sache* hätte die Sehnsucht eines Schulmädchens erfüllen sollen, das zu einer Erwachsenen heranwuchs und in all den Jahren die blaugrünen Augen eines Jungen nicht vergessen konnte, dem sie einmal beim Harfespielen zugehört und der sie dabei so angesehen hatte, als wäre sie das achte Weltwunder. Seitdem wollte sie sich von der Vorstellung nicht trennen, für jemanden ein nie dagewesenes Wunder zu sein. Sie hüllte sich ihr Leben lang in diese Vorstellung wie in einen Strahl – sie hüllte sich in das Blaugrün des begeisterten Jungenblicks wie in einen Farbregen, die eigenen Augen stets offenhaltend, auf den nächsten Farbenguss von Tausenden gleichzeitig aufspringender Lichtfontänen wartend ... Ihre *große Sache* hätte sich selbst neu erfinden müssen: eine neue, reife Bedeutung der kindlichen Sehnsucht geben, die weder mit der Zweisamkeit der Tante mit den Trauerschwänen noch mit dem undurchdringlichen, dunkelgrünen Dschungel im Schlafzimmer etwas gemeinsam haben durfte. Ihre *große Sache* hätte ihr so kommen sollen, wie sie sie sich ausgedacht hatte. Vielleicht war dieser Wunsch, der sie selbst in den Augen ihres besten Freundes wie ein halbwüchsiges, infantiles Mädchen hätte erscheinen lassen – vielleicht war ihre Fantasie, jahrzehntelang auf etwas Nebulöses zu warten, wofür weder Shakespeare noch Goethe ein glückliches Ende fanden, wofür Puschkin starb – von der Realität so weit entfernt, dass sie sich nicht einmal traute, danach zu suchen.

Ja, ich weiß es noch, hörte sie die Tante sagen. Und du hast geschworen, dich niemals zu verlieben. Stimmt's?

Mene zuckte mit den Achseln, ließ die Schultern herunterhängen.

Ich konnte leider das Versprechen nicht halten, sagte sie mit gespieltem Bedauern.

Die Tante erhob sich leicht, sah sie staunend an.

Ist mir etwas entgangen?

Mene lachte.

Säßest du jetzt nicht sicher in deinen Kissen, wärest du vor Neugier vom Bett gefallen!

Sag doch, die Tante legte sich wieder hin.

Mach dir keine Sorgen! Ich versichere dir, dass ich nicht wie eine Nonne lebe und dass ich mich gelegentlich mit Typen treffe.

Ich sprach aber nicht von irgendwelchen Typen.

Na ja, manchmal trifft man auch einen netten Typen, mit dem man sich auch zum zweiten Mal verabredet, wenn es darauf ankommt.

Ich sprach aber von jemanden, den man mit nach Hause bringt!

Mene richtete sich auf, langsam, als benötigte sie Zeit zum Nachdenken, und dann, völlig unerwartet, verschränkte sie demonstrativ die Arme. Sie war dabei, sich in ihr Fantasieland zu begeben, auf das sie immer dann zugriff, wenn sie einem Gespräch ausweichen wollte und ihr die erwachsenen Tricks fehlten, um einen eleganteren Bogen um das unangenehme

Thema zu machen. Also sprach sie jetzt, als wäre sie verblüfft –
als würde ihr Erstaunen plötzlich durch das Zimmer fliegen, vom
Wirbelsturm angeweht, von weit weg, von irgendwo aus dem
Land der Märchen über das Erstaunlichste auf der Welt, direkt
aus dem *Zauberer von Oz*:

Willst du wirklich, dass irgendein netter Blechmann eines Tages
hier bei uns sitzt, mitten in unserem schönen Wohnzimmer, und
darauf wartet, mit einem Herz versorgt zu werden?

Die Tante nickte, das Lächeln in den Mundwinkeln versteckend.

Also gut, setzte Mene im theatralischen Ton fort und stemmte
dabei die Hände in die Hüfte. Du willst also, dass der nette
Blechmann eines Tages hier sitzt und wartet?

Warum sollte er warten? Vielleicht hat er schon ein Herz?

Mene warf der Tante einen schelmischen Blick zu:

Angenommen, du hast recht. Aber selbst wenn er schon ein Herz
hat, muss er trotzdem irgendwann ins Bad!

Wieso ins Bad?

Wohin sonst? Irgendwann wird er mit Sicherheit in unsere nach
Rosen und Zimt duftende Wellness-Oase gehen, in unsere Gar-
tin Edenin, um sich dort hinzustellen, seine Hose aufzuknöpfen
und sich akkurat und geradlinig in unsere perlmuttrosafarbene,
venezianische Kloschüssel zu erleichtern!

Die Tante begann zu lachen, so lange, bis sie husten musste und
das Gleichgewicht verlor.

Mene stürzte zu ihr, hielt ihr den Kopf.

Atme ruhig, ganz ruhig!

Die Tante atmete wieder ein und aus, und Menes Knie begannen zu zittern, weil sie zwanzig Sekunden lang mitansehen musste, wie der Sauerstoff keinen Eingang in die Lunge der Tante fand. Weil die Beatmungsmaske mit der Sauerstoffflasche im Wohnzimmer auf dem Sessel lag. Weil sie, Mene, es versäumt hatte, sie ins Schlafzimmer zurückzuholen, nachdem sie ihre Tante ins Bett gebracht hatte.

Alles gut, Kleines, sagte die Tante nach einer Weile.

Ich hol dir die Maske!

Sie rannte ins Wohnzimmer, griff nach der Beatmungsmaske, nach der Sauerstoffflasche, hängte den zwei Meter langen Schlauch über den Arm und lief zurück ins Zimmer ihrer Tante. Dabei neigte sie sich ungeschickt nach vorn und verhedderte sich in dem Schlauch. Sie stolperte, kam ins Rutschen, doch sie stürzte nicht – es war, als ob der Luftwiderstand sie ein Stück nach oben hob. Die Beatmungsmaske entglitt ihrer Hand und folgte ihr durch die Luft. Doch im letzten Moment, als sie schon mit dem Gesicht auf den Boden zusteuerte, verließ der weich gepolsterte Saugroboter seine Station, um die übliche Tagestour durch die Wohnung zu machen – Mene fiel direkt auf seine flauschige Oberfläche, so dass sie nicht einmal einen Kratzer abbekam.

Was ist passiert?, hörte sie die Tante rufen.

Ausgerutscht!

Sie richtete sich auf, streifte über den Staubsauger, der sich, von der Kameranavigation gesteuert, gleich auf den Weg ins Zimmer der Tante machte, und sagte leise: danke, Golem.

Hast du dir wehgetan?, die Stimme der Tante zitterte.

Sie hob die Beatmungsmaske auf.

Nein, Golem hat mich gerettet!

Zurück im Zimmer, gab sie der Tante etwas zum Trinken.

Haben wir ihn Golem genannt, bevor du mit dem Buch fertig warst oder danach?, fragte die Tante.

Danach. Möchtest du dich jetzt ausruhen?

Du hättest Schauspielerin werden können.

Ich hätte vieles werden können.

Der Sirenenalarm kam so plötzlich, dass Mene erschrak. Er kam zwar immer plötzlich – das Unerwartete lag in seiner Natur –, aber heute schien er sich in seiner eigenen Natur übertroffen zu haben. Gewöhnlich hörte man ihn aus der Richtung von Modi'in, sechsunddreißig Kilometer von Jerusalem entfernt, doch heute schien er direkt aus der Mitte der Stadt zu heulen. Mene schnellte hoch, und da das Zimmer der Tante ein Bunkerzimmer war, musste sie nur noch die Fensterläden schließen. Sie waren aus schwerem Eisen, Mene verdrehte sich fast das Handgelenk.

Nichts dringt durch, sagte die Tante.

Mene machte das Deckenlicht an: alles weiß, volle Beleuchtung, ein Tag in LED.

Es klingt, als käme der Alarm aus Jerusalem, sagte sie und schaltete die Nachrichten ein.

Das Heulen schien nachzulassen. In Wirklichkeit kam der Alarm aus Richtung Modi'in, wie üblich. Warum er heute so laut klang, konnte sie sich nicht erklären.

Vielleicht liegt es an der Hitze?, mutmaßte die Tante. Vielleicht sinkt durch die Hitze die akustische Schmerzschwelle?

Dann liegt es an unseren Ohren, erwiderte Mene und legte die Beatmungsmaske neben der Tante aufs Bett.

Möchtest du ein wenig Sauerstoff?

Das kann nicht schaden.

Die Tante legte die Maske an.

Mene nahm das Handy in die Hand und wählte die Nummer ihres Stiefvaters, der in einem Pflegeheim in Modi'in lebte. Er ging gleich ans Telefon – das schnelle Ans-Telefon-Gehen gehörte unter nahen Verwandten zur Selbstverständlichkeit, wenn die Sirenen heulten.

Alles okay?, fragte Mene.

Seine Stimme klang tief, die Worte kamen langsam nacheinander, in längeren Abständen, als müssten sie einander erst einholen. Seine linke Gesichtshälfte war seit über dreißig Jahren gelähmt, und die Worte mussten von der gelähmten in die nicht gelähmte Hälfte mit der Zunge befördert werden, so wie er das in der Rehabilitation einst gelernt hatte. Die Wortbeförderung gelang ihm zwar von Jahr zu Jahr besser, doch für diejenigen, die ihm zuhörten, waren seine kleinen Erfolge kaum wahrnehmbar.

Ich bin noch da, klang seine Antwort am Ende der Anstrengung.

Das ist gut!

Es dauerte eine Weile, bis sein nächster Satz sie erreichte:

Für wen?

Für mich.

Sie war zwar nicht bei ihrem Stiefvater aufgewachsen, aber nach dem Selbstmord ihrer Mutter war er der einzige Mensch auf der Welt, mit dem sie, damals noch ein Kind, ihren Verlust teilen konnte. Nicht dass ihre Tante über ihre Schwester, die sich so jung vom Leben abgewandt hatte, wenig getrauert hätte: Sie hatte viel und lange getrauert, aber das Maß ihrer Trauer war auf die Liebe eines erwachsenen Menschen beschränkt. Während Menes Trauer maßlos war, unkontrolliert in ihrer Größe. Und manchmal, besonders wenn sie allein im Bett lag und versuchte sich auszustrecken, kam ihr diese Trauer größer vor als der eigene Körper: Sie schien nicht ins Bett zu passen und über den Holzrahmen hinauszuquellen. Diese Trauer mit der Tante zu teilen hieße für das kluge, sensible Mädchen, ihr unwillkürlich zu verstehen zu geben, was die leibliche Mutter, bei der sie niemals auch nur zwei Tage am Stück verbracht hatte, ihr doch bedeutete. Ihr Stiefvater war der Einzige, mit dem sie ihre über die Bettkante hinausquellende Trauer teilen konnte.

Sie hörte ihn atmen – früher wäre es der Telefonhörer gewesen, der die Schwere seines Atems abgefangen hätte, heute war es der ganze Raum um das Display herum. Sie wusste, dass er jetzt in seinem Rollstuhl neben dem Fenster saß und versuchte, die Fensterläden, die von dem Pflegepersonal gleich nach dem Ertönen der Sirenen verschlossen werden mussten, wieder zu öffnen. Sie wusste, dass er sich dabei anstrengte und deshalb so schwer atmete. Und wie jedes Mal würde er sich auch heute aufgeregt haben, dass es ihm nicht gelungen war, die Fensterläden zu öffnen und endlich von einer aus dem Gaza-Streifen abgeschossenen Rakete getroffen zu werden. Mene kannte keinen Menschen, der so ein lebhaftes Verhältnis mit dem Tod hatte wie ihr Stiefvater: Er schien vor ihm, dem von den Menschen Meistgefürchteten, nicht nur keine Skrupel zu haben, sondern ihm allen Ernstes vorzuwerfen, einen Ex-Offizier der Luftwaffe bewusst zu ignorieren. Mene dachte, der Tod müsste sich von ihrem Stiefvater, der sogar im Pflegeheim mit der höchsten Sicherheitsstufe eine Reihe von Selbstmordversuchen unternahm, mittlerweile nicht nur bedrängt, sondern auch beleidigt fühlen. Seit Jahrzehnten lagen die beiden im Zwist, und es war inzwischen offensichtlich, dass der Tod sich weigerte, seinem hartnäckigen Herausforderer entgegenzukommen.

Der Himmel platzt gleich vor Hitze, erreichten Mene die Worte des Stiefvaters.

Sie wusste, dass er selbst nach so vielen Jahren, die nach dem Tod seiner Frau vergangen waren, jeden Tag zu einer bestimmten Zeit in den Himmel sah, so wie sie es einst gemeinsam taten.

Sie liebte es, den Himmel zu malen, sagte er etwas deutlicher.

Mene wusste, dass das *Sie* ihrer Mutter gehörte, und dass die plötzliche Klarheit in seinen Worten auch ihrer Mutter zuzuschreiben war, die – selbst tot – in der Lage war, ihren Mann am Leben zu halten.

Ich komme morgen gleich nach dem Schabbatausgang, sagte Mene, dann fahren wir raus und schauen uns den Sternenhimmel an. Was hältst du davon?

Das Handy brummte: Immer, wenn ihr Stiefvater zu erschöpft war, die für das Sprechen benötigte Wortbeförderung im Mund in den Gang zu setzen, schrieb er eine Nachricht.

In Sderot haben sie *Zeva Adom* angekündigt, schrieb er.

Mene wusste, warum er auf einmal von der Alarmstufe *Rot* in Sderot sprach. Er wollte dort leben, weil Sderot neben Ashkelon und Ashdod zu den am meisten von dem Raketenbeschuss betroffenen Städten an der Grenze zu Gaza zählten. Wenn dort die Sirenen von *Zeva Adom* aus den Lautsprechern heulten, dann dauerte es kaum fünfzehn Sekunden, bis die ersten Raketen aus Gaza fielen. Seit Jahren versuchte er Mene zu überzeugen, ihn dort in einem der Pflegeheime unterzubringen. Dort hoffte er, seinen alten Rivalen endlich zu überlisten – er bildete sich ein, der Tod hätte in Sderot binnen dieser fünfzehn Sekunden so viel zu tun, dass er eines Tages bei einer der Raketen nicht aufpassen und ihn versehentlich von der Warteliste streichen würde. Mene ließ sich aber nicht darauf ein, den Schauplatz des endlosen Kampfes zwischen den beiden einfach an einen neuen Ort zu verlegen.

Ja, ich weiß, erwiderte sie nach einer Weile. Um so besser, dass du nicht in Sderot bist.

Du bist unfair und egoistisch, schrieb der Stiefvater. Du sollst die Menschen gehen lassen, die gehen wollen.

Ich bin nicht diejenige, die darüber entscheidet. Morgen Abend also?

Es dauerte eine Weile, bis er zurückschrieb:

Bring ein vernünftiges Stativ mit. Auf dem, was du letztens mitgebracht hast, wackelt das Teleskop. Besorg ein neues.

In dem gleichen Laden?

Ja. Sag dem Verkäufer, dass du ein stabiles Ding brauchst, auf das eine parallaktische Montierung gesetzt werden kann.

In Ordnung.

Er soll darauf achten, dass der Zapfen flexibel genug ist. Zeig ihm einfach, was ich geschrieben habe.

Mache ich.

ZÖGERE NICHT, fügte er in Großbuchstaben hinzu.

Mene wusste, wie wichtig es ihm war, gleich nach dem Schabbatausgang in den Himmel zu sehen. Auch das gehörte zu der alten Tradition, einst von ihrer Mutter eingeführt. Sie hatte schon immer ein besonderes Verhältnis zu den Farben gehabt, mit denen der Himmel den Übergang vom Abend zur Nacht kennzeichnete, und an Schabbatausgängen, behauptete sie, würde er die Sterne in einem besonderen Silber erstrahlen lassen: mit purpurnen Rändern. An manchen Schabbatausgängen – wenn das Wetter und die Objektive mitmachten – gelang es Mene und ihrem Stiefvater tatsächlich, die purpurnen Ränder zu sehen. Menes Mutter verriet einmal, warum alle Maler von diesem Purpur – *Scharlach des Himmels* genannt – träumten. Der Farbstoff sollte einzigartig sein, direkt vom Sekret der Purpurschnecken kommen und so viel kosten, dass man mindestens ein Jackson Pollock oder ein Andy Warhol sein musste, um sich den wertvollen Schneckenschleim leisten zu können. Warum der Himmel das seltene Farbjuwel aus dem Meer ausgerechnet an den Schabbatausgängen zu den Sternen heraufzuholen vermochte, blieb selbst für die Mutter ein Rätsel.

Als sie auflegte, heulten die Sirenen nicht mehr. Die Tante hielt die Beatmungsmaske in der Hand.

Hast du dich für morgen Abend mit deinem Stiefvater verabredet?

Mene nickte. Die Tante sah weg und, noch bevor sie etwas sagte, wusste Mene, dass sie nichts erwidern würde. Wenige Sekunden später sprach die Tante – und ihre Worte klangen wie ein Resümee:

Den Schabbat verbringst du mit der halbtoten Tante, den Schabbatausgang mit dem halb gelähmten Stiefvater.

Mene ging ans Fenster, öffnete die Läden. Bis 18 Uhr blieben nicht einmal zwanzig Minuten. Sie kippte das Fenster, um die Ankunft des Windes nicht zu verpassen. Er kündigte sich niemals an – er kam sofort, von einer Sekunde auf die andere, von allen vier Himmelsrichtungen. Von vorne und von hinten blies er allerdings nicht gleich kräftig los, sondern rollte langsam an, während er von den Seiten sofort aufzuwirbeln begann, als wetteiferten sein rechter und sein linker Flügel, wer als erster die Mitte erreichte, genau in den wundersamen, bislang von keinem Meteorologen der Welt erforschten Punkt, von dem aus der Wind zu seinem täglichen Flug über Jerusalem ansetzte. Mene liebte diesen Flug. Sie liebte es, sich weit aus dem Fenster zu lehnen und sich vom Wind in alle vier Richtungen ziehen zu lassen: Ihr Haar wehte er Richtung Norden, zu den Bergen Hermons, die Schultern breitete sie vorsichtig nach Westen und Osten aus, zu den schäumenden Meereswellen, und den Nacken zog es Richtung Süden, wo die Mohnblüten blühten. Im Sommer musste sie sich nicht einmal festhalten, wenn sie sich dem Wind gleich nach seiner Ankunft um 18 Uhr hingab, denn im Sommer fürchtete sie sich nicht vor ihm. Im Sommer war er reif und nachgiebig, verständnisvoll, während er im Winter noch jung und angriffslustig war, ohne Nachsicht. Im Winter ließ er sich auf keine Menschenspiele ein.

Heute war Sommer – heute durfte Mene seine Ankunft nicht verpassen.

Sie schaltete das Deckenlicht aus. Ein weiches Sonnenlicht drang ins Zimmer. Die letzten zwanzig Minuten vor der Ankunft des Windes gehörten der Sonne allein – sie musste ihre Landung am Himmelshorizont weder mit dem Regen noch mit den Wolken teilen. Sie landete sanft und langsam, ohne jede Sorge, die Grenze zu 18 Uhr zu überschreiten und mit dem Wind ins Gehege zu kommen. Sie lag gut in der Zeit.

Mene drehte sich nach der Tante um:

Soll ich die Schabbatkerzen hierherbringen?

Ja, bitte.

Das Gesicht der Tante ruhte in der Mitte des Kissens – genauso friedlich und sanft wie das Sonnenlicht in der Mitte des Horizonts, und ihr leises *Ja, bitte* kam Mene wie eine unsichtbare Spur vor, die eine Möwe hinterlässt, wenn sie von einer Welle an der Horizontlinie zum Flug anhebt: Niemand weiß um die Spur, und für die Möwe selbst ist sie nicht mehr von Bedeutung.

Fahren wir bald wieder ans Meer?, fragte sie.

Die Tante streckte die Hand aus, berührte Menes Gesicht. Offenbar wollte sie ihr über die Wange streicheln, doch ihr fehlte die Kraft, um den Arm hochzuhalten, und sie kniff ihr stattdessen ins Kinn. Mene griff gleich nach ihrer Hand, führte sie zurück an die Wange, und die schmalen Finger der Tante – so schmal und knochig, dass die Haut, die sie überzog, wie nachgebildet wirkte – streichelten ihr übers Gesicht. Mene hielt den Atem an.

Wenn du es in den jungen Jahren versäumst, die Liebe zu leben, sagte die Tante nach einer Weile, wirst du es im Alter unbedingt nachholen wollen. Und wenn es dir nicht gelingt, wirst du verzweifeln.

Mene schwieg.

Das Alter ist tückisch. Es zwingt einen dazu, sich daran zu erinnern, was man versäumt hat, und das in einem der ungünstigsten Augenblicke.

Und was ist mit deiner Lieblingslektüre?, erwiderte Mene. Mit Florentino Ariza und Fermina Daza? Die beiden kamen erst mit über siebzig zusammen.

Ach, komm, Kleines. Deren Geschichte wird sich der alte García Márquez zum Trost erfunden haben.

Dann zog sie ihre Hand zurück, bettete den Arm auf der weichen Decke und lächelte Mene an. Dabei schien es, als ob sie für dieses Lächeln ihre ganze Muskelkraft zusammensammelte, die Kraft, die sie noch hatte und die, an die sie sich nur noch erinnern konnte.

Mene gab ihr einen Kuss auf die Stirn.

Warte nicht, flüsterte die Tante ihr zu.

Mene goss frisches Wasser ins Glas, stellte es auf dem Nachttisch ab.

Wenn der Wind kommt und ich noch in der Küche bin, ruf bitte nach mir. Ich möchte ihn nicht verpassen.

Ich kann mich nicht erinnern, dass du ihn jemals verpasst hast.

VIER

Als Mene kurz vor 18 Uhr mit den Schabbatkerzen das Zimmer betrat und die Tante bewusstlos, mit Blutspuren in den Mundwinkeln, daliegen sah, hörte sie nicht, wie die silbernen Kerzenständer vom Tablett zu Boden fielen, sah nicht, wie die Bienenwachskerzen zum Fenster rollten – schnell, hin zu dem ersten, kräftigen Windzug.

Der Rettungsdienst war schneller, als dass der Tod sich das weitere Vorgehen hätte überlegen können.

Mene war es zwar gewohnt, dass sie hin und wieder etwas sah, was die anderen nicht sahen – insbesondere, wenn sie Fieber hatte und ihre Sinne sich aufs Äußerste zuspitzten, doch diesmal fieberte sie nicht. Und doch meinte sie, die Silhouette des Todes am Bett der Tante zu sehen. Als das Rettungsteam in den Raum stürzte, schien es ihr, der Tod wäre – ob aus Respekt den Ärzten des *Magen David Adom* oder aus Mitgefühl ihr gegenüber, die ihn mit solchen Augen ansah, mit denen sie nicht einmal ihre Mutter angesehen hatte, als sie ahnte, dass sie ihr zum letzten Mal im Leben in die Augen blickte – vom Bett der Tante gewichen. Ihr schien es, er hätte sich dabei verneigt. Als die Tante wenige Minuten später bereits auf der Trage lag, wusste Mene noch immer nicht, was er mit ihr vorhatte. Sie bildete sich ein, ihn reglos und halb gebeugt, als hätte er einen Rundrücken, vor dem geöffneten Fenster stehen zu sehen – und sie bildete sich ein, sein leichtes, durchsichtiges Gewand bewegte sich monoton im Wind, als der Schatten des Krankenpflegers mit einem Buckel, der die Trage an zwei Griffen festhielt, auf den im Luftzug schwingenden Seidenvorhang fiel. Hätte sie keine Skrupel gehabt, den Tod mit dem Quasimodo-Buckel in Anwesenheit des Rettungsteams anzusprechen, hätte sie ihn angefleht, in diesem Zimmer zu bleiben, während die Tante ins Hospital gebracht würde. Sie hätte ihn angefleht, sich weiterhin vom Wind schaukeln zu lassen und auf sie zu warten, bis sie aus dem Hospital zurückkehrte und ihm erklärte, warum er diesmal allein, ohne die Tante, in den Himmel aufsteigen sollte. Sie hätte ihn zu überzeugen versucht, dass man dort oben viel mehr von ihm halten würde, wenn er einen glücklicheren Menschen heraufträge. Sie hätte ihn gebeten, auf sein Vorhaben nur noch dieses eine, einzige Mal zu verzichten und sich ihr Vorhaben (das sie sich noch hätte einfallen lassen müssen) anzuhören. Sie hätte ihm einen Deal vorgeschlagen – Vorhaben gegen Vorhaben.

Als sie in den Rettungswagen des *Magen David Adom* stieg und sich ans Fenster setzte, sah sie, wie die Trage in der Mitte des Wagens festgemacht, wie die Tante an die Monitore angeschlossen und wie ihr schmaler Arm unter dem Infusionstropf platziert wurde. Sie traute sich nicht, sich im Wagen umzusehen. Ob der Schatten mit dem Quasimodo-Buckel die Tante ins Hospital begleitete? Erst als einer der Notärzte sagte, die Patientin wäre soweit stabil, sah sie sich um: Der Tod fuhr nicht mit.

Sie lehnte sich erschöpft ans Fensterglas.

Ich werde noch verrückt, sagte sie.

Zwanzig Minuten später musste sie dem Wachpersonal an der Sicherheitsschleuse des Hospitals erklären, warum sie ihren Ausweis zu Hause hatte liegen lassen. Als sie dann schließlich aufgefordert wurde, ihre Ausweisnummer anzugeben, geschah etwas, was ihr noch nie in ihrem Leben passiert war: Sie nannte die falsche Nummer. Das Wachpersonal konnte sie im System nicht finden, bat sie auszusteigen. Wie konnte sie ihre Ausweisnummer vergessen haben?! Sie war eine Israelin – und kein Israeli vergisst seine Ausweisnummer. Ein Israeli kommt mit dieser Nummer zur Welt, sie wird ihm mit der Muttermilch angewöhnt. Und obwohl sie sich gleich nach dem rätselhaften Fehlschlag wieder an die Ziffern erinnern konnte, dauerte es noch ein paar Minuten, bis das Sicherheitspersonal ihre Identität festgestellt hatte. Als sie wieder in den Rettungswagen stieg, hörte sie, wie der Notarzt sich mit den Wächtern überwarf, weil sie sich mit der Betätigung der Schranke zu viel Zeit ließen. Sie hörte, wie die

Wächter ihn daraufhin anfuhren, es wäre nicht einmal eine halbe Minute seit der Identitätsprüfung vergangen, und wie er aufgebracht, ohne sein Missfallen zu verstecken, entgegnete, in der Notfallmedizin sei die Zeitrechnung eine andere als an der Sicherheitsschleuse. Als der Rettungswagen schließlich auf das riesige Gelände des Hospitals einfuhr, hörte Mene den Arzt immer noch vor sich hin kochen.

Vor dem Haupteingang blieb der Wagen stehen.

Dann:

Ein blühender Myrtenbusch –

eine Fontäne im Foyer

Purpurglöckchen im Korb –

ein Fahrstuhl mit Spiegelwänden

Im siebten Stock –

eine gläserne Tür

Neonlicht im Flur –

mit künstlichen Engelstrompeten

Als einstige Oberärztin bekam die Tante ein geräumiges Einzelzimmer im siebten Stock mit einem Balkon und dem Blick auf den steilen Hang des Ölbergs (des Olivenbergs, um genau zu sein). Selbst im heißen Sommer, wenn die Olivenbäume ihr frisches Grün in müdes, trockenes Gelb eintauschten, gehörte dieser Blick zu den begehrtesten aller Blicke – der Blick der Zwietracht, heiß umkämpft, um den sich jeder mit jedem seit Jahrtausenden stritt: die Juden mit den Christen, die Christen mit den Moslems, die Moslems mit den Juden, die Juden mit den Moslems, die Moslems mit den Christen, die Christen mit den Juden ... Im vergangenen Herbst, als die Tante drei Wochen auf diesem Zimmer verbrachte, regnete es. Es war feuchtkalt und der Nebel hing über Jerusalem wie eine vereiste Wolke. Die Tante hatte Tag und Nacht gefröstelt, und jedes Mal, wenn sie am Fenster stand, sich an der Heizung wärmend, blickte sie auf die Grabsteine am Hang des Olivenbergs hinunter und sagte, diese Steine wären am ehesten in der Lage, die Toten vor der Unversöhnlichkeit der Lebenden zu schützen. Sie sagte, nicht jeder Grabstein würde diese schwere Bürde tragen können, selbst die massivsten könnten zerfallen – aber nicht diese alten Felsenbrocken. Offenbar wären sie stark genug, die Feindschaft unter sich zu begraben, sagte sie, offenbar machte genau diese Stärke den Kern der Auseinandersetzung um den Blick der Zwietracht aus. Letztendlich müsste es jedem, der sich um diesen Blick stritt, einzig und alleine darum gehen, wenigstens im Tod den Frieden zu finden. Auch sie wünschte sich, am Hang des Olivenbergs begraben zu werden. Mene musste es ihr einst versprechen.

Jetzt saß sie seit mittlerweile schon zwei Stunden im neonlichtgrellen Flur, dem Zimmer mit dem Blick der Zwietracht gegenüber, in dem ihre Tante erneut untergebracht war, und wartete. An den Olivenberg selbst dachte sie in der ihr unendlich lang erscheinenden Zeit am wenigsten. Stattdessen manifestierte sich in ihrem Kopf, während sie auf dem harten, metallischen Stuhl ausharrte – von einer Pobacke auf die andere wechselnd – und die Zimmertür, die sie von ihrer Tante trennte, nicht aus den Augen ließ, ein spiegelverkehrtes Durcheinander von unbestimmten und nicht zusammenhängenden Bildern, in schillernde Sequenzen gebündelt:

In der ersten Sequenz

ging der Quasimodo mit dem Buckel, als Tod verkleidet, durch ihre Wohnung und sammelte alle Holzmöbeln zusammen, um im Zimmer der Tante Feuer zu legen.

In der zweiten Sequenz

schrie Frau Levinstein, Amirs Großmutter, die die Tante im Hospital besuchen wollte, den Wachposten an der Sicherheitsschleuse an, weil er sie ohne Ausweis nicht auf das Gelände lassen wollte, weil ihm die alte Nummer, die sie im Gegensatz zu der neuen auswendig kannte und die in ihrem linken Unterarm Blau auf Gelb eintätowiert war, nicht ausreichte, weil er nach einer aktuellen Nummer verlangte, ohne Rücksicht darauf zu nehmen, dass Frau Levinstein eine sehr alte Dame war und sich nicht zwei Nummern gleichzeitig merken konnte.

In der dritten Sequenz

blickte Mene aus dem Fenster im Zimmer der Tante auf den steilen Hang des Olivenbergs herunter und sah, wie der Wachposten des Hospitals am Eingang zum Friedhof stand und den Messias, der gerade ankam, um den Olivenberg von dem nie enden wollenden Streit zu erlösen, nicht hindurchließ, weil er keine gültige Ausweisnummer besaß. Auch seiner Begleitung, den Vorvätern Abraham, Isaak und Jakob, wurde der Zugang aufs Gelände verweigert, da ihre Identität sich im Sicherheitssystem nicht feststellen ließ.

In der vierten Sequenz

sprang Bernd Seiler, der geniale Kameramann aus Wuppertal, der sich bereit erklärt hatte, an Amirs deutsch-israelischer Coproduktion mitzuarbeiten und gerade dabei war, die Selbstmordszene mit Menes Mutter zu drehen, in Leidenschaft entbrannt, aus dem Fenster eines Hochhauses ihr hinterher.

In der fünften Sequenz

sah sie, wie die jungen Soldatinnen Sheina und Miri in einem Militärwagen in Richtung Norden zum Stützpunkt gefahren wurden, wie der Wagen auf dem Weg dahin auf ein offenes Feld fuhr und über die losen Steine holperte, die dort überall herumlagen, über die verrotteten Überreste militärischen Geräts, über scharfkantige Wurzelstöcke und offene Gruben.

In der sechsten Sequenz
erschien plötzlich eine in einen blauweißen Schutzanzug gekleidete Krankenschwester des Hospitals an der Zimmertür der Tante, nahm den Mundschutz ab und rief ihr zu, sie dürfe jetzt das Zimmer betreten.

Es dauerte zwar einige Sekunden, bis Mene die letzte Bildsequenz als Wirklichkeit einordnen konnte, doch schon im nächsten Augenblick schnellte sie auf und stürzte, an der Krankenschwester vorbei, ins Zimmer.

Als sie fünf Sekunden später einen reglosen, bis zur Unkenntlichkeit geschrumpften Körper inmitten der lebenserhaltenden Geräte mit ihren grellen Monitoren und springenden Kurven in einem großen Bett liegen sah, sah sie im ersten Moment nicht ihre Tante. Sie musste an eine ägyptische Kindermumie denken – die aus dem Grab im Tal der Könige.

Die Tante schlief.

Sie setzte sich auf die Bettkante daneben, nahm die Wasserflasche, die auf dem Nachttisch stand, und begann zu trinken. Zuerst trank sie langsam und beobachtete, wie die Tante atmete, wie die Sauerstoffmaske, die zu groß für ihr kindliches Gesicht war, sich dabei hin- und herbewegte. Der behandelnde Arzt beteuerte, sie würde keine Schmerzen haben, dafür würden sie schon sorgen, doch ab und zu verzerrten sich die Gesichtszüge der Tante. Und einmal schien es Mene sogar, als würde ihre Tante sich räuspern, als wollte sie spucken. Am liebsten hätte sie jetzt ihren geschrumpften Kindermumienkörper umklammert, ihren winzigen Mund in der Umklammerung gesucht und gerufen, spuck ihn aus, spuck den Tod aus! Aber in Wirklichkeit hatte sich nicht die Tante verschluckt – in Wirklichkeit war es Mene selbst, die nicht merkte, wie gierig sie aus der Wasserflasche zu trinken begann, so schnell, dass ihr die Flüssigkeit im Rachen stecken blieb.

Sie bekam einen heftigen Hustenreiz, hustete lange. Doch die Tante hörte nicht, wie sie hustete. Hätte sie es gehört, wäre sie aufgewacht: Sie hätte sich aufgerichtet, sich auf den Ellenbogen gestützt und Mene auf den Rücken geklopft. Wie sie es sonst immer tat. Der Gedanke, die Tante würde ihr nie wieder auf den Rücken klopfen, kam genauso plötzlich wie ungebeten, und obwohl sie es keineswegs vorhatte, musste sie sich in diesem Augenblick eingestehen, dass sie sich selbst bemitleidete. Selbstmitleid am Sterbebett eines geliebten Menschen war sicher nichts Ungewöhnliches, sie war keine Ausnahme, dennoch war sie darüber erstaunt, woran sie als nächstes dachte: Sie dachte an den Kamillentee, den die Tante für sie jeden Abend aufbrühte, damit sie nicht vergaß, ihren Hals zu spülen – von Geburt an reizbar und anfällig.

Wenn ein geliebter Mensch geht, vermisst man die kleinen, gewöhnlichen Dinge, die man mit ihm verbindet, am eindringlichsten. Und wenn dieser geliebte Mensch einem so etwas wie eine Mutter war, vermisst man das eigene Kindsein am meisten.

Mene hustete immer noch. Ob es irgendwo auf der Welt noch einen anderen Menschen gab, der solch eine Gabe besaß, sich in den entscheidenden Momenten des Lebens zu verschlucken? Sie saß nach wie vor auf der Bettkante neben der Tante, bemühte sich, das Husten zu unterdrücken, und dachte mit einem Mal daran, wie das Verschlucken in ihr Leben kam. Etwas Helles huschte ihr dabei über die Lippen, eine lichte Erinnerung – angesichts der Umstände merkwürdig, wenn nicht sogar ungelegen. Sie zog die Mundwinkel schnell zusammen, formte einen Ring mit den Lippen, und als sie den Mund entspannte, wirkten seine Konturen wieder streng und schattig. Doch das erinnerte Bild selbst ließ sich nicht so einfach wegdenken: Auf dem Bild war sie zehn Jahre alt und stand, in ein glänzendes Meerjungfraukostüm gekleidet, mitten auf einem Purimstraßenfest, als neben ihr plötzlich – wie aus heiterem Himmel – ein rothaariger Junge mit blaugrünen Augen auftauchte, ihre *große Sache* in Kursiv. Er trug eine kleine Harfe in der Hand, und er konnte die Augen nicht von ihr wenden. Sein Blaugrün schien ihr Bernsteinbraun binnen weniger Sekunden ganz in sich aufgenommen zu haben: Hast du einen Namen, Meerjungfrau? Und sie, reglos, mit weit aufgerissenen Augen: Mene. Daraufhin sein strahlendes Blaugrün, mit ihrem Bernstein vermischt, überall im Gesicht, und in den Lippen: So einen Namen gibt es nicht! Und ihr schwereloses Achselzucken, mehr Zu-den-Sternen-fliegen als Zucken. Und sein Bekenntnis zum Schluss: Du bist ein Wunder! Wahrscheinlich war ihm dieses *Wunder* damals nur herausgerutscht, unbeabsichtigt, spontan, und sie wusste noch, wie sie gleich danach einen Schluck Limonade trank, unbeholfen, schnell, um seinem Ausrutscher wenigstens etwas entgegenzuhalten. Welche Limonade war das nochmal? Etwas Blumig-Zitrusartiges … Auf jeden Fall verschluckte sie sich damals zum ersten Mal im Leben und begann zu husten, und der Junge nahm ihr die Flasche aus der Hand und klopfte ihr auf den Rücken. Das Klopfen wirkte – sie hörte auf zu husten. Und er rief ihr noch etwas zu, aber sie konnte ihn nicht hören, weil die Musik zu laut war, weil er von den Musikern gerufen wurde und gleich danach auf die Bühne stieg und auf seiner kleinen Harfe zu spielen begann. Sie blieb reglos auf der Stelle stehen und wurde von den Karnevalisten nach hinten gedrängt, von Hunderten bunten, lachenden Masken, so dass sie ihn nicht mehr sehen konnte. Und als sie sich irgendwann durch die Menschenmenge an die Bühne zwängte, stand neben ihm schon ein anderes Mädchen, etwa so alt wie er, ein sehr schönes Mädchen, das Geige spielte. Sie standen beide oben auf der Bühne, er mit der Harfe, sie mit der Geige, und Mene stand unten und hatte nur noch eine Flasche Limonade in der Hand. Etwas Blumig-Zitrusartiges … Wie lange sie damals noch dagestanden hatte, wusste sie nicht mehr, aber irgendwann wurde sie von dem Purimfestzug weitergetrieben. Was ihr von dem Jungen in Erinnerung blieb, war sein Blaugrün, über einer Bühne mit tiefem, weichem Harfenklang schwebend, über dem bunten Maskenball hinwegwehend, über rote Pappnasen, glitzernde Grimassen und schillernde Röcke, über Puppen in Menschengröße, in Gold und Silber gekleidet ... Als Amir sie fast ein Jahrzehnt später fragte, ob sie jemals verliebt gewesen wäre, sagte sie: Verliebt nicht – aber verschluckt.

Mene ...

Sie fuhr zusammen, als sie die Stimme ihrer Tante hörte. Noch nie zuvor hatte ihr Name so schwach, so haltlos geklungen. Der Mund der Tante war hinter der Sauerstoffmaske verborgen, doch ihre Augen waren geöffnet, als hätte sie mit den Augen gesprochen, nicht mit den Lippen.

Soll ich nach dem Arzt rufen?

Die Tante schüttelte den Kopf, wies auf die Sauerstoffmaske, machte ein Zeichen.

Mene nahm ihr die Maske ab.

Kannst du ohne sie atmen?

Die Tante nickte.

Was Mene auf einmal in ihren Gesichtszügen erkannte, erstaunte sie: Ihr Gesicht schien weder erschöpft noch mutlos zu sein. Im Gegenteil: Es machte – kaum vorstellbar angesichts der Umstände – den Eindruck der Glückseligkeit. Und auch die wenigen Worte, die sie dann sagte, klangen friedlich. (Wie friedlich, wie?!) Mene wälzte alle möglichen Vergleiche im Kopf, die ihr einfielen, während die Tante ihr zuflüsterte:

Die Euphorie. Weißt du noch?

Nein.

Die große Sache?

Ja.

Und mit einem Mal wusste Mene, wie friedlich die Worte ihrer Tante klangen: wie reife, ruhige Herbstblätter, die nur noch lose an den Zweigen hingen, jeden Moment bereit abzufallen.

Du stirbst nicht!, rief sie. (Ein Donnerblitz, kein Ruf – ein Gewitter.)

Doch.

Die Tante machte ihr ein weiteres Zeichen, diesmal auf die Tür zeigend.

Mene schüttelte den Kopf.

Es machte ihr Mühe, nicht zu schreien.

Wie lange hältst du ohne den Sauerstoff durch?, presste sie kampfhaft aus sich heraus.

Und schon wieder zeigte die Tante auf die Tür und flüsterte ihr zu: Jetzt geh bitte. Und es war keine Traurigkeit, die Mene in ihren Augen sah, und kein Schmerz, die sie in ihrer Bitte hörte – es waren nur noch Gleichmut und Seelenruhe.

Hier, sagte sie und legte die Sauerstoffmaske neben das Gesicht ihrer Tante. Du kannst sie selbst anlegen.

Dann richtete sie sich auf, ohne den Blick abzuwenden: Sie wusste, dass die Tante die Sauerstoffmaske nie wieder anlegen würde – selbst wenn sie die Kraft dafür hätte. Und als sie nach wenigen Minuten des quälenden Ringens, des quälendsten in ihrem bisherigen Leben, des Ringens mit ihrem ganzen Wesen, mit dem, was der Verlust mit ihr – aus ihr machte, während das Endgültige sich beim Namen zu nennen begann, des Ringens mit dem Gewicht des Schicksals und des Verzichts, das Zimmer endlich verließ, atmete die Tante ruhig und, wie es ihr schien, erleichtert.

Im Flur stand das Fenster weit offen: das Fenster mit dem Blick der Zwietracht, dem gleichen wie aus dem Zimmer der Tante.

Mene beugte sich weit nach draußen, schaute auf den Hang des Olivenbergs mit den dichtbelaubten Olivenbäumen und dem Friedhof: Nur im Leben sind die Menschen voneinander entzweit – im Tod haben sie es nicht mehr nötig. Sie blickte nach links und rechts, langsam, als müsste sie ihren Blick auf etwas vorbereiten, und rechts am Hang, nicht weit vom Hospital, sah sie zwei alte, hohe Zypressen stehen, die ihre Spitzen der untergehenden Sonne entgegenstreckten. Als sie durch die Furchen in ihren Stämmen plötzlich Wasser rinnen sah, staunte sie. Es war Hochsommer, ohne Regen. Doch sobald sie ihre Brille abnahm, verschwanden die Rinnsale – kein Regenwasser, sondern das Wasser, das sie selbst weinte.

Die Sonne war untergegangen.

Als sie sich vom Fenster abwandte, hatte sie das Gefühl, neben ihrem eigenen noch ein anderes Weinen zu hören, ein fremdes, das sich im Gegensatz zu ihrem irgendwo in der ersten Halbzeit befand. Ein herzzerreißendes Weinen. Sie wischte sich die Rinnsale vom Gesicht, tastete sich im dunklen Flur vor. In einer leeren Stuhlreihe – nicht weit vom Zimmer der Tante, nicht weit von dem harten, metallischen Stuhl, auf dem sie selbst vor etwa zwei Stunden ausgeharrt hatte – genau in der Mitte, saß eine junge Frau. Sie weinte so, dass nicht nur ihr Kopftuch, das ihr Kinn und ihren Hals umwickelte, sondern selbst der Kragen ihrer Bluse durchnässt war. Mene sah sich um, die Frau schien ganz allein zu sein. Sie ging näher an sie heran, versuchte, sich an die wenigen Worte zu erinnern, die sie von ihren arabischen Kommilitoninnen aus der Studienzeit kannte, und fragte in gebrochenem Arabisch, ob sie helfen könne.

Die Frau sah sie an – ihre Augen mussten groß und schön gewesen sein, bevor sie zu weinen begonnen hatte, das konnte Mene an der Form erkennen, oder besser gesagt, an der inzwischen fast ausgewaschenen Augenkonturen –, hielt kurz inne, bis sie den Mund wieder bewegen konnte, und antwortete auf Hebräisch:

Mein Kind ist gestorben.

Dein Kind?

Mene setzte sich neben die Frau, legte ihr die Hand auf den Rücken und bewegte die Hand von rechts nach links, von links nach rechts, als wollte sie den Rücken trösten, als wäre der Rücken der einzige, der getröstet werden konnte – von rechts nach links, von links nach rechts, so lange, bis ihr die Haut an der Handfläche weh tat. Aber sie hörte nicht auf, denn aufzuhören, hieße, den verwaisten Rücken der Frau alleinzulassen, ohne Trost. Und irgendwann drehte sich der Rücken zu ihr.

Ist bei dir auch jemand gestorben?

Fast.

FÜNF

Sie wagte es nicht, das Zimmer der Tante zu betreten. Für den Schritt fehlte ihr der Mut: Dem Herzen, den Händen, den Füßen, selbst den Augenlidern fehlte der Mut. Sie beschloss, bis zum Morgengrauen zu warten, ehe sie die Zimmertür öffnen und das Bett der Tante sehen würde, das bleiche Gesicht am Grund eines dunklen Tunnels. Sie beschloss, sich darauf zu verlassen, dass der Mut mit dem Morgengrauen kommt: dass das Morgengrauen wirkt, das ewig graue.

Sie ging über die Station, den langen Flur entlang, bog ins Treppenhaus, lief die Treppe hinunter, bis zum Erdgeschoss, dann drehte sie um und lief die Treppe wieder hoch, bis zur zehnten Etage. Dann erneut hinunter. Und wieder hoch. Sie eilte die Treppe hoch und hinunter, solange ihr der Atem reichte. Als sie die Treppe – zum wievielten Mal? – wieder hinunterlief, hörte sie ihr Handy in der Jackentasche summen. Sie blieb stehen. Eine Gute-Nacht-Nachricht von Amir – er wusste nicht, was gerade geschah – und dann gleich die zweite: *Die Cinemathek ist bestätigt!* Und dann die Victory-Geste, ein Smiley und noch ein P.S. *An den Monet-Rock denken!* Für ein *Ja* fehlte ihr der Atem, für ein Emoji reichte die Luft gerade noch aus: Daumen hoch.

Sie steckte das Handy zurück in die Jackentasche, holte tief Luft, fuhr herum – noch immer im Treppenhaus. Ein einsamer Ort, der selbst dann unbeseelt blieb, wenn überall in den Stockwerken alte Seelen starben und neue geboren wurden. Ein gleichgültiger Ort.

Um nicht länger im Treppenhaus zu bleiben, riss sie die Tür in der fünften Etage, in der sie gerade Halt machte, auf und betrat die Chirurgie-Station.

Auf dem Flur war es still. Durch die kleinen Türfenster der Krankenzimmer schimmerte zwar ein schwaches Licht, doch je mehr die Nacht sich in die Länge zog, desto dunkler wurde es. Mene schien es, sie liefe durch einen engen, geräuschlosen Schlauch, in dem es kein Unten und kein Oben gab. Sie hörte nicht einmal die eigenen Schritte. Aber sie fühlte den kalten Atem der hohen Marmorwände und der weißschimmernden Lichtspots. Und obwohl es Hochsommer war, fror sie.

Als der Schlauch sich plötzlich nach links schlängelte, sah sie eine große Terrasse am Ende des Korridors. Vor der Terrasse saß ein altes Paar und blickte auf die Stadt. Von Weitem sahen die beiden aus, als wären ihre Silhouetten aus Holz geschnitzt: eine kerzengerade sitzende Frau und ein kerzengerade sitzender Mann. Mene ging auf sie zu. Der Schein der beleuchteten Hängebrücke zwischen zwei Hospitalblöcken war direkt auf ihre Gesichter gerichtet, und dennoch hielten sie die Augen weit geöffnet: Ihre dunklen Pupillen schienen das ganze grelle Licht an sich gezogen, bis aufs kleinste helle Partikelchen einverleibt zu haben, ohne von den Strahlen gestört zu werden. Mene war, als erkannte sie die gleiche Glückseligkeit in den Augen des Paares, die sie noch vor Kurzem in den Augen ihrer Tante gesehen hatte. War das etwa die Euphorie, von der die Tante sprach? Sie blieb stehen. So viel Leben wie in diesen alten Augen, die gerade auf die Stadt blickten, hatte sie nicht einmal in ihren jungen gesehen, wenn sie sich im Spiegel betrachtete. Ihr schien, die alten Augen würden sprechen. Ihr schien, sie könnte sie hören. Und solange sie dastand und zuhörte, erzählten die Augen, einander unterbrechend, lebhaft, wie begeisterte Kinder – davon, wie sehr sie sich wünschten, ihr Leben noch einmal spüren zu dürften, wenigstens noch ein einziges Mal!

Warum ist deine Hand so kalt?

Eine kindliche Stimme riss sie plötzlich aus der Erstarrung. Als sie herunterblickte, sah sie eine kleine Hand, die ihre berührte.

Frierst du?

Die Hand des Kindes war weich und warm, die schmalen Finger tasteten Menes Handrücken ab.

Ein bisschen. Ist dir selbst nicht kalt?

Das Kind – ein Mädchen, etwa sechs Jahre alt, in einem bronzenfarbenen Satin-Pyjama, mit einem Gipsverband an der rechten Schulter und einem mobilen Tropf am linken Arm – schüttelte den Kopf.

Mir ist warm, sehr sogar.

Hast du Fieber?

Nein, nur erhöhte Temperatur.

Mene legte dem Mädchen die Hand an die Stirn.

Das macht aber nichts, sprach es. Der Körper muss kämpfen.

Wer sagt das?

Mein Papa.

Ist dein Papa Arzt?

Ja.

Weiß er, dass du jetzt im Flur herumläufst, statt im Bett zu bleiben?

Ja, er war gerade bei mir und ich habe ihm gesagt, dass ich ein wenig herumlaufen möchte.

Warum begleitet er dich nicht?

Er hat Nachtdienst und muss sich um die Patienten kümmern.

Aber er kommt bald wieder.

Mene sah sich um, konnte sich nicht entscheiden, ob sie dem Kind seine Geschichte glauben sollte: Ob das Mädchen mit erhöhter Temperatur und einem mobilen Tropf, das allein durch den Krankenhausflur lief, nicht einfach nur eine Geschichtensammlerin war, die noch ein paar märchenhafte Requisiten für ihre neue Geschichte brauchte?

Ist dein Vater hier, auf der Station?, fragte sie.

Nein, er ist jetzt auf der Vorbereitungsstation. Aber er kommt bald zurück.

Sie sah das Mädchen prüfend an. Es schien ihr, es würde sprechen, ohne den Mund zu schließen.

Ich wüsste nicht, dass es hier so eine Station gibt, erwiderte sie sanft, um dem Mädchen nicht das Gefühl zu geben, sie hätte es beim Requisitensammeln ertappt.

Doch, sie ist in der siebten Etage.

Und auf einmal hatte Mene das Gefühl, mit ihr würde kein kleiner, sondern ein großer Mensch sprechen, der weder in seinen ruhigen Augen noch in seinem Gesichtsausdruck etwas Kindliches hatte.

Warum nennst du die Station in der siebten Etage Vorbereitungsstation?, fragte sie.

Weil es die letzte Station ist, bevor man in den Himmel kommt. Meine Mama wurde dort auch vorbereitet.

Worauf?

Auf die Reise.

Und wo ist deine Mama jetzt?

Im Himmel. Sie wurde vor drei Jahren abgeholt. Ich war noch klein, aber ich kann mich an sie erinnern.

Mene schien es in jenem Moment, sie würde wackeln, als stünde sie auf einem Bein. Sie schloss die Augen, nur kurz, um das innere Gleichgewicht zu erlangen, und öffnete sie wieder. Das Kind – mit der erlebten Lebensgeschichte eines Erwachsenen – hielt noch immer ihre Hand in seiner und versuchte, sie zu wärmen. Es hatte ein helles, aufgewecktes Gesicht, von kupferroten Locken umrahmt. Sein Körper war schmal und zerbrechlich gebaut, seine haselnussbraunen Augen waren groß.

Meine Mama war auch Ärztin.

Dieses Mädchen war keine Requisitensammlerin, das wusste Mene nun sicher.

Möchtest du auch Ärztin werden, wenn du groß bist?

Das Mädchen zuckte mit den Schultern, verzog das Gesicht.

Tut's weh?, Mene beugte sich schnell zu ihm herunter.

Ein bisschen. Ich habe vergessen, dass ich die Schulter nicht bewegen darf.

Ist sie gebrochen?

Ja, ich bin von der Schaukel gefallen.

Schlimm?

Das Kind machte ein ernsthaftes Gesicht:

Nein, aber das Risiko für die Spaltung der Knochen ist groß. Deshalb muss ich jetzt den zirkulären Gipsverband tragen.

Mene konnte ein Schmunzeln nicht verbergen.

Was bedeutet ein zirkulärer Gipsverband?

Und das Ärztemädchen, in voller Gewissheit seiner Kenntnisse, ernsthafter denn je:

Ein Verband, der die vollständige Umwicklung der ruhigzustellenden Stelle ermöglicht.

Und schon wieder schmunzelte Mene. Sie hatte geglaubt, sie selbst wäre das altklügste Kind schlechthin gewesen, aber dieses Mädchen schien sie bei Weitem überholt zu haben. Unter anderen Umständen hätte sie das altkluge Kind an sich gedrückt, fest gedrückt. Aber die Umstände waren nicht anders – sie waren genauso, wie sie waren, und sie traute sich nicht, ihrem Impuls nachzugeben.

Möchtest du, dass ich dich durch den Flur begleite?, fragte sie stattdessen.

Inzwischen hatte sie nicht mehr den geringsten Zweifel an der Geschichte des Kindes.

Das Mädchen nickte, und beim Nicken rutschte ihm seine Schlafmütze vom Kopf. Mene hob sie vom Boden auf. Ein Kunstwerk aus Baumwolle! Ein Meisterstück des Strickens! Blauweiß, ringsum am Rand mit purpurroten und karmesinfarbenen Granatäpfeln ausgeschmückt, und dazwischen mit goldenen Glöckchen.

Deine Mütze ist wunderschön, sagte sie und setzte sie dem Mädchen wieder auf.

Meine Mama hat sie mir gestrickt. Hast du die Granatäpfel und Glöckchen gesehen? Früher, zu Zeiten des Tempels, haben die Hohepriester am Saum ihrer Kleidung Granatäpfel und Glöckchen getragen. Bei jedem ihrer Schritte hörte man ein Geräusch. Wusstest du das?

Nein. Woher weißt DU das?

Von meiner Mama. Sie war Tochter eines Kohens. Sie hat mir die Mütze nach dem gleichen Muster bestickt wie das an der Kippa meines Großvaters, damit ich ihm ähnlich werde und immer, wenn ich etwas sage, auf meine Worte achte.

Tust du das wirklich?

Ich versuche es. Kommst du mit auf die Terrasse?

Ja, aber danach bringe ich dich auf dein Zimmer, einverstanden?

Als sie an dem alten Paar, das immer noch unweit der Terrasse saß, vorbeigingen, fragte das Mädchen, warum sie nichts als Augen im Gesicht hätten. Mene blickte schnell hinüber und stellte mit Staunen fest, dass das Kind recht hatte: In den beiden Gesichtern waren fast keine Gesichtszüge mehr zu erkennen, nur noch die weitaufgerissenen Augen ragten hervor, und aus ihrer Tiefe – nach oben, nach außen strahlend – der Ruf nach Leben.

Weil sie sehr alt sind, sagte sie schließlich.

Wahrscheinlich brauchen sie die Augen, um weiterzuleben, erwiderte das Kind.

Weiterzuleben?

Ja, sie leben mit den Augen weiter.

Mene atmete tief ein, sprach das einzige Wort nach, das mit dem Ausatmen nach außen drang: weiterleben.

Weine nicht, hörte sie das Kind sagen.

Und mit einem Mal – ganz unmöglich, wie im nächtlichen Himmel ein Sonnenstrahl, hoffnungslos, undenkbar – wünschte sie sich, dieses Kind wäre ihr eigenes.

Sie wünschte sich nichts sehnlicher, als dass dieses Mädchen – ein Lichtengel mit gebrochener Schulter –, ihr scheinbar noch nicht geborenes Kind wäre. Eins, dem sie in den vergangenen sechs Jahren nicht von der Seite gewichen wäre. DAS Kind – mit Granatäpfeln und goldenen Glöckchen – das Beste, was ihr in ihrem bisherigen Leben widerfahren war. Einfach so, auf der Station Chirurgie in der fünften Etage des Hospitals, in dem es noch die siebte, die Vorbereitungsetage gab: Glück neben Unglück. DAS Kind, das ihre erste Begegnung mit etwas Großem einläutete, das sie für sich nicht mal in ihren Träumen in Anspruch zu nehmen wagte, mit etwas, das man mit dem wichtigsten Wort der Erde – in jeder Sprache das Wichtigste – verband: *Mutter*. Ein Schreck beim Aussprechen! Das wichtigste Wort der Erde durfte nicht vom Seinwollen abhängen – es müsste einzig und allein vom Außerwähltsein abhängen. Und sie hielt sich bislang nicht für außerwählt – von keiner der Millionen kleiner, mutterloser Seelen wurde sie bislang auserwählt. Bislang? Bis heute?

Halt mich fest, bat das Kind.

Eine Art Zustimmung wird es gewesen sein, eine Erlaubnis, die sich vom Himmel direkt den Weg auf die Terrasse des Hospitals bahnte, sich in gesprochenen Schall verwandelte und durch die Lippen des Kindes auf Mene herunterprasselte:

H
A
L
T

M
I
C
H

F
E
S
T

Sie hielt das Mädchen am Ellenbogen fest und es lehnte sich an das kalte, eiserne Terrassengeländer.

Das Mädchen und sein Gesicht im Lichtschein – ihr unverhofftes Weiterleben.

Und mit einem Mal drehte es sich zu ihr, griff nach ihrer Hand:

Deine Finger sind immer noch kalt. Warum frierst du?

Das kommt von innen.

Warum?

Weil meine Tante in der siebten Etage liegt und ich nicht den Mut habe, zu ihr zu gehen.

Wird sie gerade vorbereitet?

Mene schwieg.

Wurde sie schon abgeholt?

Und schon wieder schwieg sie.

Und was machte das Kind? Das Kind lehnte ihr den Kopf an die Schulter, legte ihr den rechten Arm um die Brust und schmiegte sich mit dem ganzen Körper an sie:

Halt mich fest.

Sie atmete tief durch, küsste das Kind auf den Scheitel – auf die Granatäpfel, auf die goldenen Glöckchen – und drückte es vorsichtig an sich.

So?

Fester.

Sie hielt das Mädchen fest – so innig und lange, wie sie noch nie einen Menschen festgehalten hatte.

So?

So.

Sie hielt es so lange fest, bis es die Umarmung selbst auflöste. Das hatte sie bei ihrer Tante gelernt, als sie selbst noch Kind war: Die Tante hatte sie bei keiner Umarmung als erste losgelassen, weil sie der Ansicht war, dass man nie wissen könnte, wieviel Liebe ein Kind gerade bräuchte.

Zum Glück konnte das Mädchen ihre Gedanken nicht lesen: Denn sie stellte sich, während sie es festhielt, nicht weniger als seine Entführung vor. Sie stellte sich vor, wie sie das Hospital mit ihm auf dem Arm durch den Hintereingang verlassen, wie sie dann ins Nachttaxi steigen und sich gleich zum Flughafen bringen lassen würde, um mit ihm zusammen zu fliehen. Wohin? Auf irgendeine Insel. Sie hatte in ihrem ganzen Leben noch nie etwas gestohlen! Wäre doch dieses eine einzige Mal, diese eine einzige Ausnahme vielleicht ... das mutterlose Kind. Unsinn! Das Kind hatte zwar keine Mutter mehr, aber es hatte noch immer einen Vater. Also – kein Diebstahl, keine Entführung war erlaubt – keine Ausnahme. So etwas hätte sie dem Kind nicht antun können. Sich selbst schon – sogar ihrem Stiefvater und Amir, die mit ihrem Verschwinden hätten zurechtkommen müssen – aber nicht dem Kind. Was dann? Ihr fieberhafter Einfallsreichtum ging in die nächste Runde: Sie bräuchte gar nicht das Kind zu stehlen – sie müsste nur seinen Vater für sich gewinnen – erbeuten (wie das Vorhaben – so die Sprache). Das Kind hatte vorhin nichts von einer Mutter-Ersatz-Frau gesagt – und selbst wenn. Sie, Mene, hielt sich ohnehin für die beste Kandidatin. Sie war schön – obwohl die andere auch hätte schön sein können – sie war klug – kein Argument – sie war erfolgreich – kein Argument. Aber was soll's? Sie müsste alles versuchen, ihn zu überzeugen, die Richtige (für wen?) zu sein, sie müsste Argumente finden! Das Kind durfte dabei nicht zum Mittel werden. Das Kind war das Ziel. Sie selbst musste zum Mittel werden. Sie war bereit, ein Mittel zu werden.

Frierst du nicht mehr?, fragte das Kind.

Nein. Ich dachte, du wärest eingeschlafen.

Das Mädchen löste sich vorsichtig aus ihrer Umarmung:

Wie heißt du?

Ich heiße Mene. Und du?

Das Mädchen riss die Augen weit auf, und da sie ohnehin riesig waren, wirkten sie nun wie zwei geöffnete Märchenhöhlen:

Ich auch!

Bitte?

Ich heiße auch Mene!

Mene (die große) schreckte auf:

Das kann nicht sein! Diesen Namen gibt's kein zweites Mal!

Doch, sagte plötzlich eine männliche Stimme hinter ihr.

Sie fuhr zusammen.

Das Mädchen trug ihren Namen. Oder war sie diejenige, die den Namen des Mädchens trug? So oder so schien es nun zwei Menen auf einer Welt zu geben: eine große und eine kleine. Und die große Mene traute sich nicht einmal zu fragen, wie die Eltern des Mädchens einst auf die Idee gekommen waren, ihre Tochter Mene zu nennen – sie traute sich nicht zu fragen, wer von den beiden von den Schmetterlingen geträumt hatte.

Sie hörte feste Schritte im Flur.

Das ist erstaunlich, sagte die männliche Stimme. Dass jemand anderes noch Mene heißt, ist wirklich erstaunlich.

Papa!, rief das Kind und streckte die Arme der Stimme entgegen.

Und schon wieder fuhr Mene (die große) zusammen. Nicht weil es der Vater des Mädchens war, sondern weil es der Mann war, den sie ursprünglich für sich gewinnen wollte – nicht ihretwegen, des Kindes wegen. Also war er kein bloßer Vater, sondern ein ungewisses Objekt, eine Beute – sie hätte jetzt am liebsten eine Tarnkappe aufgesetzt oder sich in einer Wolke versteckt, um ihn von oben zu sehen, ohne von ihm gesehen zu werden. Sie richtete sich auf. Ein seltsamer Zustand, der sie auf einmal alles zusammen fühlen ließ: Angst und Mitgefühl und Sehnsucht und Reue. Vielleicht sollte sie ihn nicht jagen? Vielleicht sollte sie ihm lieber alles erzählen, die ganze Wahrheit erzählen, *ihre* Wahrheit – und er würde alles verstehen und ihr erlauben, hin und wieder das Kind zu sehen? Sein Kind, das zugleich auch ihr Nicht-Geborenes war. Vielleicht würde er ihr sogar erlauben, mit ihm in den

Zoo zu gehen, wenn es wieder gesund war? Aber natürlich – die kleine Mene musste den alten Elefanten kennenlernen, ihren Teddy! Und was, wenn sie ihn schon kannte? Was, wenn …

Zuerst sah sie den Rücken des Mannes, der sich, an ihr vorbei, zum Kind beugte. Dann sah sie das Kind seine Arme um den Rücken schlingen. Dann sah sie den Rücken – kein breiter, ein schmaler, im blauen Ärzteshirt – sich aus der Umarmung des Kindes lösen und sich zu ihr drehen.

Und dann sah sie das Gesicht des Mannes.

Und im Gesicht – reglos wie zwei Sterne – standen Augen, die sie wiedererkannte. Sie standen einfach da, wie auf Beinen, zwei blaugrüne Sterne aus ihrer Kindheit. Keine roten Locken um die Stirn – stattdessen eine Glatze – dafür aber die gleichen Augen, das gleiche Blaugrün. Und während sie ihm in sein Blaugrün und er ihr in ihr Bernsteinbraun sah, trafen zwei Vergangenheiten aufeinander und rissen kurz darauf, genau in der Mitte, irgendwo über dem Kopf des Kindes, das zwischen ihnen stand, über den purpurroten Granatäpfeln und den goldenen Glöckchen, abrupt ab, als hätten sie sich vor dem Wiedersehen erschrocken.

Sind wir uns schon mal begegnet?, fragte der Mann.

Das Blaugrün hielt mit seiner Stimme nicht mit, denn die Stimme bewegte sich schon, während die Augen nach wie vor reglos dastanden. Und wahrscheinlich hätten sie die Stimme in sich verschlungen, wenn Mene sie nicht gleich abgefangen hätte:

Ich denke schon.

Einmal, wollte sie sagen, sagte es aber nicht. Stattdessen:

Spielen Sie Harfe?

Und seine Stimme, zuerst im Zickzack ohne Worte, dann in Worten mit Unterbrechungen:

Ja – gelegentlich – früher – als – Jugendlicher – warum?

Ich habe Sie einmal Harfe spielen hören.

Harfe? Das ist aber eine Weile her.

Auf dem Purimstraßenfest, vor etwa zwanzig Jahren. Ich hatte ein Meerjungfraukostüm an, und Sie …

Und er, mit dem Staunen aus dem Früher:

Das gibt's nicht! Sind SIE das?!

Daraufhin sie – mit dem kaum sichtbaren Nicken, still, und im Herzen – ein Dröhnen:

Ja.

Und wieder er, fast schon ratlos:

Die Meerjungfrau mit dem Wundernamen …

Sie schwieg. Zum Glück. Und er – auch zum Glück – beugte sich gleich zu seiner Tochter und nahm sie auf den Arm.

Jetzt musst du aber ins Bett, Kleines.

Das Mondlicht löste sich in den dunklen Wolken auf, der Schein der Hängebrücke gegenüber der Terrasse wurde schwächer. Der Himmel begann, die Wolken hin und her zu schaukeln – um dem Morgengrauen Platz zu machen. Und Mene (die große) blickte in das Schaukeln hinein, gerade noch rechtzeitig, um die Mondsichel zwischen den Wolken zu sehen, mit den zahllosen, tanzenden Lichtpunkten auf der unteren Sichelspitze. Hatte sie dem Leben ihr Szenario vorgeträumt? Hatte er seine Tochter nach ihr benannt? Nein, nicht nach ihr. Nach einer Erinnerung an sie? Unsinn! Er hat dem Mädchen diesen Namen gegeben, weil er ungewöhnlich war, das wäre alles! Bald wird er seine Tochter wegbringen und sie wird allein auf der Terrasse stehen bleiben. Bald werden ihrem Szenario die Prothesen abgeschraubt, und es wird zusammenbrechen, weil es keine Beine hatte, weil es nicht allein stehen – bestehen konnte. Bald wird ihm seine Maske abgerissen, weil sein Gesicht nur ein Traum war, kein wirkliches Leben, ein Doppelgänger des Lebens, ein Hochstapler …

Kommst du mit, Mene?, hörte sie das Kind fragen.

Kommen Sie mit?, hörte sie gleich die Stimme seines Vaters.

Sie versuchte ruhig zu bleiben, so ruhig sie konnte. Dabei wäre sie am liebsten in die Worte des Kindes hineingesprungen, und dann in die Worte des Vaters – wie man in hohes Gras hineinspringt, um sich dort zu verstecken. Oder sie hätte diese Worte in der Luft abgefangen und sie in der Faust festgehalten, damit sie keiner anderen Frau mehr gesagt werden konnten. Damit nur sie allein aus diesen Worten, wie aus Samen, Blumen pflanzen konnte, zwei junge, sonnenwarme Margeriten, oder zwei lichte Pusteblumen. Ein für alle Male!

Sie begleitete den Vater, der das Kind auf dem Arm trug: Sie gingen Seite an Seite durch den Flur, durch die Chirurgie-Station, die Schritte synchron, als liefen sie in einer Spur. Dabei – kein Wort, kein zärtlicher Blick, keine Geste, aber auch kein Ausweichen, keine Unsicherheit.

Darf Mene mich ins Bett bringen?, fragte das Kind, als sie das Zimmer betraten.

Ja, erwiderte der Vater und warf Mene (der großen) einen fragenden Blick zu.

Sie nickte.

Gut, er wandte sich an die Tochter. Ich komme in einer Viertelstunde und schaue, ob du schläfst.

Das Mädchen gab seinem Vater einen Kuss, der Vater verließ
das Zimmer. Sein schmaler Rücken in der Tür kam Mene noch
schmaler vor als vorhin. Sie stellte sich vor, wie er jetzt in den
Fahrstuhl steigen und auf seine Station hochfahren würde, in die
siebte Etage. Wie ihm das schwache Licht im Zimmer ihrer Tante
auffallen und wie er gleich nachsehen würde, warum das Licht
an war. Mene holte tief Luft. Das Morgengrauen zog bereits über
den Himmel, obwohl der Tag noch nicht anbrach: Er wartete
noch, der neue Tag, vielleicht wartete er ihretwegen. Sie schaute
auf die Uhr – in einer Viertelstunde würde der Vater des
Mädchens zurückkommen, um nach seiner Tochter zu sehen,
und dann würde der Tag beginnen. Er würde durch das lichter-
lohe Morgenrot aufschimmern, sein Tau würde die Erde erfri-
schen, die ersten Blätter an den Bäumen würden sich regen, das
erste Vogeltreiben würde sich in den Ästen ankündigen. Und
Mene würde auf Zehenspitzen dieses Zimmer verlassen und den
Fahrstuhl in die siebte Etage nehmen. Dort würde sie Amir anrufen – sie würde ihn wecken. Er würde einige Augenblicke brauchen, um wachzuwerden, dann würde er sagen, bin gleich bei
dir. Und in etwa einer Stunde würde der Wachposten von der
Sicherheitsschleuse sie anrufen und fragen, ob Amir Rotenbaum
zur Familie gehörte. Sie würde *Ja* sagen. Dann würde Amir sie
ins Hospitalsbüro bringen, um die Tante abzuwickeln, und mit
der Sterbeurkunde in der Hand würde er sie zum nächstgelege-
nen Bestattungsinstitut fahren, in die Chewra Kadischa, um für
heute noch – nach der jüdischen Tradition leidet die Seele im
Körper, solange der Tote nicht begraben wird – einen Beerdi-
gungstermin zu bekommen. Dann würde Amir sie nach Hause
bringen und sie zu überreden versuchen, sich für zwei Stunden
hinzulegen. Sie würde sich weigern, und er würde sagen, ganz
ohne Kraft wäre sie für eine Beerdigung untauglich. Sie würde
zustimmen. Und nach zwei Stunden würde er ihr helfen, sich

umzuziehen, um zurück zum Olivenberg zu fahren, direkt zum Friedhofshang. Der Rest des Tages würde wie unter Betäubung vergehen. Und in der kommenden Nacht würde jede Stunde ihre eigene Farbe haben, und wenn der Morgen käme, würde sie sich an die meisten Farben der Nacht nicht erinnern. Und dann würde die Schiwa beginnen, die Siebentagetrauer.

Alles andere – was nachkommen würde –, all die Stunden, Tage, Wochen und Monate, all die Jahre, die ihr bevorstanden, sowie der neue Weg, der jetzt vor ihr lag, erschienen ihr in diesem Augenblick so ungewiss, wie nur die Ungewissheit sein konnte, mit all ihren tückischen Zuflüsterern und furchteinjagenden Geistern.

– Und dennoch –

Sie blickte sanft auf das Kind, das vor ihr stand und wartete, und beugte sich zu ihm – zu ihrem Lichtengel, dem kleinen Cherub – mit der ganzen Seele. Dabei fühlte sie sich ruhig, so ruhig wie nie zuvor. Denn auf einmal wusste sie – plötzlich war diese Gewissheit stärker als alles Ungewisse –, dass sie all dem, was jetzt noch kommen mochte, mit Mut und Zuversicht begegnen würde. Woher kam der Mut? Sie wusste es genauso wenig, wie sie wusste, woher die Zuversicht kam. Denn nichts war ihr, ihrem ganzen Wesen, früher ferner gewesen als die beiden Unbekannten. Und jetzt auf einmal waren sie da, als wären sie schon immer da gewesen, tief in ihr versteckt, vielleicht in der Mitte der Sehnsucht, nahe dem wilden Herzen vielleicht. All hätten sie schon immer darauf gewartet, befreit zu werden. Allzu lange waren sie offenbar gefangen gewesen, mit Stacheldraht umwickelt. Aber jetzt war alles frei, das Herz, der Mut, die Sehnsucht, und sie veränderten alles: Sie entwarfen eine andere Wirklichkeit, schufen eine andere Mene, ein anderes Schicksalsszenario. Ein Umsturz, würde Amir sagen. Sie wusste genau, was er dazu sagen würde. Dafür bräuchte man Jahre, Jahrzehnte, wenn überhaupt …

Sie ging vor der kleinen Mene in die Hocke.

Wie schön, dass wir beide den gleichen Namen haben, stimmt's?, sagte das Mädchen.

Macht es dir nichts aus, dass du jetzt nicht die Einzige bist?

Das Mädchen schüttelte den Kopf:

Ich heiße Mene, so wie ich heiße, und du heißt Mene, so wie du heißt.

Diesmal hielt sich Mene (die große) nicht mehr zurück und drückte das altkluge Kind sanft an sich.

Du hast recht. Aber ins Bett musst du trotzdem!

Erzählst du mir eine Geschichte?

Eine Geschichte? Ja.

Weißt du schon, welche?

Sie wusste, welche.

Was denkst du?, fragte sie, und es war eine Testfrage. Gibt es silberne Tauben?

Und das Mädchen – sofort, ohne zu überlegen: Sicher!

Dann erzähle ich dir von einer Stadt mit silbernen Tauben, in der einmal zwei Brüder lebten und einen Kampf auf Leben und Tod führten. Sie kämpften so lange miteinander, bis sie vergaßen, dass sie Brüder waren. Deshalb flogen die silbernen Tauben eines Tages über der Stadt auf, um sie zu warnen. Sie schrien und schlugen verzweifelt mit den Flügeln, aber die Brüder jagten sie fort.

Das Mädchen zog die Augenbrauen zusammen. Eine leichte Furche bildete sich in der Mitte, und darüber gruben sich gleich zwei schmale Grübelfalten in die Stirn. Das Mädchen dachte nach – so wie ein Kind nachdenkt, wenn es etwas zu verstehen versucht: Ein Kind beklagt sich nicht, fordert nicht, ruft nicht nach außen, sondern blickt nach innen – sucht dort. Und schon bald glätteten sich die Falten in seinem Gesicht und es fragte:

Vielleicht jagten sie sie fort, weil sie nicht wussten, dass die Tauben sie warnen wollten?

Vielleicht.

Wenn ich einen Bruder hätte, würde ich ihn niemals vergessen!

Mene schwieg. Und das Mädchen, stockenden Herzens und voller Entschlossenheit:

Gab es denn niemanden in der Stadt, außer den silbernen Tauben, der sie hätte daran erinnern können?

Keiner hat es wirklich versucht.

Und ihre Eltern?

Sie waren bereits vor Jahrtausenden gestorben.

Die Furche zwischen den Augenbrauen des Mädchens trat wieder hervor, aber nur kurz, dann straffte sie sich schnell und wurde durch zwei furchtlose Blitze in den Augen ersetzt.

Ich würde es unbedingt versuchen!

Was würdest du versuchen?

Die Brüder daran zu erinnern, dass sie Brüder sind.

Menes Augen leuchteten auf.

– Oh, Mene, meine Mene –

Sie könnte den Namen des Mädchens ewig nachflüstern, ohne daran zu denken, dass er auch ihr eigener war. Allein schon sein Name würde ausreichen, für alles ausreichen: MENE – aus schwach erhellten Tiefen in ein flackerndes Licht der Nachtlampe hinein, in den purpurroten Granatapfel, in ein goldenes Glöckchen, in ein Blinzeln auf rosigen Wangen. So ein Mädchen wie die kleine Mene könnte die Welt retten: ein Mädchen, das die Tochter einer Mutter und gleichzeitig die Tochter aller Urmütter war. Ein Mädchen, dessen Seele Flügel hatte, die groß und leicht waren, die sich trotz des schweren Gipsverbandes in die Luft schwangen, ohne von jemandem aufgehalten werden zu können.

Die große Mene sah die kleine an, und ihr Funkeln sprang zu dem Mädchen herüber.

Und das Mädchen? Das Mädchen hielt plötzlich den Atem an und ließ die Luft in einem Zug aus:

Wow!

Was ist?

Wow!, wiederholte die Kleine und legte der Großen die Hände auf die Augen.

Was machst du?

Ich möchte nicht, dass sie rausfliegen.

Wer?

Du hast Schmetterlinge in den Augen, Mene!

Berlin–Jerusalem, 2018–2021

ZUR AUTORIN

Marina B. Neubert, in Lemberg geboren, lebte in Moskau und kam Anfang der 1990er Jahre nach Deutschland. Sie studierte Philologie, Germanistik und Journalistik in Moskau und in San Francisco, wo sie 1994 den »Award of Merit« der Stadt für ihr dramaturgisches Werk erhielt, sowie in Hannover und Berlin. 1996 wurde sie für ihr Hörfeature »Erinnerungen« mit dem Axel-Springer-Preis ausgezeichnet. 2018 erschien ihr Roman »Kaddisch für Babuschka«. Marina B. Neubert lebt als Autorin und Hochschuldozentin in Berlin und Jerusalem.

Marina B. Neubert
Kaddisch für Babuschka
Roman
Gebunden, 192 S.
978-3-932338-70-0

»Marina B. Neuberts ›Kaddisch für Babuschka‹ ist ein wunderbar melancholischer Familienroman, der in die Vergangenheit nach Lemberg führt.«

Volker Blech, Berliner Morgenpost

»Marina B. Neubert (…) hat einen hinreißenden, einfühlsamen und autobiographisch gestimmten Erinnerungsroman geschrieben, eine melancholische Hommage an ihre Großmuttter, eine Aufarbeitung der Familiengeschichte, ein Andenken an das untergegangene Judentum in Lemberg und ein Versöhnungsbuch, das die lange Zeit stagnierende Mutter-Tochter-Entfremdung zu lösen scheint.«

Wolfgang Schriek, Wostok

Leseproben und weitere Informationen über unser
Programm finden Sie unter www.aviva-verlag.de.
Aktuelle Informationen erhalten Sie auch über unseren
E-Mail-Newsletter.

Lektorat: Julia Baudis
Layout und Covergestaltung: Britta Jürgs,
unter Verwendung einer Collage von Marina B. Neubert
Druck: finidr, s.r.o. Printed in Europe

© 2022 AvivA Verlag
AvivA Britta Jürgs GmbH
Emdener Str. 33, 10551 Berlin
fon (0 30) 39 73 13 72
info@aviva-verlag.de
www.aviva-verlag.de

ISBN: 978-3-949302-06-0